www.arthurjapin.nl
www.facebook.com/arthur.japin
Twitter: @arthurjapin
Instagram: arthurjapin

W0213561

Wat stilte wil

Arthur Japin
Wat stilte wil

ROMAN

Uitgeverij De Arbeiderspers

Amsterdam · Antwerpen

MIX
Papier van verantwoorde herkomst
FSC® C014496

Copyright © 2022 Arthur Japin
Niets uit deze uitgave mag worden verveelvoudigd en/of openbaar gemaakt, door middel van druk, fotokopie of op welke andere wijze ook, zonder voorafgaande schriftelijke toestemming van bv Uitgeverij De Arbeiderspers, Weteringschans 259, 1017 XJ Amsterdam.

Omslagontwerp: Esther van Gameren
Omslagillustratie: Félix Vallotton (1865-1925)
La Loge de théâtre, le monsieur et la dame, 1909
Oil on canvas, 46 x 38 cm
Private collection / Photography credit:
Private collection, courtesy Fondation Félix Vallotton, Lausanne
Portret Anna Witsen: Privécollectie Voorburg
Portret auteur: Corbino
Typografie: Nico Richter

ISBN 978 90 295 4286 9 / NUR 301

www.arthurjapin.nl
www.arbeiderspers.nl

Denkend aan mijn moeder, ook een Anna,
die als meisje niet mocht worden wat zij had gewild.

Inhoud

Ik ben een vogeltje dat piept
Omdat het is geboren
En vluglijkjes weg van een takje, dat zwiept,
Weer vliegt vér heen.

— WILLEM KLOOS

Een beminnelijke gekte

I.

De geschiedenis van een vrouw. Hoe zij haar stem zocht, gedwongen werd om stil te zijn, maar hem uiteindelijk liet klinken.

Haar naam, Anna Witsen. Zij was betrekkelijk jong, maar uit een deftig, oud geslacht. Haar vader, ook al was hij vennoot van een ijzerhandel, hield de waarden, naam en status hoog van hun stamvader, die eind zeventiende eeuw burgemeester was geweest van Amsterdam. Dit was in de jaren tachtig van de negentiende eeuw nog altijd iets van groot gewicht.

Ik begin haar verhaal op een koude wintermiddag op de Lage Vuursche. Het vroor en had gesneeuwd. De bossen op het landgoed droegen een witte kroon. Voor het oude huis lagen de landerijen van de familie onder zo'n dik pak dat je de straatweg in de verte nauwelijks kon onderscheiden van de weilanden die hij doorsneed. De wolken hingen donker, de hemel was al de hele dag geelgrijs en binnen, achter de hoge ramen, had men alle lichten aangedaan.

Zij, Anna, kwam naar buiten rennen, dwars over het gazon, op afstand achternagezeten door Willem, haar broer, vijf jaren jonger.

Zij gingen allebei rouwzwart gekleed.

Hij riep haar naam en smeekte haar om stil te blijven staan. Dit leek zij niet te horen. De jongeman gleed weg, viel languit en moest haar laten gaan. Maar zelfs liggend bleef hij manen tot voorzichtigheid, want nu had zijn zus de vijverkant bereikt en stapte op het ijs.

Vooralsnog hield zij zich vast aan de beschoeiing, maar zodra zij merkte dat het hield, durfde zij, liet los en begon te glijden en te schuifelen naar het midden.

Het was een brede, diepe vijver, eeuwen ouder dan het huis, dat herbouwd was na een brand.

Op tweeënhalve meter van de kant konden de tuinlui, die de bodem om de andere lente dregden, het hoofd al niet meer boven water houden. Voor aanvang van dit werk moesten zij daarom eerst een schot neerlaten in de Pijnenburger Grift, waarmee het water in verbinding stond, en het bassin volledig laten leeglopen. Dit alleen al duurde anderhalve dag. En dan nog hielden zij met een touw rond hun middel verbinding met iemand op de kant, want soms zakten zij ineens tot aan hun borst weg in de zwarte slib, een zompig, stinkend residu waar gassen uit opborrelden en aalwormen in wegkropen. Dan leek het alsof er onder het slijm iets aan hun laarzen trok waardoor zij in de dikke rotting van vergane bladeren dreigden te worden neergezogen.

Geen van die mannen was het met hun harken en spaden ooit gelukt de onderliggende somberte volledig weg te schrapen, zodat het zonlicht nooit de bodem raakte en het weidse water zelfs op heldere zomerdagen als een zwarte spiegel voor het woonhuis lag.

Maar op een winterdag als deze oogde de bevroren vijver hard zilverblank, en Anna stond er, met haar impulsieve enthousiasme, inmiddels midden op in haar lange zwarte jurk.

Zij sloot haar ogen, spande haar middenrif aan en zong één lange, hoge frase. Rond haar wolkte adem en vervloog.

'Hoor je wel?' riep zij tevreden.

'Ik hoor vooral het ijs,' antwoordde Willem ongerust. 'Het kraakt.'

Hij greep de treurwilg, hield zich vast aan een van de oude takken die tot ver over de vijver bogen, en stapte het hard geworden water op met de bedoeling haar te halen, want gisteren had hij gezien dat her en der nog wakken waren, die nu lagen bedekt.

'Maar luister dan!' Zijn zuster zong opnieuw. Daarna sprak zij: 'Er is iets aan de klank van sneeuw vlak voordat de dooi inzet, iets onweerstaanbaars.'

'Een stem in de sneeuw, ik hoor het: het klinkt droog. Zoals je zei. Kom nu maar, ik had je ook wel op je woord geloofd.'

'Droog als een ingehouden adem.'

'Jij bent soms net een hondje dat niet luistert.' Willem had het einde van de langste tak bereikt en strekte zijn vrije arm uit zodat zij die kon grijpen.

'Droog, zoals de mensen om ons heen droog zijn. Ingehouden.'

'Vooruit, Anna, het ijs is onbetrouwbaar. Ik meen het, voor je eigen bestwil, toe.'

'Een stem in de sneeuw vlak voordat de dooi aanvalt, is vol ingehouden spanning.'

'Kom hier en pak mijn hand. De koetsen komen. Wij moeten ons opstellen in de hal.'

Zij zong opnieuw, een aantal maten Brahms.

'Alsjeblieft, Anna. Je weet hoe diep het is, dat altijd akelige, zwarte water.'

'Bangerik.' Lachend kwam zij voetje voor voetje op hem toe. Om evenwicht te houden spreidde zij haar armen als vleugels. 'Hoe dieper en donkerder zo'n vijver, hoe fraaier hij 's zomers de wolken weerspiegelt.'

Weer bleef zij staan en keek omhoog, keek de overtrekkende sneeuwwolken na, die haar eventjes de rest deden vergeten.

'Kijk ze nu gaan, die prachtige, prachtige wolken!'

'Papa en Cobi staan te wachten. Toe, wij moeten als familie voor de gasten klaarstaan. Op een rij en handjes geven. Denk aan wie je bent, Anna, bedenk toch wat voor dag het is.'

'Dat is het juist.' Zij keek hem aan, op slag ernstig. Bijna verongelijkt. 'Daar denk ik aan. De hele tijd. Wie ik ben en wat voor dag het is. Ik wil aan iets anders denken.'

'Anna, moet ik je komen halen?'

'Er is maar één ding wat jij moet...' Nu strekte zíj haar armen uit naar hem, schoof, gleed, schoenschaatste op haar broer toe. '...één ding en dat is zingen.' In twee, drie slagen was zij dichtbij en greep zijn pols. 'Toe Wim, zingen moeten wij.'

'Zingen.' Hij herhaalde het meewarig, maar bleef met zijn aandacht bij de reddingsoperatie.

'Juist vandaag. Dat zei Karel, dat wij voor hem moesten blijven zingen, jij en ik.'

De ijsvloer begon te scheuren onder hun dubbele gewicht.

'Dat heb ik hem nooit horen zeggen.' Achteruit schuifelend moest Willem nu de kant zien te bereiken zonder zijn zuster of de wilg los te laten.

'Op de kade fluisterde hij het in mijn oor, voordat hij naar Indië vertrok.'

'Je verzint het.'

'Ik zweer het je: dat hij niets liever wilde dan dat wij zouden blijven musiceren, samen, dat wij altijd zouden blijven spelen en zingen, desnoods als laatsten van het hele stel.'

De herdenking die binnen weldra zou beginnen, werd gehouden ter ere van hun broer Karel, die, pas drieëntwintig, te Batavia gestorven was aan tbc.

Na zijn overlijden was in de doopsgezinde kerk te Amsterdam een bescheiden bijeenkomst georganiseerd, maar de dode zelf bleef in de Oost, waar hij – volgens gerucht – bij leven een onduidelijke, mogelijk zelfs ongewenste huishouding gevoerd had met een of meerdere inlanders.

Bij ontstentenis van een lichaam was in Holland geen verder ritueel gevolgd. Zijn vrienden deden de familie indertijd de belofte tot een herdenking, maar die waren zij niet nagekomen. Sindsdien was geruime tijd verstreken, welhaast meer dan fatsoenlijk kon worden geacht. Nog even en het verdriet zou al bij velen zijn gedempt. Teneinde ongewenste vragen voor te zijn, had vader Witsen tot de in-memoriamviering van vandaag besloten, een laat maar plechtig samenzijn voor vrienden en familie.

Van alle kinderen Witsen was Karel de meest levenslustige geweest. Hij mocht dan minder talent hebben getoond dan de rest – wanneer Anna zong, Willem cello speelde en Cobi op de vleugel, keek hij toe – maar zijn ziel was die van kunstenaar geweest. Wie zal zeggen wat hij nog in zichzelf ontdekt had als hij tijd van leven had gehad? Karels passies hadden in elk geval even fel gewoekerd als die van Anna, die met hem van kleins af aan altijd het innigst was, grenzeloos en onbeteugelbaar.

Hun grootvader van moederskant was toneelspeler geweest. Hierover werd in gezelschap nooit gesproken en Jonas Jan Witsen had in zijn echtgenote ook geen moment het verschil in klasse of een aangeboren liederlijkheid herkend. Toch schreef hij aan deze ene dubieuze wortel het verschil tussen zijn beide dochters toe: Cobi, die in moraal en alles leek op hem, en Anna met haar teugelloze fantasie en temperament van altijd maar vrij te willen leven, vrij te denken, vrij te zijn. Alleen hierom al had Jonas Jan, sinds de moeder van zijn kinderen op jonge leeftijd was gestorven, aan hun opvoeding altijd dubbel streng de hand gehouden.

Maar zij is weerbarstig, de natuur. Wat de vader aan waarden ook probeerde mee te geven, het had niet ieders eigenzinnigheid gebroken. Met name Anna en Karel hadden zijn regels vaak als worging ervaren. Die twee vonden elkaar in heimelijk verzet en zochten al jong hun toevlucht in verlangens.

Toen Karel Witsen, zodra hij de volwassenheid bereikt had, een post aanvaardde in de Oost en zo aan hun vader en diens milieu wist te ontsnappen, begreep Anna voor het eerst dat haar een dergelijke vrijheid nooit zou worden toegestaan. Dat die het privilege was van zijn geslacht en dat zij, als vrouw, zo'n uitweg niet zou mogen kiezen.

Omdat Karel scheep ging en haar achterliet, was zij boos op hem geweest, verraden had zij zich gevoeld en eenzaam, en zij had wekenlang om hem gehuild, misschien ook om zichzelf, maar uiteindelijk had zij zich verlaten op haar stem, meer nog dan voorheen, en zich gestort op haar ambitie zangeres te worden. Ook daarin weer: haar moeders kant.

De eerste koetsen reden nu over de oprijlaan op Ewijckshoeve aan met gasten die waren opgehaald van de stations van Baarn, Bilthoven, Zeist of Maartensdijk.

Willem en Anna hoorden de wielen knarpen op de sneeuw, maar zij stonden nog bij de vijver en konden door de beukenhaag niet zien wie arriveerde.

'*Hij* heeft beloofd te komen.' Zij glunderde, maar sloeg haar ogen neer, terwijl haar broer zijn mantel om haar schouders hing.

Willem wist op wie zij doelde, maar achtte het verstandig niet te reageren.

Plots dreef dezelfde haast waarmee zij naar de vijver had gewild, haar in de richting van het huis, en opnieuw zou Willem achterop zijn geraakt als Anna niet tussen de rododendrons iets had zien bewegen. Geschrokken stokte zij en wees.

'Boerenkinderen,' stelde Willem haar gerust.

Zij keek rond en, inderdaad, tussen de bosschages verschenen er meer, kinderen van hoeves uit de buurt die achter de koetsen renden om de rijke gasten te zien die hier aankwamen.

'Zij hebben vandaag zelf een of ander volksfeest. Zie, daar achter de peppels hangen lampionnen. Iets verder stoken zij vuur. Een vréúgdevuur, terwijl zij wéten... Zij weten dat wij hier herdenking houden,' sprak Willem boos. 'Het is de tijdgeest. Een vorm van verzet. Een manier om ons te laten weten dat de machten aan het keren zijn. Trek het je niet aan, Anna, hun boerderijen staan op ónze grond, ik zal die vuren laten doven.'

Hij wilde op de kinderen toe en ze verjagen, maar zij gaf hem een arm en nam hem mee.

'Laat ze, Wim, wees blij dat ergens anders leven is.'

II.

'Niets,' siste Cobi venijnig, 'niets is haar heilig!'

Zij zat in de grote zaal terzijde van de andere gasten tussen Willem en haar vader te kijken naar haar zus, die onder de luchter voor de hoge tuinramen aan de vleugel stond en zong.

Anna zocht met één heup steun tegen de klankkast zodat elk akkoord haar lijf doortrilde. Na de geprogrammeerde treur- en lofredes was zij in een impuls op een van hun muzikale kennissen toegestapt, de componist Röntgen, met de vraag of hij haar wilde begeleiden, en nu brachten zij samen een lied van Frans Liszt ten gehore.

'Zij doet die dingen niet om ons in verlegenheid te brengen,' suste Willem, 'Wat Anna doet, doet zij uit liefde.'

'Liefde zou liever wat meer rekening houden met de levenden,' verzuchtte hun vader.

Het was namelijk geen ingetogen melancholisch lied, dat had gepast bij de gelegenheid en de stemmige toon van de sprekers, integendeel, het was droef romantisch, een oproep aan de liefde, die alle voorafgaande waardigheid tenietdeed.

Anna zong het met trillende lip en één hand op haar hart. Naast haar stond op een notenhouten muziekstandaard een grote foto van Karel, waartoe zij zich bij tijd en wijle richtte.

'Ongepast,' oordeelde Cobi. 'Zij zingt hem toe als een geliefde.'

'Karel hield van haar stem,' zei Wim.

'Wat denkt ze, dat hij haar kan horen?'

'Die stem van haar,' sprak de vader bezorgd. 'Het is een gekte, dat zingen. Zij heeft zich dat in haar hoofd gezet.'

O lieb', solang du lieben kannst!
O lieb', solang du lieben magst!
Die Stunde kommt,
Die Stunde kommt,
Wo du an Gräbern stehst und klagst!

'Het vertoon!' Het kostte Cobi moeite stil te blijven zitten.

Zij zwaaide hier op Ewijckshoeve de scepter, zij had alles ingekocht, iedereen geïnstrueerd en iedere uitnodiging persoonlijk met de hand geschreven. Háár zouden mensen hierop aankijken. Liefst was zij naar voren gestormd om haar zuster daar weg te trekken en de klep van de piano dicht te slaan, zo nodig boven op de vingers van de pianist. Waarom had zij er toch niet aan gedacht de vleugel op slot te draaien en de sleutel te verstoppen? Het enige waarvoor zij nog dankbaar was, was dat Bram Arntzenius er vandaag niet bij kon zijn. Maar helaas, zijn ouders waren er. Ongetwijfeld waren die gekomen om vast eens te zien wat het voor vrouw was in wie hun zoon een interesse had.

'Als dit toch Bram ter ore komt... Ik waarschuw u, Papa, ik zal het niet tolereren. Ik zal niet machteloos toezien hoe Anna ons te schande maakt, ik niet. Wat moeten mensen denken?'

'Een jonge vrouw heeft haar liefste broer verloren,' sprak nu de vader mild. 'Als de mensen hart hebben, voelen zij met haar mee.'

'Twee ongetrouwde dochters, dat is wat ze denken. En zij zeggen tegen elkaar dat het geen wonder is dat mannen hier jaar in, jaar uit de deur voorbijgelopen zijn.'

Er aber sieht und hört dich nicht,
Kommt nicht, dass du ihn froh umfängst;
Der Mund, der oft dich küßte, spricht
Nie wieder: Ich vergab dir längst.

En er kwam ook nog eens geen einde aan, nu kreeg je datzelfde refrein alwéér. Cobi keek rond om de schade op te nemen, maar deze mensen waren te goed opgevoed om iets aan hun gezichten af kunnen te lezen. Alleen haar broer Willem natuurlijk weer, met zijn affectie kunstenaar te willen zijn, leek door de klanken aangedaan.

'Het is die ziel van haar,' beet zij hem toe, 'en dat eeuwige gevoel.'

'Stel je voor,' verzuchtte hij, 'voelen wat je wilt en er gewoon gevólg aan kunnen geven.'

'Nou inderdaad, zeg,' klonk het verontwaardigd. 'Stel je voor!'

Niet ieder durfde te applaudisseren na de laatste maat, vanwege de gedragen sfeer en de eigenlijke reden van de bijeenkomst, maar iedereen stond op en gesprekken kwamen op gang.

'Anna is nu eenmaal... kleurrijk.' In arren moede haalde de vader zijn schouders op.

'Zolang ik leef krijg ik dat al te horen, ja.' Cobi gaf de bedienden een teken dat de verversing kon worden geserveerd. '"Och, Anna is zo kleurrijk." Maar over mijn bestaan hangt zij als een zware, zwarte sluier. Ik ben nou eenmaal niet zo sprankelend dat ik door al die *brille* van haar heen kan schitteren.'

'*Brille*,' zei Willem, 'dat is het juiste woord. Anna herinnert ons eraan dat het in het leven om iets schitterends draait, iets lichters.'

'Iets lichters?' Zijn vader keek oprecht verbaasd. Hij dacht na, maar kwam er niet uit: 'Lichter dan wat?'

'Wat was het waardig mooi en troostend, deze middag,' zei Amanda Röntgen, die als eerste van de gasten op hen toekwam. Een blonde, zachtaardige verschijning. Zij raakte de arm van de oude man aan met haar hand. 'En dan Anna's lied, u zult wel trots zijn, mijnheer Witsen.'

Amanda was van oorsprong Zweeds en had nog steeds wel een accent.

'"Trots" is een groot woord,' grimlachte Cobi. 'Maar zoals uw Julius speelde!'

'Dit is een van de liederen die Liszt nog zelf aan hem heeft voorgespeeld,' sprak zijn echtgenote. 'In Weimar. Als jongeman heeft Julius hem goed gekend. Het was Liszt die hem heeft aangespoord in Leipzig naar het conservatorium te gaan.'

Zij keken allen naar haar man, Julius Röntgen, donkerknap. Hij zat nog achter het klavier en Anna stond nu bij hem, leunend op één been. De knie van het andere steunde pal naast hem op de pianokruk, zodat zij over zijn schouder mee kon kijken. Hij had de partituur erbij genomen en wees daarin iets aan.

'Zij houden nooit op, die twee' lachte Amanda. 'Voor hen is het hele leven één lange les.'

Zelf had zij ook gecomponeerd en in eigen land was zij een beroemde violiste geweest, maar na haar huwelijk had zij het musiceren eraan gegeven. Sinds het echtpaar zich in Amsterdam had gevestigd, enkele jaren geleden, vulde zij haar dagen met huishouden en, zoals de meeste dames uit hun kringen, met liefdadigheid. Was er niemand thuis dan speelde Amanda nog wel eens, maar te zelden om haar techniek op peil te houden. Soms sprong zij ook op de muziekschool wel voor Julius in, wanneer hij buiten de stad op concert was. Dan zag zij in zijn leerlingen haar eigen, oude enthousiasme terug.

Dit moment lijkt geschikt voor een korte noot bij de Amsterdamse muziekwereld, die met de levens van de Witsens en de Röntgens nauw verweven was.

Vader Witsen, Jonas Jan, was een groot muziekliefhebber, laat dat voorop staan, en een fanatiek bestuurder in het culturele verenigingsleven. Aan het hoofd van de Maatschappij tot Bevordering der Toonkunst organiseerde hij in de hoofdstad muziekfeesten die soms dagen konden duren. Wekelijks, maar op het hoogtepunt van het seizoen ook vaker, bezocht hij concerten, zowel in de reguliere zalen als bij andere vooraanstaande muziekliefhebbers thuis, zoals bij Frans Coenen senior of bij Abraham Loman, de man die Julius Röntgen naar Nederland had weten te halen en die elke donderdag aan huis *soiree* hield.

Vader Witsen bezat zelf geen muzikaal talent, wat hij als een groot gemis ervoer, als een fysiek gebrek welhaast, iets wat zijn geluk belemmerd had en waarvan hij dagelijks hinder ondervond. Om zijn kinderen voor dit lot te behoeden, had hij erop gestaan dat ieder van hen al op jonge leeftijd minstens één instrument goed leerde bespelen. En hoewel hij in huis verder geen enkele drukte of lawaai verdroeg, kon hij er, zo klein als zij waren, van genieten wanneer hij hen ergens hun oefeningen hoorde doen, hoe eenvoudig of onbeholpen ook. Soms legde hij zijn pen dan zelfs neer en zakte in zijn bureaustoel achterover om te luisteren naar hun toonladders of een eindeloos herhaalde poging tot een vingerzetting. Later, toen zijn kinderen ook inderdaad talentvol bleken en Cobi, Willem en Anna samen begonnen te spelen, had dit hem meer dan eens tot tranen toe geroerd.

Voordat zij van het Amsterdamse Westeinde waren verdreven door de stankwalm van de Heinekenbrouwerij en alle overlast van buurt YY, een nieuwbouwwijk in aanbouw aan de overkant, hield de familie Witsen ook zelf vaak concert aan huis, soms samen met hun buurman, Alphons Diepenbrock, aanstormend componist. Jonge musici kregen er de kans om op te treden voor en samen met de grote namen van die tijd, onder wie huisvrienden zoals de beide Johannessen – Verhulst en Brahms – die er wanneer hun succesvolle, internationale leven het ook maar toeliet acte de présence gaven.

Als lid van de Wagnervereeniging zorgde Jonas Jan er hoogstpersoonlijk voor dat in Felix Meritis het beeld van de meester tijdens opvoeringen van zijn werk met een verse lauwerkrans werd gekroond, en op een avond in het Odeon, toen Brahms zich onder dirigentschap van Verhulst door zijn eigen tweede pianoconcert heen had geploegd, vervolgens tierend afgaf op het erbarmelijke niveau van de Nederlandse orkesten – 'Ihr seid liebe Leute, aber schlechte Musikanten'– en bezwoer Holland voortaan nog uitsluitend te bezoeken om te eten bij zijn vrienden, had Witsen ter plekke een vennootschap uit de grond gestampt voor de oprichting van een Amsterdams conservatorium.

Hiermee maakte Jonas Jan Witsen het tot zijn levensdoel dat musici in Nederland een volwaardige opleiding konden genieten, niet in de laatste plaats omdat hij buitenlandse gasten wilde kunnen ontvangen zonder zich te hoeven schamen voor de Hollandse kunsten.

Kort hierna werd met zijn hulp ook de Voorloopige Commissie tot het bouwen van een concertzaal opgericht, die opdracht gaf voor het ontwerp van een muziekgebouw naar buitenlands voorbeeld, en al voordat de eerste tekening op tafel lag, kwam Röntgen met ambitieuze ideeën voor een programmering.

Als betaalbare locatie voor de kostbare muziektempel kozen zij een stuk drasland net buiten de stad midden in de weilanden van Nieuwer-Amstel.

'Bij de Overtoomse Polder?' vroeg Cobi verbaasd toen Amanda haar toevertrouwde dat die ochtend de koop was ondertekend. 'U verwacht van uw publiek toch niet dat het straks dat hele eind in hun goeie goed door de modder zal trekken? Waarom zo'n gebouw nu niet gewoon gezellig in de stad?'

'Ik moet u teleurstellen,' sprak Julius toen hij met Anna kwam aanlopen. Hij sloeg zijn arm om Amanda's middel, trok haar naar zich toe en drukte een kus op haar blonde haren. 'Van de keuze voor die bouwplaats weet ik niets, behalve dat de vennoten het bedrag dat zij nu denken uit te sparen op de grondprijs, straks dubbel en dwars kwijt zullen zijn aan alle palen die zij er eerst zullen moeten laten heien.'

'Dat was prachtig, Anna,' prees Amanda. 'Gelukkig houd jij zo te horen dus je oefeningen dagelijks bij.'

'O, elke dag,' zei Cobi afgemeten. 'Daar zijn wij hier allemaal getuige van.'

Sinds de twee ongehuwde zussen met hun vader buiten woonden, kon Anna niet meer zoals vroeger zomaar naar de muziekschool. Om naar de stad te gaan had zij een chaperonne nodig.

'Wij missen haar, mijnheer Witsen,' pleitte Julius bij haar vader. 'Het zou toch zonde zijn een stem als die van haar niet verder te ontwikkelen.'

'Zij zingt op huisconcerten af en toe,' zei Jonas Jan.

Hij blikte ongemakkelijk naar Cobi in de hoop op bijval, maar haar aandacht werd juist getrokken door consternatie in de vestibule, waar een late gaste arriveerde.

'Afgelopen donderdag nog zong Anna bij uw overbuur in de Van Baerle,' vervolgde vader Witsen. 'Bij Bram Loman, was u daar niet aanwezig?'

'Wij hadden bezoek,' zei Amanda vriendelijk, 'maar wij hebben van de muziek wel degelijk genoten.'

Anna kleurde nu, betrapt, want die avond had zij, zoals zij wel vaker deed wanneer de Röntgens daar ontbraken, het raam naast de vleugel geopend in de hoop dat zij haar aan de overzijde zouden horen.

'Och Here, sta ons bij,' verzuchtte Cobi nauwelijks hoorbaar toen zij zag dat Thea Taets van Amerongen aankwam in een gele jurk met kanten roesjes. 'Het slagschip is terug in de haven!' En zij haastte zich erheen om te redden wat daar nog te redden viel.

'Mis jij zelf de lessen niet?' vroeg Julius ondertussen.

'Enorm,' antwoordde Anna eerlijk. Zij bloosde, sloeg de ogen neer. 'Alles zou ik ervoor geven, werkelijk alles.'

Julius knikte.

'Binnenkort, wanneer de deuren van het conservatorium opengaan...' Hij aarzelde. Hij kende Jonas Jan niet anders dan als mecenas en vurig voorvechter van de muziekkunst, maar hij zag, terwijl hij sprak, diens blik bekoelen. Hij drong daarom niet aan, maar zei alleen: 'Je zou eens moeten komen praten, Anna. Wij hebben een aantal kandidaten gezien, maar niet één voor wie jij onderdoet.'

Zij ademde scherp in als voor een lang aan te houden noot, lachte dankbaar en vol ongeloof. Röntgen zelf nodigde haar uit te komen auditeren! Van opwinding sidderend keek zij van de musicus naar haar vader. Zij hoopte op een blijk van goedkeuring, maar de oude man vertrok geen spier.

'Het is een zware dag geweest,' zei hij alleen, 'vol emoties voor iedereen.' Hij excuseerde zich met een lichte buiging en trok zich terug.

III.

'Ik ging op reis omwille van de dode, maar het leven hield mij op,' verzuchtte Thea Taets van Amerongen. 'Er stond een sein verkeerd op Hollandsch Spoor.'

Veel gasten waren na het officiële gedeelte al vertrokken, de rest had zich verdeeld over de rooksalon.

Thea, die hun moeders hartsvriendin geweest was, had zich op de grote sofabank omringd met de kinderen Witsen, voor wie zij als een tante was. Na Jacoba's jonge overlijden hadden Thea's hart en haar natuur erom geschreeuwd de moederzorg voor hen op zich te nemen. Hiertoe had zij ook welgemeend en plechtig een gelofte gedaan, met één hand op haar hart, de andere op de sluitsteen van het graf. Helaas had zij die niet gestand kunnen doen vanwege diverse internationale amourettes, die haar dwongen onophoudelijk onderweg te zijn.

'Waar moest u vandaan komen, freule?'

'Uit Parijs, kind.'

'Ach, Parijs,' zei Anna dromig.

'Erfdochter van Ninive,' beaamde Thea, in de ene hand een schoteltje met sandwiches, in de andere een glas. Zij leek vast van plan om alles in te halen wat zij door haar late komst was misgelopen. Tante, zoals de kinderen haar noemde, was al jong weduwe geworden, beschikte sindsdien over eigen vrijheid en fortuin, en genoot daarvan met volle teugen. 'Parijs,' benadrukte zij, 'het nieuwe Babylon, opvolger van het Rome uit de keizertijd.'

'Steden die stuk voor stuk ten onder gingen,' stelde Cobi. 'Aan zondigheid, als ik me niet vergis.'

'Lief kind,' zei de freule alsof zij de oudste dochter nu pas opmerkte. Zij zette haar versnaperingen neer en greep Cobi's beide handen. 'Jouw brief aan mij met de uitnodiging voor vandaag moet ergens halverwege Noord-Frankrijk in *la poste* verloren zijn gegaan, maar *du moment* dat ik van de herdenking hoorde heb ik alles achtergelaten. De hele nacht heb ik gereisd – vandaar dit wat frivool tenue – maar ik bén er. Ik ben er voor jullie, kinderen, weest gerust...'

Zij vloog overeind, schreed toe op Karels foto, boog zich eroverheen als de rouwende engelen over de zerken van Montmartre en drukte er een kus op.

'Och mijn goeie jongen,' sprak zij, 'lieve, mooie jonggestorven Karel. Het enige waarvoor wij dankbaar kunnen zijn, is dat jullie moeder dit verlies niet heeft hoeven mee te maken.'

'Moeder had al net zo'n voorliefde voor vreemde vriendschappen als jij,' schamperde Cobi tegen Willem terwijl de freule met geheven vork achter een schaal met verse kreeftjes aan ging.

Zijn zuster refereerde aan de leden van zijn literair genootschap, een groep door passie voor de taal gedreven jongemannen. Zij noemden zich Flanor en kwamen samen in een zolderzaaltje aan de Kalverstraat om Shakespeare te bespreken, Keats en Shelley, Sidney, Spencer en elkaar.

Een uitnodiging voor vandaag had geen van hen mogen ontvangen.

'Je zou ook blij voor me kunnen zijn dat ik vríenden héb,' zei hij alleen.

'Vrienden?' hoonde zij. 'Wim, houd jezelf toch niet zo voor de gek.'

Cobi bewaarde tirades als deze altijd tot er publiek bij was, zodat je er nooit voluit tegen in kon gaan zonder schandaal te maken. Willem wist wel dat op dat soort momenten haar zenuwen aan het woord waren, dat dit voortkwam uit een diepe angst niet in de society te passen en als gevolg daarvan alleen te blijven, als ouwe juffer, sneu en ongetrouwd, maar goeie hemel!

'Jij mág mijn vrienden niet omdat je ze niet snapt,' zei hij kalm. 'En je snapt ze niet omdat zij kunstzinnig zijn.'

'Kunstenaars, precies.'

'Niet alleen, wij vormen in de eerste plaats een letterkundig genootschap, dichters zijn er heus voldoende bij Flanor, studenten allerlei.'

'Denk eens goed na. Wat moeten zulke lui met jou?'

'Maak ik geen kunst?'

'"Loffelijk, maar onbestemd", was dat niet hoe Allebé jouw schilderwerk omschreef? "Onbestemd", na vijf jaar academie!'

'En daarom ben ik me toe gaan leggen op grafiek. Als het je zou interesseren, zou je dat weten. Als je er eens naar zou komen kijken, kon je een eigen oordeel vormen. Daarom zijn die mannen nou mijn vrienden, Co, omdat het ze kan schélen wat ik maak.'

'Of misschien ben ik gewoon te dom, dat kan natuurlijk ook. Aan de andere kant, Papa acht mij slim genoeg om hem te mogen helpen met zijn zaken. Ik controleer de staten hier in huis en zie dat hij jouw atelier betaalt en hoeveel jij daarnaast elke eerste van de maand nog eens aan toelage ontvangt.'

'Het leven van een kunstenaar is nu eenmaal geen vetpot.'

'En ik zie ook dat jij ondanks alles aan het eind van elke maand tekort hebt, een tekort dat door hem dan iedere keer opnieuw met nog eens extra schenkingen wordt aangevuld.'

'Vader begrijpt misschien niet altijd wat wij doen of waarmee ik bezig ben, maar hij juicht zowel mijn werkzaamheden als mijn omgang met mijn vrienden toe, een uitwisseling die mij voedt en mij verrijkt.'

'Ja, als ik een man was en mijn eigen geldje kreeg, zou ik me ook "verrijkt" voelen.'

'Het siert je, Co, dat je uit zorg voor pa zo op de penning bent, maar het blijven zijn zaken en in mijn artistieke keuzes en mijn levenswijze steunt hij mij van harte.'

'En is hij zich ervan bewust dat hij daarmee ook die zogenaamde vrienden van jou onderhoudt? Hoe goed zij via via op zijn kosten eten? Nee, zulke kerels zullen zelf eens een rooie cent hebben! Weet vader dat hij op die manier zelfs indirect de zaalhuur voor jullie literaire avondjes bij Karseboom betaalt, inclusief de rekening van alle maaltijden en drank?'

'Waarom zou het hem iets kunnen schelen voor wie of wat ik mijn toelage gebruik?'

'Ik durf het hem in elk geval niet te zeggen. En dan zijn er de andere rekeningen op jouw naam die voor het gemak maar rechtstreeks hierheen komen: etentjes bij Maison Couturier maar liefst, drie kisten bergerac bij Willemsen op de Heiligeweg, muskaatdadels van Dreckmeijer, met de hele club een avondje bij Schiller, drinkgelagen in Milles Colonnes.'

'En wat dan nog? Zelfs als een ander ervan meegeniet. Sinds wanneer is er in deze familie een tekort aan geld?'

'Wat ik er maar mee wil zeggen, Willem, is dat jij je eens moet afvragen of die vrienden van jou nog steeds zo'n interesse in jou zouden hebben, en in dat "loffelijke maar onbestemde" werk van je, als zij hun rekening zelf moesten voldoen.'

'Ik had verwacht dat Cobi toch een tikje minder *highly strung* zou zijn, nu er een jongeman gevonden is die interesse in haar toont,' zei Thea Taets. Met de punt van een servet depte zij haar mondhoeken. 'Hoe heet de gelukkige?'

'Bram,' antwoordde Anna. Zij had zich bij haar broer en zus vandaan gehaast voordat het kibbelen begon. Van kleins af was zij voor zulke spanningen overgevoelig, uren tevoren voelde zij soms al waar het tussen mensen kon ontsporen. 'Bram Arntzenius. Werkt in de Tweede Kamer als griffier.'

De freule keek zoekend rond.

'Hij is in Den Haag om op de kinderen te passen,' verklaarde Anna en zij voegde daar vanwege de verbaasde blik aan toe: 'Zo jong als u denkt is die mijnheer Arntzenius van haar nu ook weer niet.'

'Een weduwnaar?'

'Pas kort. Zijn vrouw stierf in het kraambed bij de geboorte van een drieling.'

'Een griffier met de zorg voor drie zuigelingen...'

'En er wáren al drie kinderen; Hij kan de avonden niet makkelijk weg.'

'Een man alleen met zes kleine kinderen. Geen wonder...' Thea keek naar Cobi, die nog steeds met Willem kibbelde. Het gaf haar mond een scherpe trek. In haar haren toonde zich het eerste grijs. 'Zo iemand heeft geen tijd om heel grondig te zoeken.'

'Cobi heeft nooit een hoger doel gehad dan een gezin.'

'Maar zo ineens de zorg voor zés.'

'Wij hebben allen goede hoop. Haar zou het goed doen om te trouwen.'

'En jou?' vroeg de freule. Dit leek haar nu typisch zo'n gesprek dat dochters anders met hun moeder zouden voeren, en nu nam zij het op zich. 'Heb jij je oog al eens op iemand laten vallen?'

'Aan zulke zaken denk ik niet.'

'Nee, jij bent in alles meer zoals ik. Op jouw leeftijd was

trouwen wel het laatste waar ik aan dacht, och je had mij moeten zien, ieder mannenhart bracht ik op hol. Nu ja, als ik eerlijk ben: nog steeds.' De freule voelde wel dat dit niet helemaal een moederlijke toon was, maar zij sprak hierover nooit met iemand anders dan vriendinnen. 'En als je zoveel keuze in het leven hebt als jij en ik, tja, dan zie je lange tijd ook geen enkele noodzaak om te kiezen. Maar pas op, want voor je het weet... ineens kan je moment verstreken zijn.' Zij vouwde haar servet en overwoog of het schoon genoeg was om er, mocht dat nodig zijn, een traantje mee te deppen. 'Vertel, heb ik gelijk? Vooruit, Anna, ik heb gebiecht, nu jij: staan de vrijers voor jou in de rij?'

'Wel als zij er een beetje kijk op hebben...' lachte Julius Röntgen, die achter hen opdook. Hij maakte ter afscheid nog een rondje, had wat gedronken en was in een goeie bui. 'En horen die vrijers haar eenmaal zingen, dan sluiten zij ook niet meer zomaar netjes achteraan, maar zij duwen elkaar opzij en stormen naar voren.'

Anna sloeg haar ogen neer en kleurde.

'En wat mijn aanbod betreft,' fluisterde de musicus, 'denk er rustig over na, Anna, en laat het mij weten als je wilt komen auditeren.'

'Mijn wil is het probleem niet.'

'Aaltje Reddingius, die laatst thuis bij Bram Loman zong, is aangenomen en, tussen ons, haar mogelijkheden zijn beperkter dan die van jou. Ik heb in de commissievergadering al over je gesproken.'

'Het is niet mijn beslissing,' zei Anna. 'U zag hoe vader reageerde, Ik ben bang dat hij er niet zo voor zal zijn.'

'Niet voor? Jonas Jan niet voor?'

'Als wij nog in Amsterdam woonden, misschien, maar ik zou nu regelmatig heen en weer moeten...'

'Heus zo'n bijzaak, dat komt goed. Ik zou geen groter voorstander van kunstontwikkeling weten dan jouw vader.' Julius nam haar hand, drukte er een kus op en knikte toen vriendelijk naar freule Taets.

Zij keek hem na en zag daarop hoe Anna bloosde.

'Welaan,' sprak zij vermaakt. 'Hiermee zijn alle vragen die ik had wel min of meer beantwoord.'

Het was over achten. Vrijwel alle gasten waren weg en het restant maakte zich op om naar het Rhijnspoor te vertrekken voor de laatste trein naar Weesperpoort. Hierna zou Ewijckshoeve weer voor lange tijd van leven zijn verstoken.

'Kom snel terug, Wim,' zei Anna toen ook hij op huis aan ging. Zij sloeg een mantel om en liep mee naar buiten, waar zijn koets klaarstond. De verdere avond zou zij met Cobi in het grote huis alleen zitten, want vader was al naar zijn kamer. 'En kom dan met je vrienden. Breng je vrienden hierheen, alsjeblieft.'

Het vroor weer. De boerenvuren in de verte brandden nog. De hemel kleurde daar oranje.

'Wie zal mij nu hier nog warm houden?' Zij snikte haast. 'Ach Willem, er zijn zoveel mensen die niet kúnnen leven. Maar wanneer je het wel kunt, zoals jij en ik, en dan toch niet leven mógen...'

'De volgende keer breng ik ze mee, dat beloof ik. Kloos heb je al een keer gezien en die was dol op jou, Verwey, Van Looy, de hele boel. Je hebt gelijk, jij bent veel meer zoals wij, zoekend het dagelijkse te overstijgen. Wij doen dat door te etsen, te tekenen, te dichten. Jij hebt je stem.'

Het was een windeloze avond, geluiden droegen ver. Bij de boerderijen danste men een volksdans op een houten vlonder. Er werd trekharmonica gespeeld. Op elke tweede tel hoorde je de voeten van de feestvierders zwaar stampen op de planken, waarna iemand met een stok vol bellen telkens een opmaat gaf.

'Wat betreft mijn stem...' Anna keek om zich heen of er

in het huis niemand hen kon horen. 'Julius dringt erop aan dat ik voor het conservatorium kom auditeren.'

Hij beantwoordde haar kleine hoop met zorg.

'Och Anna toch...'

'Ik dacht: zou ik op zulke dagen, wanneer ik les krijg – stel alles gaat door, stel – zou ik dan niet soms door de weeks bij jou kunnen logeren op de Govert Flinck?'

'Logeren? Maar, lieverd, daar gaat het toch niet om.'

'Of anders kan ik op lesdagen heen en weer reizen. Thea Taets heeft toegezegd wel te willen chaperonneren.'

'Wanneer Papa over een chaperonne denkt, staat hem toch denk ik een heel ander iemand voor ogen. Iemand minder... minder *parisienne.*'

'Maar ik kán niet...' Zij stokte, greep zijn beide armen en smeekte als een kind. 'Ik kan niet blijven, Wim. Niet hier. Laat mij niet achter. Hier zullen zij mij insnoeren.'

'Papa en Cobi houden net zoveel van jou als ik. Het is alleen, zij zijn wat huiverig soms. Zij zijn bang dat jij hen op een dag misschien compromitteert.'

'Zoals vanavond. Alleen al door te zingen.'

'Je weet hoe Cobi is: als de dood alleen te moeten blijven. En Papa vreest datzelfde voor haar. Dit is het enige. Zodra zus onder de pannen is, getrouwd, zul je vrij zijn. Dan kun jij zelfs uit huis.'

'En tot die tijd?'

'Tot die tijd trek je naar mij. Ik houd jou bij het leven, dat is beloofd, Goes, Van Looy, Alberdingk Thijm, ik breng die jongens hierheen, allemaal. Heus, Anna, heb geduld. Jij zult vrij zijn op een dag, als jij maar ondertussen je gevoelens ietwat matigt.'

'Matigt?' Zij liet haar broer los, abrupt, alsof zij de verkeerde beethad. 'Matigt?'

Twee tellen dacht Anna na, draaide zich toen om, wilde naar binnen, ineens leek zij niet klein of weifelend meer, op geen enkele manier smekend, maar juist stevig en gedecideerd. Op de drempel van de vestibule bleef zij staan en keek hoe hij insteeg. Toen hij zat, schoof hij het raampje naar beneden en stak zijn hand op.

'Gevoelens kennen geen maat, Wim,' sprak zij koel. 'Het hart laat zich niet meten.'

IV.

Het was over half twaalf toen Willem aankwam op de Nieuwezijds, maar in Die Port van Cleve hingen zij nog rond de leestafel, zijn vrienden.

'Dinsdagavond, ik verwachtte jullie bij Flanor.' Hij draaide een stoel, ging er achterstevoren op zitten, kruiste zijn armen boven de rugleuning en hing zijn lange lijf eroverheen. 'Maar zij zeiden daar dat jullie om half negen al waren vertrokken.'

'Wetenschapsavond,' verzuchtte Kobus.

'Die lui daar verdraag ik met de week slechter.' Free van Eeden schudde zijn schouders alsof de ergernis er nog aan kleefde. 'Nu kwam Van der Waals weer een of ander praatje houden over gassen, hoe die uitzetten en inkrimpen.'

'Voor iemand met een spijsvertering als de jouwe,' plaagde Goes, 'had dat nou juist van interesse kunnen zijn.'

'Sowieso was ieders spijsvertering daar beter af geweest,' wierp Kloos tussen, 'hier is de stoofpot niks dan laffe ui.'

'Allebei waar,' vond Karel. 'Bij Flanor krijgen we ons eten pittiger, maar vandaag de dag is de conversatie er te flauw.'

Zelfs wanneer zij maar wat ouwehoerden, zoals nu, genoot Willem ervan naar deze kerels te luisteren, jongens zoals hij, allemaal tussen de twintig en de dertig, studentjes met een passie voor hun kunst en naar schoonheid bovenal een grenzeloos verlangen. Zeker wanneer hij rechtstreeks van Ewijckshoeve kwam, waar je toch altijd het gevoel hield dat er ergens iets bekneld zat, was het bij hen alsof hij thuiskwam en hij alles wat te strak was af mocht gooien voor het nemen van een frisse duik.

Doorgaans wierp hij zich niet onmiddellijk in de conversatie, maar nipte wat van zijn cognac met spuitwater, hoorde sowieso altijd de anderen liever aan dan dat hij zelf sprak, maar begon hij eenmaal, na een paar borreltjes meestal, dan kwam ook alles los. Hier plaagden zij hem mee, soms voerden zij hem ook met die opzet dronken.

Willem had twee kanten, dit wisten zij allemaal, de stug-stille aristocraat met zwier in zijn magnifieke manieren, en een innig ongeremd wezen vol kunstenaarshartstocht. Hij wist dit zelf ook: zijn woest-hevige natuur was thuis met harde hand getemd en kon enkel in toom worden gehouden door beschaving. Maar natuur is niet beschaafd en beschaving niet natuurlijk, dus af en toe brak in hem iets los en sloeg op hol. Die momenten van ongeremdheid vreesde hij evenzeer als dat hij ernaar verlangde.

Zijn eigen passies herkende hij in zijn vrienden, die ze heviger lieten vlammen en er vrijer over durfden spreken dan hijzelf. Och, de vuren die ontstoken waren door de vonken die hier vlogen! Alleen al hierom warmde hij zich graag aan hun gezelschap, zeker na zo'n droeve dag.

Willem rustte nu zijn hoofd moe op zijn armen, tevreden in hun kring zichzelf te kunnen zijn. Om niets te missen legde hij af en toe zijn hand rond zijn oor. Dit had hij zich zo aangewend omdat hij licht hardhorend was, wat alleen lastig werd wanneer iedereen door elkaar heen sprak.

'Het is een slap aftreksel van wat het is geweest,' vond Kloos.

'Heb je het nu over die stoof of over Flanor?'

'Allebei.'

'Er komen te veel leden' wist Kobus van Looy, zelf lid vanaf het eerste uur. 'Ze laten tegenwoordig iedereen maar toe.'

'De interesses lopen daardoor nu te ver uiteen, er komen lui binnen van onverenigbare disciplines,' mopperde Van Eeden. 'Te verschillend ook van intellect en van esprit.'

'If any,' verzuchtte Goes, die het eens was maar zich ook aangesproken voelde, want hij had Flanor opgericht, samen met Kloos trouwens, in de tijd dat die nog met Jacques Perk was. 'Aan zo'n droge wetenschapsverhandeling als vanavond komt geen enkel esprit meer te pas.'

'Wij zouden die hele slappe hap door een zeef moeten halen,' stelde Kloos, die op de stoofpotmetafoor nog niet leek uitgekauwd, 'en dan alleen de smakelijke brokken eruit vissen.'

'Dat hebben we vanavond toch gedaan?' Albert Verwey keek de kring rond. 'Hier zitten we.'

Het genootschap waarop zij nu afgaven, was pas een paar jaar actief. In die korte tijd waren er tussen de mannen, zoals zij hier bijeenzaten, hechte vriendschappen ontstaan. De kunstenaars hadden elkaar gevonden in hun liefde voor taal en beeld, voor *Hamlet, King Lear* en alles van *the Bard*, voor Shelleys *Cenci, The Cloud* en *Adonaïs*, maar meer nog in hun open en innige, vruchtbare uitwisseling over elkáárs werk, die er soms toe had geleid dat schilders de pen hadden opgenomen en schrijvers de kwast begonnen te hanteren.

In die studentikoos feestelijke tijd waarin deze jongemannen met elkaar de nacht door schuimden en regelmatig samenkwamen om elkaars nieuwste werk te horen of zien, te bewonderen en becommentariëren, was hun individuele kunstenaarschap enorm gegroeid, onmiskenbaar onder invloed van elkaar.

Vaak zaten zij op het Rokin bij sociëteit Polen, maar meestal boven restaurant De Karseboom, een van de oudste panden aan de Kalverstraat. In het zaaltje dat zij huurden hadden in de achttiende eeuw de patriotten nog vergaderd onder dezelfde zware balken en donkerbruine zoldering. En Cornelis, die bediende, leek wel uit diezelfde tijd te stammen, zeker wanneer hij gebukt onder de schotels hijgend bovenkwam. Elke dag schafte zijn eigen pot en vrijdag was er gort na met rozijnen. Daarvoor moest Cornelis dan wel twee keer sjouwen, maar hij ving aan het einde van de avond dubbel fooi.

Het groeiend succes van Flanors leden, die ieder op eigen wijze in het culturele leven van Amsterdam begonnen mee te tellen, en het belang van hun causerieën en werkbijeenkomsten bleven in de stad niet onopgemerkt, met als gevolg dat er zich van allerlei voor begon aan te melden, ook schrijvers van de oude garde, beeldend kunstenaars die hoopten alsnog mee te tellen, veelal kerels die ervan hielden om vooral hun eigen stem te horen en dan met starre opvattingen en achterhaalde kennis hun gebrek aan kunnen overschreeuwden. Zondagsschilders zaten ertussen, critici van de oude stempel, boudoirdichtertjes. Precies het soort mannen en het soort commentaar waarvan de jonge schilders en schrijvers hadden gehoopt zich los te kunnen maken.

Een architect was er inmiddels lid geworden en studenten wetenschap, theologie, geschiedenis en rechten, die ook ieder hun specifieke avondjes mochten organiseren met sprekers uit hun eigen vakgebied. Dit laatste had een verrijking kunnen zijn, als zij zich niet daarnaast ook allemaal wilden doen gelden op de avonden van de oude harde kern, Willems vriendenclub.

Die moest nu vaak beleefd luisteren naar commentaar van heren die zelf nooit enige creativiteit hadden ontplooid en hun esthetische waarden nog aan Nicolaas Beets en Ten Kate ontleenden, aan Potgieter en Bakhuizen van den Brink of aan artikelen uit *De Gids*, waar het elan ook alweer een halve eeuw van af was, maar waarop bepaalde kersverse Flanor-leden zich hadden geabonneerd speciaal om op literaire avonden een duit in het zakje te kunnen doen.

Zulke lui gaven hun mening zoals zij zondags in de kerk hun offerande in de collecteschaal wierpen: de laagst denkbare bijdrage met het grootst mogelijke gebaar.

'Albert heeft gelijk,' zei Willem Kloos, 'Kijk ons, los van dat hele bête zootje. Dit hier is onze natuurlijke selectie: alleen door liever bij elkaar te kruipen en eens flink wat flessen te bestellen hebben wij ons vanavond als vanzelf al van het vulgus onderscheiden, en dat was immers ooit het doel: ons af te scheiden van die achterhaalde wereld van bureaucraten, die letterkunde heet.'

'Letterkúnde, het woord alleen al! Als was het een ambacht, waar die luitjes voor studeren.'

'Kunst is geen wetenschap,' vond Paap. 'Om de letteren iets degelijks te leveren moet men er niet in dóén.'

'Hoofden zonder lijf, zeg ik je, harses zonder ziel! Boeken lezen ze en vervolgens redeneren zij met hun kennis alles dood. Maar wie ooit zelf iets heeft geschapen – écht geschapen, iets uit niets gemaakt, oorspronkelijk en nieuw – weet om de donder: vakmanschap en kunde zijn de grootste vijanden van kunst.'

'Van heuse schoonheid.'

'Als zij ooit al ergens schoonheid zien, die ouwe garde' – Verwey wond zich op – 'dan loeren zij ernaar, wantrouwend, afwachtend als spinnen in een web.' Hij was de jongste van het stel, zat nog op het gymnasium en kon zich opwinden alsof hij op het schoolplein ruzie zocht. 'Zij vangen het elkaar af, de taaldominees, en zij breken het open met hun kritiek, zij zuigen het uit en voeren ons in de droge volzinnen van hun schriftanalyses enkel nog het dood en dor omhulsel.'

'Dit is precies de negativiteit die ons verstikt. Komen wij met iets volledig nieuws, dan denken zij niet: wat zou hier mooi aan zijn? Welnee, ze houden het met twee vingers omhoog, bekijken het met een vies gezicht en denken: het is nieuw en niet zo helemaal belegen, dus iets zal er dan wel niet aan deugen, eens kijken wat dat zou kunnen zijn.'

'Voilà de stand der Nederlandse letteren.'

'Vergeleken bij de Engelsen stellen wij geen sodemieter voor,' riep Kloos. 'Hollanders kunnen morgen rustig ophouden met krassen en krabbelen zonder enige schade voor dit geslacht of het volgende. Dit is een land van rijmelaars die denken dat zij dichter zijn. Wat heeft het ooit voortgebracht behalve bureaucraten die denken dat zij verstand hebben van kunst? Maar passie, positiviteit en levenskracht zijn dat soort literatoren onbekend. Verbeelding hebben zij van anderen te leen en zingen doen ze enkel op bekende wijsjes. Hun liedjes zijn te klein, nooit zullen zij eens flink uithalen. En jubelen ze al eens ergens over, dan is het over zedigheid en onschuld, over vóór de huwelijksnacht niet zullende neuken. Kortom, wat hun het hoogste is, is mij vulgariteit en andersom.'

'Waarom dan met die ouwe kliek nog verder tijd verdoen?' vroeg Verwey. 'Het zijn stuk voor stuk oningewijden in het werkelijke leven, óns leven, door passie voortgestuwd in warm kolkend bloed, precies de cultus waarvan wij de hogepriesters willen worden.'

'Dan zit er eigenlijk maar één ding op,' opperde Free, 'voor onszelf beginnen. Een eigen club.'

'Toch niet nog eens?' kreunde Goes. 'Daarvoor vind ik de puf niet meer.'

'Met dezelfde kern, met elkaar beginnen wij opnieuw.'
'Wie weet,' zei Karel. En toen Kobus van Looy: 'Niet gek gedacht', wat werd beaamd door Kloos: 'Want zolang alles wat wij maken steeds langs het stoffig web moet van hun oordeel, die lappendeken van conventietaal, zal geen van ons zijn vleugels vinden.'

Het was inmiddels sluitingstijd geweest. Rondom stonden de stoelen al op tafel en de gerant bracht het verzilverde schaaltje met daarop de rekening voor de avond en een pen. Hij zette dit als vanzelf voor Willem Witsen neer, zoals gewoonte was geworden in de meeste etablissementen die hij met zijn vrienden frequenteerde.

Willem nam de optelling met een glimlach aan, tevreden over zo'n optimistisch einde aan een zwarte dag, dankbaar dat hij zich weer had mogen opladen aan hun jongehondenenergie.

Zij stonden alvast op om hun jas aan te trekken. Zelf moest hij alleen zijn handtekening nog zetten: morgen telde de restauranthouder deze kosten bij de rest en dan werd het totaal aan het eind van de maand naar zijn vader gestuurd.

Terwijl Willem zijn portefeuille trok om enkele biljetten voor de bediening, wierp hij vluchtig, enkel voor de vorm, een blik op het openstaand bedrag.

Nou, de jongens hadden goed gegeten.

En niet zuinig gedronken ook.

Hij legde de *pourboire* op het schaaltje. De gerant liep er al mee weg toen het Willem te binnen schoot hoe gepikeerd Cobi zich over zijn uitgaven had getoond.

Hij verwenste haar om haar vileine insinuatie over zijn vrienden, die hij nu misschien wel nooit meer uit zijn hoofd zou krijgen. En bij de uitgang nam hij de gerant toch even apart, zeggende dat hij vanavond het gelag contant betalen zou en of de goede man aan de eigenaar wou laten weten dat de rekening voortaan niet meer naar De Vuursche moest, maar rechtstreeks naar zijn huisadres kon op de Govert Flinck.

Achter het paleis scheidden hun wegen voor de nacht.

'Morgen bij mij,' opperde Willem, 'half zeven?'

'En dan mét degenen die er vandaag niet bij waren,' zei Kloos, 'want ik wil hier wel graag verder over spreken; Hein Boeken, Aletrino, wie waren er vanavond nog meer niet?'

'Ising, maar die brengt zijn avonduren tegenwoordig liever met Mina door.'

'Wie missen we nog?'

'Erens en Jan Veth.'

'Eerst is de vraag: wie willen we erbij?'

'Ik ben te moe, jongens, dat soort dingen zien we morgen wel.'

'Ik zeg: Breitner, Chap en Diepenbrock, we moeten wel compleet zijn.'

'Ik trommel iedereen op,' beloofde Kobus van Looy, die zijn hand opstak en de Paleisstraat in beende.

'Dan half zeven op de Govert Flinck, van daaruit zien we verder.'

'Nu heb ik lust om eens enorm Frans te spreken,' bekende Van der Goes geilgrijnzend. 'Iemand zin om mee te gaan naar Nel de Roos?'

'Niet vanavond,' kreunde Free van Eeden, sowieso geen held waar het bordeelbezoek betrof. 'Voor dat soort werk heb ik te veel gedronken, echt, het zou nu enkel zonde wezen van het geld.'

Ook Karel Alberdingk Thijm, die sinds Rolduc weer bij zijn ouders woonde, hier vlakbij op de Nieuwezijds, ging naar huis.

Zo brak het groepje stilaan op.

De laatste vier, de harde kern, staken dwars over de Dam tot aan de Nes.

Die lange, smalle straat was van voor tot achteraan vol tingeltangel en op dit late uur zo lokkend levendig als op marktdag het Rokin. Willem haalde Free over voor een afzakker nog even mee te gaan, maar Kloos en Verwey namen liever afscheid.

Willem keek ze na totdat zij, arm in arm, de Damstraat in verdwenen op weg naar God mag weten waar die altijd scholen in hun twee-zaamheid.

'Montaigne met La Boétie,' sprak hij zachtmoedig.

De vrienden vroegen niet, de vrienden waren vrij, verlangden van een ander nog veel vrijer en vonden van elkander vrijwel alles goed.

V.

'Hela,' riep Anna vrolijk. Zij zat op handen en knieën midden in de woonkamer op de grond, gezadeld als een paard. 'Hela-hop, waar blijft mijn ruiter? Hé, Juultje, hela-hop, waar blijf je nou?'

Zij haalde het touw dat als teugel had moeten dienen, tussen haar tanden vandaan, plukte een vlasdraadje van haar tong en keek waar de kleuter die zij rond zou rijden, zo ineens gebleven was.

'Hé, kleine Juul,' riep zij, maar het jongetje had achter de schuifdeuren in de voorkamer kennelijk iets gevonden wat interessanter leek om mee te spelen. 'En ik dan?'

'Zo gaat dat,' lachte Amanda. Haar zoontje stond op het punt de planken van de glazenkast te beklimmen als de treden van een ladder. Zij tilde hem eraf en nam hem op schoot. 'Dat zul je merken als jij ooit zelf kinderen hebt, Anna, het ene moment ben je hun hele wereld, het volgende zijn zij jou vergeten en hebben ze een nieuwe interesse.'

'Geef ze 's ongelijk: kinderen weten wat ze willen en daar geven zij gehoor aan, schaamteloos.' Anna stond op, trok haar lange rok glad en kwam op het raambankje tegenover hen zitten. 'Daar kunnen wij volwassenen nog iets van leren.'

'Dat wij ons moeten voorbereiden, dát leren zij ons.' Mevrouw Röntgen liet het kind nu paardjerijden op haar schoot. 'Op een dag laten zij ons achter, precies zo: zij draaien zich om en wég.' Zij drukte een kus op het blonde bolletje. 'Dan ruilen zij ons in voor iets van groter belang. Dat hebben wij tenslotte zelf met onze ouders ook gedaan.'

'Behalve ik,' zei Anna droog. 'Ik woon nog maar steeds thuis.'

De twee vrouwen en het kind keken naar buiten.

De stad was juniwarm en bleek. Het wachten was op Julius, die nog in overleg zat met de directeur, Frans Coenen senior, en de conservatoriumcommissie.

Beneden op de Van Baerlestraat was eindelijk wat beweging, maar het bleken slechts pupillen van een school die net was uitgegaan. Een van hen slingerde dreigend met zijn schooltas, maar zonder de anderen te raken. Zij staken door naar het park.

'Wat moet dat een geluk zijn, kinderen te hebben.' Anna strekte haar armen uit naar Julius junior, nam hem van zijn moeder over en tilde hem hoog door de lucht. 'Hoe zij een mens eraan herinneren: vallen, troost zoeken en verder spelen, zwaarder is au fond het leven niet. Wat moet het heerlijk zijn dag in, dag uit hun onbevangenheid te mogen zien.'

'Ooit kon ik net zo onbevangen zijn,' lachte Amanda meewarig, 'maar toen werd ik moeder.'

Zij keken hoe de paardentram aankwam. Het was een van die zomerse dagen, de dieren lieten hun hoofden hangen. De wagen stopte op de hoek maar niemand stapte uit.

'Dat vrouw zijn, wat is dat toch voor lot?'

'Het onze, Anna, onontkoombaar.'

Een conducteur kwam naar buiten. Hij stak een manslange koevoet tussen de rails, wrikte, en gooide zijn volle gewicht ertegenaan om de wissels om te zetten. Er klonk een bel, de paarden trokken voort, de kerel met de koevoet sprong op het achterbordes en de tram draaide het dubbelspoor op richting Overtoom.

'Waarom laten ze ons aan de vrijheid ruiken als wij vervolgens worden gedwongen er voor altijd afstand van te doen?' Zij dacht aan haar vader, die haar zo'n passie voor muziek had bijgebracht en nu niet wilde dat zij er in verder leerde. De auditie van vandaag, waar zij al wekenlang zo vol van was, had zij dan ook voor hem geheimgehouden. 'Soms denk ik wel eens dat het leven niet weet wat het met ons vrouwen aan moet.'

'Kom, vertel me meer,' probeerde Amanda vrolijker, 'hoe het is gegaan daarnet. Hoe heb je voorgezongen? Je kwam binnen, daar zaten zij, en toen?'

'Ik heb mijn best gedaan, maar al die blikken...'

'Je hebt genoeg ervaring met publiek.'

'Nergens dan in huiselijke kring, waar iedereen welwillend is, maar nooit voor zulke strenge heren. En zoveel! Zonder een lach zitten zij achter hun tafel. En bij elke noot die niet onmiddellijk loepzuiver is, grijpen ze als één man naar hun pen en maken er meedogenloos notitie van.'

'Zo doen zij dat bij iedereen.'

'Maar ik heb zenuwen. Er is alledag al zoveel oordeel.'

'Heus, het is enkel procedure.'

'Zoveel manieren om iets in de ogen van de mensen fout te doen...'

'Dat auditeren was maar een formaliteit, daar ben ik zeker van. Julius is helemaal *épris.*'

'Van mij?' vroeg Anna en zij veerde op.

Amanda keek haar even aan.

'Van je stem,' preciseerde zij.

Na een tel stak zij haar armen uit en tilde haar zoontje terug op eigen schoot. Met haar vingers doorkamde zij zijn haar alsof het op de een of andere manier door Anna in de war was gebracht.

'Mijn man zegt dat je de laatste maanden door het samen spelen erg bent gegroeid.'

'Het is waar, hij heeft mij veel geleerd.'

'"Maar zou zij niet meer baat hebben bij een echte zangdocent?" heb ik hem gezegd. Julius is tenslotte geen specialist van de stem. Maar nee, hij wil het zo. Mijn man ziet jou echt als zíjn project.'

'Welja, een project,' lachte Anna. 'Zoals de nieuwe muziekzaal zeker?'

'Zoiets.' Amanda zette het kleintje in een kleuterstoel en opende zijn blokkendoos, maar het toonde niet onmiddellijk interesse, zodat zij zelf maar wat stapelde. 'Hij overweegt zelfs, maar misschien spreek ik nu voor mijn beurt, dus zeg maar niets, hij is voor het eerst in maanden weer van plan om iets te componeren. Een lied.'

'Voor mij?' Zij zei het op diezelfde toon als daarnet, zo heel verlangend.

'Voor jouw stemsoort,' corrigeerde mevrouw Röntgen. 'Of nou ja, wie weet, misschien ook in het bijzonder voor jóúw stem, dat zou wel kunnen. Die heeft, zegt hij altijd, zo'n overgave...'

Op dit moment werd de deur opengegooid en Julius stormde binnen.

'Wie zegt wat over welke gave?' vroeg hij niet-serieus. Hij kuste Amanda op de mond en knielde neer bij junior, die zijn vader zo uitgelaten om de hals vloog dat alle blokken vielen.

'En?' vroeg Amanda ongedurig, 'is de commissie eruit?'

'Niet helemaal, de leden zijn verdeeld.'

'Over mij?'

'Over je stem.'

Hij raapte de blokken op om haar bij het slechte nieuws niet aan te hoeven kijken.

'Er bestaat een twijfel of het instrument op dit moment al sterk genoeg is, of jouw spieren ver genoeg ontwikkeld zijn. Niets ergs, zoiets kan een arts eenvoudig vaststellen en zo'n spier kunnen zij dan altijd verder oefenen...'

'Maar?'

'Je bent al wat ouder, ouder dan de andere kandidaten. Dan is soms zulke oefening een zwaar traject.'

'Ik ben niet bang. Ik ben niet lui. Wat heb ik anders te doen? Ik ben bereid er al mijn dagen aan te wijden.'

'En verder...'

'Wat nou verder nog?' vroeg Amanda geërgerd.

'Je raakt de noot niet telkens scherp, maar glijdt er soms ietwat van onderaf naar toe. Dat is voornamelijk training van het middenrif. Maar er gingen stemmen op dat sommige onzuiverheid wellicht een andere oorzaak heeft. Een aantal leden bespeurde ook een aarzeling, emotioneel.'

'Wellicht,' zei Anna zachtjes. 'Ik voelde druk.'

'Geen wonder,' viel Amanda bij. Zij ervoer de teleurstelling zelf ook en was boos op de commissie. 'Ik herinner me goed dat ik ooit zelf zo stond, in Stockholm, en moest voorspelen. Zulke lui, achter hun tafeltjes, zij beseffen niet hoeveel er door zo'n kandidate heen gaat. En dan ook nog eens als vrouw voor al die mannen. Op zo'n allesbeslissend moment is je hoop even groot als je wanhoop.'

Zij voelde dit ineens weer helemaal en pakte Anna's hand.

'Kortom,' klonk het sterk, 'ik mag niet?'

Julius blikte naar zijn echtgenote, maar die keek al bijna net zo huilensrijp. Zijn vingers speelden met de gekleurde blokken in zijn hand, even was er in de kamer enkel dat geklak van hout op hout.

'Maar om godswil, waaróm dan niet?' tierde Thea Taets, toen zij Anna kwam ophalen. 'Wat zijn me dat voor lui, mijnheer Röntgen, hoe komen die op zo'n positie? Op een namiddag over iemands toekomst te beslissen, mag dat allemaal maar zo?'

'Beslist is er nog niets. Onze eindvergadering is volgende week. Ieder over wie niet unaniem gestemd werd, passeert dan nog eens de revue.'

'Ik eis hun namen!' De freule kwam rechtstreeks van haar wekelijkse bijeenkomst van de Algemene Vrouwenvereniging in Frascati. Jeltje de Bosch Kemper had gesproken over stemrecht en Thea was nog helemaal strijdlustig. 'Namen én adressen. Ik wil een lijst van iedereen die niet compleet *ravi* van Anna was en dan zullen wij nog eens zien.'

'Tante,' smeekte Anna, 'alstublieft.'

Medelijden was haar als een mes dat in een open wond gestoken wordt. Op momenten van verdriet luisterde zij liever naar wat stilte wil.

'Als u schandaal maakt, dan zal vader ervan horen.'

Het was al ingewikkeld genoeg geweest de auditie voor de oude Witsen geheim te houden. Twee van zijn beste vrienden hadden plaats in de commissie. Lachend hadden die beloofd niets aan Jonas Jan te verklappen – voor hen was het een grap – maar toen zij voor hen stond, daarnet, en zingen moest en die mannen haar oordelend bezagen over hun halve bril...

'Ik had gehoopt dat ik vanavond, stel dat ik was aangenomen, eindelijk open tegen Papa zou kunnen zijn. Zo'n geheim te dragen drukt op mij, op jullie ook, te moeten huichelen... Ik had gedacht, als hij maar eenmaal hoort dat anderen in mij geloven...'

'Dat doen wij, Anna,' sprak Julius vol vuur. 'Zingen zúl jij. Dit verandert daaraan niets.'

'En daarvan hoeft dat fossiel uit de vroege ijstijd voorlopig op De Vuursche niets te weten,' vond Thea Taets van Amerongen. 'Er is immers nog hoop, Röntgen, niet waar?'

'Er is altijd nog die slotvergadering,' bemoedigde Amanda.

Het had op Anna geen ander effect dan dat zij diep serieus gebogen zat en alles overpeinsde.

'Zij hebben geen ongelijk,' besloot zij uiteindelijk. 'Ik wás ook niet goed vandaag. Als ik mezelf niet kan zijn, ben ik niet gelukkig en als ik niet gelukkig ben, kan ik niet zingen. De hele situatie, de kale ruimte, de ernst, hoe er naar mij werd gekeken...' Anna bibberde nog bij de gedachte. 'Hoe je daar dan staat, hoe je overkomt en wat daar allemaal van afhangt.'

'Zoals wat dan, meisje?' vroeg de freule welgemeend. 'Zeg me eens, wat hangt er dan voor jou van af?'

Anna keek haar aan, bijna verongelijkt, en antwoordde alsof tantes vraag bedoeld was om haar voor de gek te houden: 'Mijn leven!'

VI.

'Probeer nu eens te vergeten hoe je overkomt...' fluisterde Julius. Hij stond pal achter haar.

Het was diezelfde zomer, een maand of anderhalf later, eveneens aan de Van Baerlestraat, maar nu in zijn werkkamer. Anna stond er voor de spiegel en hij keek over haar schouder mee.

Zij voelde zijn warmte, zijn bovenlichaam leunde licht tegen het hare. Buiten het gezin was zij niet eerder zo dicht bij een man geweest.

Hij had zijn handen rond haar middel gelegd en duwde nu, zoals afgesproken, haar flanken in, heel stevig, alsof hij de laatste lucht uit haar wilde persen. Haar spieren spanden zich en vochten terug. Haar zijden waren door deze oefening inmiddels sterk en duwden hem weg uit alle macht. Ondertussen zette zij een frase in en zong die uit zonder verlies aan kracht of zuiverheid. Zonder dat er een trilling was te horen.

Als beloning kreeg zij een 'Bravo', gevolgd door een goedmoedig kneepje, juist toen zij ontspande.

Julius was erin geslaagd de commissie ervan te overtuigen dat juffrouw Witsen een herkansing verdiende. Dat het enkel haar onwennigheid geweest was en haar zenuwen, waardoor zij onvast had geklonken en sommige noten waren gaan zwalken. Hij had de leden verzekerd, naar waarheid, dat hij haar eerder voortreffelijk had horen zingen, weliswaar in kleine kring. Dat zij toen juist zelfverzekerd had geklonken en dat zij een aangrijpende, wonderlijk stralend, diep melancholieke stem had, die hem waarlijk had getroffen. Bovendien, argumenteerde hij, hadden zij met zijn allen inmiddels To Loman aangenomen, de dochter van Ab Loman, een van hun mecenassen, hoewel haar auditie aanzienlijk meer twijfels opgeroepen had dan die van Anna.

De passie waarmee hij in die vergadering haar zaak bepleitte, had hem zelf verbaasd.

Muziek is een meedogenloos vak. Dit wist Julius als geen ander. En van alle instrumenten op het podium is de zangstem het meest kwetsbaar. De minste emotie kan haar breken. Als het zingen iemand niet van nature afgaat, moet je hem voor zijn eigen bestwil vroeg beletten erin door te gaan. Hiermee bespaar je een jong mens de worsteling van een doodgeboren carrière en de artistieke afgrond. Jaagt iemand een onmogelijke droom na, dan is het als docent je plicht om hem daaruit te wekken. En hoe eerder je dit verdriet toebrengt, hoe beter, ook al zal diegene jou om deze afwijzing verwensen. Uiteindelijk doe je hem plezier: je plukt zijn leven van het dode spoor en dwingt hem de weg op naar zijn ware, andere, haalbare bestemming.

Ook al brak het soms zijn hart, wanneer hij audities afnam, het verdriet van een afgewezen kandidaat te zien, hij hield zichzelf voor dat dit een operatie was die pijn deed maar noodzakelijk was.

Nooit eerder had hij zo'n beslissing aangevochten, laat staan dat hij zich ooit met zulk vuur ergens voor had hard gemaakt als nu voor Anna's tweede kans. Misschien dat zijn collegae daarom, juist omdat hij anders altijd in hun oordeel meeging, ditmaal hadden toegestemd. Zij gaven Anna de hele zomer om zich te ontwikkelen en zouden haar dan in september aan het begin van het eerste semester opnieuw beluisteren.

Toen dit besluit unaniem was aangenomen, was Julius korte tijd beduusd. Hij wist oprecht even niet meer of hij nu zo voor haar gevochten had, vanwege zijn geloof in haar talent of uit zorg om de ijzigheid waarmee zij beweerd had dat haar leven van het zingen afhing.

'Hoe kan ik nu vergeten hoe ik overkom?' verzuchtte Anna later die middag tegen Willem in de Govert Flinck.

Hij was als enige van het gezin van haar plannen op de hoogte. Op dagen dat de freule niet kon chaperonneren, verschafte hij zijn zus het alibi om van 't Gooi naar Amsterdam te reizen. Het oogje dat hij beloofd had daar op haar te houden, kneep hij dicht, zodat zij vrij en zonder toezicht was en naar Julius kon gaan om repertoire in te studeren.

Vader Witsen zocht niets achter de bezoekjes van een zuster aan haar broer, en Cobi, die sowieso de hoofdstad meed, haalde er haar schouders over op: altijd al hadden die twee meer naar elkaar getrokken dan naar haar.

Na het zingen bij Röntgen nam Anna dan de tram naar Willems atelier en daar had zij een klein uur met hem voordat een koetsier van Ewijckshoeve voorreed om haar weer naar huis te brengen. Die tussentijd benutten broer en zus door samen wat te drinken en zij vertelde dan of liet iets horen wat zij had geleerd.

'Julius wil dat ik, terwijl ik zing, er niet bij nadenk wat mensen van mij zullen denken.'

Anna stond, zoals bij de zangles, voor een hoge spiegel en bekeek zichzelf van top tot teen. Dit moest zij opbrengen.

Meer dan eens had zij horen zeggen dat zij erg knap was, maar dit beklijfde nooit. Niet dat zij de mensen die het zeiden niet geloofde. Die bedoelden het goed en beleefd, maar zelf kon zij het werkelijk niet zien. Zij deed het af als een kwestie van smaak, zoals een schilderij dat je zelf nooit op zou hangen toch altijd bij iemand wel een plekje vindt.

Liever keek zij helemaal niet in de spiegel en als het moest, wanneer zij haar haren opstak of een schouderbandje rechttrok, bekeek zij alleen het stukje waar zij zijn moest: een oor waarachter zij een lok wegstreek, de bovenarm die zij aan een braamstruik had geschaafd. Paste zij een jurk, dan zag zij haar figuur, waarop niets aan te merken viel, maar meed het hoofd, niet omdat zij het lelijk vond, niet eens uit een bepaalde gêne, maar dit was nu eenmaal zo gegroeid.

Misschien, had zij weleens gedacht, zou zij zichzelf met minder ongemak bekijken wanneer zij, zoals andere meisjes, haar moeder langer om zich heen had mogen hebben. Stel dat die had doorgeleefd en haar naar de volwassenheid had kunnen begeleiden; zij had er als kind wel van gedroomd dat zij samen bij een couturier haar eerste baljurk zouden uitzoeken of op een dag tegelijk hun kapsel zouden laten doen. Kinderachtige zaken en onbelangrijk, dat begreep zij wel, en ook dat dit waarschijnlijk maar een uitvlucht was voor een onzekerheid die voor hetzelfde geld was aangeboren. En zij had natuurlijk wel Cobi als voorbeeld gehad, zeker wel, maar die vond alles 'ijdelheid', een term die Anna nooit volledig had begrepen, behalve dan – uit donderpreken van hun predikant – als een doodzonde gelijk aan godslastering en oudermoord.

Altijd slechts een deel van jezelf te zien, zou makkelijk tot versnippering kunnen leiden, tot een versneden zelfbeeld, maar het deerde Anna allerminst, want zij was één zodra zij zong. Haar stem maakte haar heel. Die drong tot in ieder kootje van haar wezen door. Wanneer zij zong kon zij met het lied volledig samenvallen.

Dit was wat Julius had zien gebeuren, die wintermiddag, toen zij op Ewijckshoeve zong ter Karels nagedachtenis, en het was waarop hij had gehoopt voor haar auditie.

Helaas had Anna de commissie daar die eerste keer het tegendeel getoond.

Het bastion van klank waarbinnen zij zich veilig waande, viel zodra zij ieders ogen op zich wist gericht. Om het weer op te bouwen en te zorgen dat zij straks tijdens haar tweede poging standhield, liet Julius haar nu zo af en toe goed naar zichzelf kijken, meestal om de stand van de lippen of het hoofd te controleren, de beweging van strottenhoofd of middenrif. Soms keken zij ook samen in de spiegel naar haar mond: of zij de tong goed plat hield en ontspannen, het verhemelte mooi hoog, naar het ademtrillen van haar huig.

In de hoop dat Anna zelf zou leren zien hoe sterk en mooi zij daar dan stond, fluisterde hij terwijl zij zong bemoedigend, en hij prees behalve haar stem herhaaldelijk ook haar uiterlijk en andere sterke punten.

'Hij wil dat ik nauwkeurig naar mezelf kijk,' beklaagde Anna zich tegen haar broer, 'en tegelijk mag ik, wanneer ik op een podium stap, er niet te veel bij stilstaan hoe anderen mij zien. Willem, snap jij dat nou? Vergeten hoe ik overkom is mij onmogelijk. Is er íémand die dat kan? Hoe je door anderen wordt gezien, is ons altijd geleerd, bepaalt immers je hele leven.'

'Zo is ons dat geleerd, Anna, maar de tijden veranderen.'

'De tijden ja, dat gaat vanzelf, en ik hoop het voor de kinderen die vandaag worden geboren, ik hoop het zo voor ze. Maar wij... is het voor ons niet al te laat?'

'Nee, dat geloof ik niet. Omdat voor ons, voor jou en mij, de regels van Papa's wereld al minder gelden.'

'Voor jou misschien. Jij woont hier, een man, jij bent zelfstandig.'

'Weliswaar geheel en al op kosten van Papa.'

'Jij hebt je grafiek, jij bent kunstenaar, jij hebt je vrienden.'

'En jij hebt je muziek, wij hebben beiden onze kunst. En inderdaad: alleen al daardoor staan wij los van iedereen. En zo meteen dan, Anna, wanneer jij eenmaal aangenomen bent en straks een carrière krijgt...'

Zij legde haar hand over zijn mond. Het was te ver, te hoog, te onvoorstelbaar vrij, zij durfde nog aan zoiets lang niet denken.

Maar ondertussen dacht zij al en kon haast niet wachten op haar volgende les.

Er werd gescheld, de koets stond voor om Anna op te halen uit die levend levendige stad en naar Ewijckshoeve terug te brengen, waar haar in de salon een aperitief van bruiswater wachtte en dan, als alle dagen, omkleden voor het diner en daarna vóór zich nog de hele lange, stille avond met Cobi en Papa.

Of nee, erger, haar aanstaande zwager zou vanavond mee dineren, Bram Arntzenius, voor wie zij in haar beste goed moest opzitten totdat hij zijn huwelijksflodder eindelijk eens afschoot. Anna bedacht dat zij De Vuursche enkel volhield dankzij het vooruitzicht van een volgend tripje naar de stad en haar geheime les in de Van Baerlestraat.

Wim begreep hoe zij tegen de huiselijke saaiheid op zag, want die weerzin had hij zelf ook, dus hij omhelsde zijn zus nadrukkelijk voordat hij haar in haar mantel hielp. Zij bevestigde haar hoedenpin, trok haar linnen handschoentjes aan en wierp ter controle een laatste blik in de spiegel.

Zij keek en stelde zich voor, heel even maar, dat hij daar stond, haar mentor, Röntgen, achter haar, zowat tegen haar aan, en goedkeurend over haar schouder meekeek. Aan zijn adem langs haar hals dacht zij, en aan bepaalde woordjes die hij haar die middag ter bemoediging had ingefluisterd.

En in dat ene ogenblik kon zij zichzelf door zijn ogen zien.

'Nee,' zei Bram zodra hem aangeboden werd te overnachten, 'dat lijkt me niet passelijk.'

'Ik ben de laatste die zou mogen aandringen...' Cobi sloeg haar ogen neer. Zij was al de hele maaltijd ongewoon nerveus en hoorde zelf dat zij te gretig klonk. 'Het is alleen: wij hebben zoveel gastenkamers die dag, in dag uit maar ongebruikt staan, bedden opgemaakt, eeuwig wachtend op een gast.'

'In de toekomst komt mijnheer Arntzenius ongetwijfeld graag een keer logeren,' stelde Jonas Jan.

'Natuurlijk.' Nu kleurde Cobi rood. 'Meer bedoelde ik ook niet...'

'Goedbedoeld,' haastte zich Bram, 'maar voor vannacht heb ik een fijne kamer in het logement.'

'Bij een volgend bezoek, wie weet?'

'Desnoods sluiten we die hele vleugel af.' Anna had al de hele avond zulk gesteggel moeten aanhoren. 'Zo nodig vergrendelen wij uw deur aan de buitenkant,' opperde zij, 'dan kan geen mens er iets onkuis van denken.'

Het leverde haar onder tafel een schop tegen haar kuiten op.

'Je wilt toch wel blij voor mij zijn, hè?' begon Cobi zodra de twee mannen zich hadden teruggetrokken in de rooksalon.

'Denk je dat het vanavond gaat gebeuren?'

'Ik wéét het,' lachte zij beschaamd. 'Bram heeft me gezegd dat hij er met Papa over beginnen zal. Ik hoop dat je het niet erg vindt.' Zij legde eventjes haar hand op die van Anna.

'Ik vind het alleen maar fijn voor je,' antwoordde zij, 'waarom zou ik dat erg vinden?'

'Nou, je weet wel... Omdat jij nog niemand hebt.'

'Heus, da's het laatste wel waar ik mee bezig ben.'

'En omdat ik dan zo meteen als énige verloofd zal zijn. Het laatste wat ik tussen ons wil, is jaloezie.'

'Jij zult in één klap moeder van zes kinderen worden, Co, waarvan de helft nog in de luiers. Geloof me, geen zinnig mens die daar jaloers op is.'

'Het is waar,' gaf haar zus toe, ineens een stuk zuiniger, 'dat zal me een volslagen ander leven zijn dan jij hier na mijn vertrek gedwongen wordt te leiden.'

'Zal ik gedwongen zijn, waartoe?'

'Voor ons allebei ligt immers dan een heel nieuw leven in 't verschiet, uitdagingen waaraan wij zullen moeten wennen.'

'Waar doel je op?'

'Jouw leven met Papa.' Zij keek naar het hoge plafond alsof de afmeting van de kamer haar voor het eerst opviel. 'Zo samen in dit grote huis.'

Anna was niet gek. Natuurlijk was dit vooruitzicht regelmatig voor haar opgedoemd, maar altijd had zij haar droom van zangeres gehad en daarmee kon zij ieder afwijkend scenario wegwuiven. En nóg hield zij haar hoop, al was die kleiner. Toch ijsde zij van dit gesprek, misschien omdat het schrikbeeld van haar toekomst nooit eerder hardop was benoemd.

'En stél dat jij een man nu nog bereid vindt, An, dan zal het er ook nog eentje moeten zijn die erin toestemt zijn hele hebben en houwen hierheen te verhuizen.' Cobi stond op om de sifon van het dressoir te pakken. 'Want als ik eenmaal in 't Haagje woon, zo met de kinderen en alles, zal vader verder uiteraard geheel en al van jou afhankelijk zijn.'

Hierop spoot zij hun beider glazen nog eens vol.

Anna schrok onverklaarbaar van het sissend sodawater en van de kracht waarmee dat zich door de smalle hals een uitweg perste. Sprakeloos keek zij naar het geweld waarmee de straal uiteenspatte tegen de bodem van haar kristallen glas, dat hiervan even wankelde voordat het zich vulde met een vortex van fris en levend, wervelend water.

'Te pas en te onpas zomaar heen en weer naar Amsterdam is er dan niet meer bij,' vervolgde Cobi. 'Maar je zult zien, daar komt van allerlei voor in de plaats. Het bestieren van een landgoed is een volle dagtaak, dat merk je snel genoeg.'

Alles duizelde Anna alsof zij zelf volliep, overliep. Haar zusters woorden tolden in haar rond, sissend spuitende hun gif. Anna greep naar haar hals – dadelijk zou zij geen lucht meer krijgen, straks kon zij niet meer zingen! Het was als zou zij hierin ondergaan.

'Geen zorg,' zei Cobi begrijpend. 'Voordat ik uit huis ga, is er nog alle tijd. Ik leer jou hoe je de bedienden aanstuurt en een huishoudboekje bijhoudt.' Zulke alledaagse begrippen, en toch, zij dreunden na als de stenen deuren van een tombe die gesloten werd. 'En je zult willen weten welke leveranciers betrouwbaar zijn, hoe je aan het hooi komt voor de paarden, wanneer de tuinlui komen, het rooien van de velden, boskap, dat soort zaken...'

Kort hierop kwamen de mannen uit de rooksalon. Bram glunderde en vader deed zijn best om zijn enorme opluchting te verbergen, maar zij onthulden niet meteen wat er besproken was. Pas toen zij gevieren in de tuinkamer zaten geïnstalleerd, mokka geserveerd was en de dienstmeid zich had teruggetrokken, stond Jonas Jan op en schraapte zijn keel.

Cobi, die naast Anna op de sofa zat, had alvast een zakdoekje paraat, dat zij, verzenuwd, nu verfrommelde.

'Jacoba...' Vader Witsen voelde even aan zijn frak en trok het onderaan de panden glad. Hij koos de stem waarmee hij soms een vegadering toesprak: 'Mijnheer Arntzenius hier en ik hebben zojuist een degelijk gesprek gevoerd. Nietwaar Bram?' Hij keek opzij alsof hij steun zocht, maar die bleef uit. 'Gaande dat gesprek heeft hij mij inzicht in zijn zaken verschaft, alles geheel naar satisfactie mag ik wel zeggen, en mij vervolgens om jouw hand verzocht en ik...' Nu kreeg toch zijn emotie bijna nog de overhand. 'En ik, omdat ik meende, ja, daar ging ik wel van uit, dat jij hier geen bezwaar tegen zou kunnen maken, ik heb hem die toegezegd.'

Cobi sloeg haar handen voor haar hart ineen, maar kon niet dadelijk spreken. Bram Arntzenius liep op haar toe, stak zijn armen naar haar uit, trok haar overeind en kuste haar op beide wangen. Zij stak haar arm door de zijne, alsof zij alvast poseerden voor het huwelijksportret.

'Gezien de situatie...' Bram dacht aan zijn huis vol kroost. 'Ik stel voor dat wij de verlovingsperiode kort houden.'

'Hoe korter, hoe beter,' beaamde Cobi, waarna het stel eerst vaders felicitaties in ontvangst nam en daarna die van Anna.

Een glaasje port werd ingeschonken om te vieren, maar na twee slokjes verontschuldigde Anna zich en ging.

Zij liep de tuin in. Daar was de lucht nog net een schemer donkerblauw maar tussen de bomen en de bosjes was al alles zwart.

Eerst haalde zij diep adem, een paar maal. Toen wandelde zij langs de vijver, luisterend naar de koele, nukkende nachtstilte.

'Natúúrlijk heeft zij even nodig,' sprak Brams aanstaande gul. Cobi stond voor het hoge raam en zag haar zuster door het donker schimmig dwalen. 'Per slot is Anna bijna dértig. En dan, ocharme, zo andermans geluk te moeten zien...'

'Zij lijkt mij anders ook zelf niet óngelukkig,' merkte Bram op, 'zo eerder op de avond straalde zij gewoon.'

'De laatste weken is zij inderdaad opmerkelijk goed te spreken,' oordeelde haar vader.

'Als ik niet beter wist... Nou ja, waarom ook niet.' Bram sloeg zijn port achterover en schonk zichzelf en zijn verloofde nog eens bij. 'Je zou haast denken dat zij zelf ook verliefd is.'

'Anna verliefd?' Cobi schoof het gordijn opzij en legde haar neus zowat tegen de ruit om te zien of het waar kon zijn, maar haar zuster was al te ver, helemaal aan de overkant van het diepe water. 'Nou, het spijt me wel, hoe dan ook zal zij achter in de rij moeten aansluiten.'

VII.

Heel september zomerden de dagen voort, maar op de ochtend van Anna's herkansing leek het wel midden augustus. De smalle hoge baksteenstraten van de hoofdstad lagen dor en zinderden.

Thea Taets had haar volgens plan op Ewijckshoeve opgehaald met het vaste voornemen de dochter van haar overleden vriendin bij dit beslissende examen bij te staan. Maar toen hun tram op de Muiderpoort aan holderbolderde, stuitten zij op een demonstratie van arbeiders uit Oost.

Uit spandoeken en een pamflet dat hun werd uitgedeeld, bleek dat de mannen hun werk op de kolenoverslag spontaan hadden neergelegd. Een stoomkraan was die ochtend omgevallen en had een van hun kameraden tussen het schip en de nieuw aangelegde handelskade doodgedrukt. Zij marcheerden nu om een voorziening voor zijn weduwe.

Tot verbazing van een aantal noeste werkers, sprong de freule uit de wagon, stroopte haar kanten mouwtjes op en overlegde met een van de voormannen.

'De werkers hebben mij nodig,' besloot Thea Taets, die nooit een impuls had gekend die zij wist te onderdrukken. 'Jij vindt verder je weg wel, Anna. En zodra de havendirectie ons te woord heeft gestaan, duik ik op, dat beloof ik, en moedig ik jou ten overstaan van heel die zangcommissie aan. Succes, kindlief.'

Hierop nam zij een banier ter hand en ging daarmee, beugeltasje bungelend van haar elleboog, voorop in de stoet.

Een half uurtje later belde Anna bij de Röntgens aan.

Zij had afgesproken eerst bij Julius thuis in te zingen en dan samen naar de Nieuwe Achtergracht te lopen. Zijn idee. Zo bleef zijn pupil tot kort voor aanvang van de auditie in vertrouwde sfeer en kon hij haar, mocht zij te zenuwachtig zijn, persoonlijk nog geruststellen.

'Je moet goed begrijpen,' had hij eens gezegd, 'dat hoge nervositeit onmisbaar is om van het alledaagse kunst te maken. De zenuwen die wij ervaren op een podium zijn er vooral om ons te helpen. Juist omdat onze gevoelens aan de oppervlakte komen, naakt en onbeschermd aan de buitenkant, kunnen wij ze overbrengen. Alleen een ziel die zeer fijn is bewerktuigd kan een andere bewegen. Zulke overgevoeligheid is vaak hinderlijk angstig en wennen doet het nooit, maar weet: de angst dat je zult mislukken is een voorwaarde, helaas, om te slagen.'

Hij had haar uitgelegd dat muziek, of welke kunst dan ook, nooit kan worden voortgebracht door iemand die zeker is van wat hij kan, omdat zo iemand altijd kiezen zal voor wat hij weet en kent, voor datgene waarmee hij zich bewezen heeft, en dan voortdurend hetzelfde zou maken; dat alleen vanuit twijfel, desnoods uit wanhoop, iets nieuws geboren wordt, alleen omdat de kunstenaar geen enkele andere uitweg meer ziet dan maar blindelings een onbekend pad in te slaan. En dat nieuwe, eenmalige, wanhopig onzekere, ís de creatie. Uit de paniek groeit het genie, juist dat allerindividueelste waarin een ander individu zich kan herkennen.

'Daarom betekent *Bühnefieber* niet dat je op het punt staat te falen,' beweerde hij, 'maar is het juist een teken dat je openstaat, klaar om anderen jouw kwetsbaarheid te tonen, de absolute voorwaarde voor een succes.'

Zij had dit indertijd niet helemaal begrepen en vandaag had zij wel andere dingen aan haar hoofd, maar toch hadden zijn woorden haar gerustgesteld. Thuis werden haar onrust en gevoeligheid voor indrukken van kleins af afgedaan als 'Anna's kuren', een beetje lacherig, en wanneer zij huilde als onbekenden op straat ruzieden of omdat zij de pijn kon voelen van een dier dat naar de slacht gevoerd werd, nam geen mens haar serieus. Dit had zij daarom altijd als haar 'eigenaardigheid' gezien, een tekortkoming, een zwakte, maar over zulke zaken kon men in artistieke kringen schijnbaar anders denken. In elk geval nam Julius ze serieus. Alleen hierdoor al stond zij vandaag steviger in haar schoenen dan de eerste keer.

Zodra Amanda opendeed, kwam kleine Julius junior, die dol op Anna was omdat zij altijd met hem speelde, zo blij en met uitgestrekte armen aangerend dat hij over de losliggende loper struikelde en zijn voorhoofd stootte. Een val van niets, maar hij huilde dikke tranen van schrik.

Zijn vader schepte hem met één hand op, in een hoge zwier omhoog, en droeg hem op de arm naar boven, mee de pianokamer in en toen Anna haar mantel opgehangen had en bovenkwam zat Julius met zijn zoontje op de knie.

Anna werd er vrolijk van: de musicus, nog op sloffen en in sjamberloek, en het volledige vertrouwen van dat kleintje... Er was tussen die twee zo'n onvoorwaardelijke, onbevattelijke liefde tastbaar.

Is dat niet het hoogste, dacht zij, ooit van zoiets deel te mogen zijn? Iemand zo te durven vertrouwen en zulk vertrouwen zelf waard te zijn.

Voor de auditie van vandaag had zij hetzelfde lied van Liszt gekozen dat zij op Karels herdenking zong.

Zodra haar stem 'zat', zoals Julius dat noemde, na alle

toonladders, oefeningen voor lippen, tong en ademsteun, zong zij het eenmaal volledig door. Hij begeleidde haar zelf, zoals hij dat dadelijk ook zou doen.

'Waarom dit lied?' vroeg hij toen zij klaar waren.

'Omdat jij die middag zei dat het jou had geraakt.'

'Zeker.'

Hij dacht na. Zij beheerste deze klanktaal, zij blonk er zelfs in uit, maar het was niet modern, zoals de smaak van de toelatingscommissie. Dit was een risico. Anderen die kwamen voorzingen, kozen meestal iets van de nieuwe Russen, van Brandts Buys of van Verhulst, die zelf meestemde.

'En die dag?' vroeg hij. 'Waarom koos je toen om bij Karels foto dit te zingen?'

'Omdat mijn broer erg hield van Liszt. Hij was bang diens liederen in Indië minder vaak te kunnen horen – van het culturele leven van de Nederlandse gemeenschap te Semarang verwachtte hij niet veel. De dagen voordat hij daarheen vertrok heb ik het op zijn verzoek een aantal keer gezongen, zelfs nog eens terwijl hij zijn koffers aan het pakken was. Karel was van ons allemaal het meest hartstochtelijk.'

'Nog méér hartstocht dan jij?' lachte Julius goedmoedig. 'Da's nogal een bewering.'

'Deze passage vooral...' Zij zong hem. 'Hij vroeg mij telkens die nog eens te herhalen.'

Zij zong dezelfde frase opnieuw, nu meer zoekend alsof zij zelf vergeten was wat Karel daarin precies hoorde.

'Ik vroeg het hem: "Waarom nou juist die noten?"'

'Omdat ze stromen,' antwoordde Julius alsof dit vanzelf sprak.

'Ze stromen...' herhaalde Anna en zij dacht na. 'Die noten stromen, dat is waar.'

'Zij storten zich vooruit zonder enig verlangen terug te keren. Zij klinken in het stuk ook niet nog eens.'

'"Zij hebben geen verlangen meer,"' herhaalde Anna aangedaan. 'Zo verwoordde Karel het, precies zo: "Omdat die frase geen enkel verlangen meer in zich draagt..."'

'Goed dan,' onderbrak Julius, want hij kende haar zo onderhand: ieder moment konden nu haar emoties met haar aan de haal gaan en gezwollen slijmvlies was wel het laatste wat zij op de valreep nodig hadden. Hij stond op, nam de partituur onder de arm en zei: 'Je bent er klaar voor, kom, wij gaan erheen.'

Amanda Röntgen stond met haar peuter op de arm voor het raam op de eerste verdieping en keek haar man na. Hij stak met zijn leerlinge over. Het kind zwaaide zijn vader na maar die keek niet om.

Op het trottoir bood Julius Anna zijn arm. Zij nam hem.

In Zweden waren de zomers vol kleur. Daar hadden zij een vrije vrolijkheid waarnaar je de hele winter kon verlangen. De zon werd er gevierd als een warme zekerheid. Zij drong door in iedere vezel zodat je er zelfs op de heetste dagen van het simpele feit genoot dat je in leven was en dat je een lijf had waarmee je kon liefhebben.

Dit bleef voor Amanda een van de grootste raadselen van Amsterdam: hoe de straten er juist in de volle zomerzon zo troosteloos konden lijken, zoveel treuriger dan in de regen.

VIII.

'En jij wist hier al van?' vroeg Jonas Jan Witsen die avond verbaasd.

'Sinds enige tijd.' Willem glunderde en knipoogde naar Anna.

'Sinds kort pas, hoor,' vulde zij aan en omdat verder niemand iets zei, voegde zij er schouderophalend aan toe: 'Ik moest toch íémand in vertrouwen nemen.'

Hun vader begreep dit wel.

Hij knikte kalm en overdacht de omvang van alles wat hem zojuist was onthuld.

'Vandáár de hele tijd die ritjes op en neer naar Amsterdam,' concludeerde Cobi.

Zij zaten op Ewijckshoeve met zijn vieren aan tafel. Anna had mevrouw Van Velzen, hun huishoudster, gevraagd om feestelijk te dekken aangezien zij iets heugelijks had aan te kondigen. Daarom stonden middenop de mooi zilveren, achtarmige kandelabers, maar aangezien het warm bleef, hadden zij de hoge ramen moeten openzetten. Op ieder tochtje wakkerden de vlammetjes nu en kaarsvet droop op het damast.

'Maar waarom wij dan niet?' vroeg de oude man. 'Ons heb je niets gezegd. Waarom mochten wij er hier dan niet van weten?'

'Eerst wilde ik zeker zijn.'

'Zeker waarvan?'

'Dat het niet zomaar een gril van me was. Dat het conservatorium mij goed genoeg bevond. Officieel. Dat ik niet gek was om te denken dat ik wellicht zou kunnen leven van mijn stem.'

'Ervan leven?'

'Dat zingen inderdaad mijn levensdoel kon zijn. Voordat ik daarover iets zei, wilde ik zeker weten, Paatje, dat ik u niet teleur zou stellen.'

De vader knikte opnieuw.

'Dat jij mij niet teléúr zou stellen,' herhaalde hij bedachtzaam. 'Zo, zo.'

Even bleef het stil.

Toen zuchtte Cobi eens hartgrondig en stond op.

'Nou...' Zij bevochtigde haar duim en wijsvinger met spuug en begon de kaarsen te doven. 'Die kunnen wel uit.'

De commissie was het dit keer snel eens geworden: juffrouw Anna Witsen had uitstekend gepresteerd. Alle twijfels die voor de zomer bij hen leefden, had zij met haar optreden die middag weggenomen. De leden hadden Julius gecomplimenteerd: onder zijn hoede was zij enorm gegroeid. En als zij in korte tijd zo vooruit had kunnen gaan, was zij dus wel degelijk 'leerbaar', waarmee ook het bezwaar verviel tegen haar leeftijd, die voor een beginnende studente best gevorderd was. Wanneer zij vanaf nu maar alle dagen de lessen kwam volgen, zou zij zeker ver kunnen komen.

Voor sommigen was het ook een opluchting dat zij de oude Witsen, die zo in aanzien stond, nu niet hoefden te schofferen met de afwijzing van zijn dochter.

'Nou,' had Verhulst nog gegniffeld, 'of Jonas Jan een afwijzing nu zo erg had gevonden...'

Anna had hun oordeel beneden in de koffiekamer afgewacht in gezelschap van Thea Taets van Amerongen, want die had woord gehouden. In de havenstrijd waren wat haren losgeraakt en er zat straatvuil op haar schoenen en haar rok, maar toen Anna de podiumzaal uitkwam stónd de freule in de gang. Zij had aan de deur geluisterd en ving haar op met een door haar handschoenen gedempt applausje.

Toen Julius de kandidate even later was komen ophalen, had hij nog niets mogen zeggen, maar mimisch zoveel geruststellende signalen gegeven dat Thea haar bij voorbaat zowat om de hals vloog en Anna zelf voor de commissietafel al breeduit stond te glunderen voordat ook maar één van de leden een woord had uitgebracht.

Zij hadden haar direct een schema mee naar huis gegeven: het schooljaar begon na het weekeinde en direct die maandagochtend werd zij al op les verwacht.

'En u, mijnheer...' Vader Witsen tuurde met samengeknepen ogen naar zijn zoon, die tegenover hem aan tafel zat, alsof hij hem door de damp die van de soepterrine sloeg niet helemaal goed zag. 'Al die tijd vond u het niet nodig mij van Anna's grootse plannen te verwittigen?'

'Het leek ons beter als het een verrassing bleef,' antwoordde Willem.

'O ja, leek dat u beter?'

'Leuker.'

'Als verrassing?' De oude man glimlachte toegeeflijk, 'Nou, ik moet zeggen, als verrassing is het alleszins geslaagd.'

Cobi schraapte met een mes over het damast.

Alle kaarsen waren uit, het vet begon te stollen. Zij had geleerd dat je in familiekwesties de minste schade opliep door je stil te houden. Zij concentreerde zich op de was; het moment waarop je die kon verwijderen kwam nogal nauw. Was je te vroeg dan duwde je de vettigheid dieper in de vezel, wachtte je te lang dan trok het in. Het was zaak iedere vlek nog als een halfzacht plakkaat van de dure stof te lichten.

'Dus vanaf maandag,' overpeinsde Jonas Jan, 'kan ik iedereen zeggen dat ik een dochter heb die aan het conservatorium studeert?'

Anna kende die toon.

Willem was blij dat hij was meegekomen om haar bij te staan.

De eerste jaren na moeders dood had hun vader soms zo wel eens gesproken, zoekend naar een houding, wanneer hem het gemis te machtig werd. Dan draaide hij zijn kinderen de rug toe om niet te laten zien dat hij, die sterk voor ze moest blijven, op een breekpunt stond. Op zulke momenten sprak hij zijn gedachten hardop uit, om het idee van een gesprek te suggereren. Maar zijn zelfbeheersing klonk krampachtig en zij wisten precies hoe laat het was. Het was de stem van onomkeerbaarheid, onheilspellend, zoals zij die voor het laatst gehoord had toen uit Batavia het bericht gekomen was van Karels overlijden.

'Ik durfde het conservatorium niet eerder dan vandaag hardop te noemen,' vergoelijkte Anna, 'pas nu ik weet dat ik daar blijven mag. Julius heeft mij er onder zijn vleugels genomen.'

'O, Július,' zei haar vader quasigerustgesteld. Hij leunde achterover, sloot een tel zijn ogen en zei: 'Het is dus al "Julius" tegenwoordig.'

'Mijnheer Röntgen voorspelt,' schoot Willem te hulp, 'dat er voor Anna een toekomst ligt in de muziek.'

'Op een podium?'

'Zij zijn daarvan overtuigd, de voltallige commissie.'

'Overtuigd zelfs? Kijk aan.'

Nu stond de vader op, liep naar de open ramen en keek uit over de vijver.

'Ik heb het geprobeerd,' zei hij met hangend hoofd en trillende stem. 'Heus, vanaf het moment dat ik er alleen voor stond heb ik uit alle macht geprobeerd om de opvoeding voort te zetten. Dit deed ik naar mijn eigen normen. Die hebben schijnbaar niet volstaan.'

'Paatje, hoe komt u daar nou bij?' Anna kwam naast hem staan en sloeg troostend een arm om hem heen. 'U hebt mij juist álles aangereikt! Alles: muziek, theater, schilderkunst. Door ons van kleins af mee te nemen, ons allemaal – Cobi, Wim, is het niet waar? U stond erop dat wij nooit mochten vergeten dat de werkelijkheid niet het hele verhaal is, dat het leven zoveel rijker is dan alledag. Zolang ik mij herinner hebt u ons dat voorgehouden, juist u hebt ons het belang van alle kunsten bijgebracht, alle schoonheid die daarin schuilt, in de kracht van eigen creativiteit.'

'Het is waar, pa' zei Willem welgemeend en hij voegde zich bij hen. 'Zo heb ik ook mijn pad gevonden.'

'Nou en of,' beaamde Cobi. Zij zag haar vader staan met zijn twee artistieke wonderkinderen en wist hoe zij hem op dat vlak altijd had teleurgesteld. 'Dat wij ook al die mogelijkheden in ons droegen, is ons altijd gezegd. Elke keer wanneer wij uit een concertzaal kwamen of uit een museum. En dat wij daarvoor naar de wolken moesten reiken...'

'"Reik naar de wolken", inderdaad,' bevestigde Willem, 'en dan, Pa, dan zei u: "Minder dan het hoogste is voor talenten als die van mijn kinderen niet genoeg."'

'Ja,' zei de oude man. Hij rechtte zijn rug en begon de ramen te sluiten, want er kwamen muggen op het licht af. 'Ja ja, dat heb ik vroeger wel gedacht.'

'En het enige wat ik op zulke momenten kon denken, was: welk talent?' verzuchtte Cobi. 'Zo klein als wij waren, dacht ik: om 's Heren wil, maar hoe dan?'

Mevrouw Van Velzen, die nog niet beter wist of er viel iets te vieren, bracht nu de champagne zoals afgesproken binnen op een dienblad met vier glazen. Jonas Jan gebaarde dat zij stoorde en alles wel weer mee kon nemen.

Hij keerde terug naar de tafel, maar in plaats van weer te gaan zitten stelde hij zich achter zijn zetel op. Vuisten gebald rond de leeuwenkopjes die de rugleuning sierden, stond hij daar aan het hoofd als een ridder achter zijn schild.

'Ik wil er één ding over zeggen...' sprak hij simpelweg. 'Hierna zal het onderwerp in dit huis niet opnieuw ter sprake komen.' Het bloed trok uit zijn knoken, zo hard kneep hij in het houtwerk. 'Morgenvroeg reis ik naar Amsterdam om Coenen zelf en iedereen daar van dat conservatorium persoonlijk te berichten dat Anna van iedere voortgang afziet. Daarmee zal de zaak zijn afgedaan.'

Nu had hij zich willen omdraaien en de kamer verlaten om zijn woorden kracht bij te zetten, maar het duizelde hem te erg van verontwaardiging dat zijn kinderen hem tot zo'n oordeel dwongen.

'Ik begrijp het niet,' zei Anna vertwijfeld. 'U bent altijd trots wanneer ik zing.'

'Op huisconcerten zeker ja, dan ben ik trots op jou, in vriendenkring. Maar toch niet tegen betaling als een hoer voor iedereen te kijk.'

'Pa,' maande Willem, 'alsjeblieft.'

Jonas Jan wist wel hoe onheus dit klonk, en liefdeloos. En omwille van Anna's geluk had hij zijn eigen gezichtsverlies misschien nog wel kunnen verdragen, maar hij had nu eenmaal ook om Cobi te denken; de kans dat hier schandaal van komen zou en haar verloving om zoiets werd verbroken was in hun kringen reëel.

'Maar To Loman is ook aangenomen!' Anna smeet de papieren die zij meegekregen had op tafel. 'En zie, Aaltje Reddingius komt bij mij in het jaar, ieder kan een oogje op de ander houden.'

'Wou je appels met peren vergelijken? Lomans en Reddingius, keurige families, hoor, natuurlijk wel, maar van oudsher... laten we eerlijk zijn, het zijn verre van patriciërsgeslachten.'

'Dus als ik van lagere komaf was geweest, dan had u het wel goed gevonden?'

'Het gaat er niet meer om wat ik vind, maar wat anderen ervan zullen vinden.'

'Ik wil het niet geloven,' vocht Anna. 'U? Ik kan het gewoonweg niet bevatten; u hebt dat instituut nota bene zelf helpen opzetten, jarenlang heb ik moeten aanhoren hoe levensbelangrijk het is dat er zo'n opleiding zou komen, ik heb u er vervolgens voor zien vechten dat het dan ook voor elk talent toegankelijk zou zijn, ongeacht hun achtergrond, er moesten beurzen worden ingesteld voor wie het jaargeld zelf niet kan betalen. En nu, nu wij een conservatorium hébben, kijkt u neer op vrouwen die daar gaan studeren?'

'Ik kijk op vrouwen in geen enkele studie neer, het gaat om de praktijk. Ik juich het toe dat universiteiten voor een ieder opengaan. Kennis is één ding, haar tentoonstellen een ander. In jouw geval. Ik begrijp dat het oneerlijk voelt, maar helaas is de maatschappij niet altijd eerlijk. Kind, zeg nu zelf: de artistieke wereld en de onze, het verschil daartussen is te groot, hoe dacht je die twee werelden te mengen?'

'Wim leeft in allebei, onze wereld en die van zijn schrijversvrienden, en hij vaart er wel bij.'

'Wim, Wim...' Jonas Jan haalde zijn schouders op alsof zij er iets volstrekt onredelijks bij haalde. 'Dat kun je toch onmogelijk vergelijken? Lief kind, als Wim 's nachts ergens in een kroeg hangt of over straat gaat, hoef ik niet bang te zijn.'

'Bang waarvoor, dat hem iets overkomt of dat iemand er iets van denken zal?'

'Je weet hoe mensen zijn,' viel Cobi hun vader bij. 'Wat zij denken en zeggen hoeft lang niet waar te zijn om toch iemands reputatie te verwoesten, iemands hele leven.'

'Ik ben niet bang voor wat de mensen zullen zeggen.'

'Maar ik, Anna. Ik!' Haar zus had het hele tafelkleed inmiddels schoongepulkt en sloeg met driftige gebaren de laatste brokjes kaarsvet van haar hand. 'Denk toch eens na: jij bent bijna dertig, ik een eind daaroverheen. Dankzij Bram heb ik nu op de valreep kans op nog een eigen leven, maar het is meteen mijn laatste. Als ik die verspeel, als daar iets tussen komt...'

'Begrijp je nu?' vroeg Jonas Jan aan Anna. 'Denk toch eens één keer om een ander.'

'...dan kan jij zingen wat je wil,' ging Cobi door, 'maar straks zal ik jouw enige gehoor nog zijn, want dan zitten wij hier samen, jij en ik, twee ouwe juffers.'

Dit laatste woord was tussen hen nooit eerder gevallen. Het landde als een rotsblok in de stroom van argumenten en klonk enkele tellen na, want geen van vieren dorst hier zomaar overheen.

'Maar waarom zou zoiets dan enkel afhangen van Cobi en van mij,' vroeg Anna ten slotte aan hun vader. 'Wim kan toch ook ongestoord zijn kunst bedrijven?'

De oude man haalde opnieuw zijn schouders op alsof zij een volstrekt onheus argument uit de lucht plukte waar hij niets mee kon.

'Wim stamt uit datzelfde geweldig voorname en historische geslacht van ons, maar hém legt u geen strobreed in de weg, Papa, u financiert zijn hele artistieke leven, dankzij u mag hij zijn prenten maken en zijn schilderijen. Als hem straks de Prix de Rome wordt toegekend, laat u hem vrij om in Italië zijn gang te gaan. Ik hóóp dat hij hem krijgt. Ik gun het hem, ik wens het hem, begrijp mij goed, maar mij legt u het zwijgen op.'

'Ik belet jou evenmin als hem. Wil jij op grand tour, dan regel ik een gouvernante en ik betaal de hele reis voor jou en het verblijf.'

'En als ik nu eens alleen zou willen gaan?'

'Zij doet het erom,' venijnde Cobi.

'De tijden veranderen, Papa.'

'Altijd heb jij zangles mogen nemen en dat mag je blijven doen. Op besloten avondjes mag jij altijd zingen, graag zelfs, in Amsterdam, in Utrecht, overal. Het enige wat ik verbied, is dat je het ooit als professie uit zult oefenen.'

'Op onze avondjes... Zonder dagelijks ervaring op te doen, zonder echt orkest, zonder serieuze musici, hoe moet ik dan ooit verder komen?'

Nu hij tranen in haar ogen zag, kwam Jonas Jan achter zijn zetel vandaan. Hij stak haar zijn handen toe, maar zij nam die niet.

'Jij hebt een prachtige stem, lieverd,' troostte hij. 'Iedereen luistert er graag naar. Wat wil een mens nog meer?'

'Ik ben een volwassen vrouw,' sprak zij koel. 'U hebt over mij geen zeggenschap.'

'Voorzichtig nu,' maande de vader. 'Jij schijnt te vergeten wie je bent, Anna.'

'Integendeel.' Zij wiste haar gezicht met een servet, stond op, bruusk, en stormde de kamer uit terwijl zij riep: 'Ik kom er net pas achter.'

IX.

'Maar waar wil je heen?' vroeg Willem, die achter haar aan kwam.

Anna had haar jas uit de vestibule gegrist en beende, hoed nog in de hand, langs de vijver, waarin de schaduw van Ewijckshoeve spiegelde tegen het blauwzwartende zwerk.

'Maakt me niet uit,' riep zij. 'In elk geval hier weg.'

Phoebus, die al onrustig was van het kabaal in huis, kwam nu zijn hok uit, denkend dat zij wilden spelen. Hij rende mee en sprong zo nu en dan tegen hen op.

'Je kunt toch zo maar niet de nacht in lopen?'

'Er is maar één ding wat ik niet meer kan, Willem, en dat is nog langer met die mensen opgesloten zitten.'

'Zij begrijpen niet...'

'En kom me er nu niet mee aan dat zij het alleen maar goed bedoelen.' Zij ging door het hek en sloeg de straatweg op. 'Ja, met zichzelf bedoelen zij het goed.'

De hond, die niet van het terrein af mocht, aarzelde of hij zich buiten de omheining zou wagen, maar toen Willem het deed, liep Phoebus mee.

Anna trok haar hoed als een helm over haar haren en stapte, nu zij beide armen vrij had om te zwaaien, zowat op dubbele snelheid in de richting van Soestdijk.

'In godsnaam, Anna.' Hij riep zo luid dat het over de velden klonk en tot aan de boerderijen was te horen. 'Je kunt toch voor een nacht of wat bij mij?'

Bij Willem thuis op de Govert Flinck waren de vrienden deze avond wel teleurgesteld geweest dat hun gastheer er niet zelf bij kon zijn, maar de hapjes waren er nu eenmaal – vooral verse kazen en garnalen zijn erg bederfelijk – dus hadden zij de vergadering toch maar laten doorgaan. Bovendien stonden in het atelier twee kratten fijne wijn, die anders maar voor niets waren besteld.

Daarvan kon het merendeel inmiddels bij de lege flessen en de jongemannen hingen her en der in de kussens achterover. Zo ging het meestal. Na het discussiëren, waarbij het er soms zo verhit aan toe kon gaan dat één de gordijnen van de roe trok en een ander ze aan flarden scheurde (nou ja, dit was welgeteld één keer gebeurd, maar het gaat om het principe), vervloog doorgaans het vuur in nevelen van drank en algehele joligheid.

Toen voor de deur een vigilante halt hield, deed Kloos broer en zus Witsen open alsof het huis van hem was. In het donkerbruine atelier viel het warme schijnsel van olielampen op een rookwolk van sigaren en zelfgerolde sigaretten, maar alle leven, dat gaande de avond uit de kameraden weggesijpeld was, welde weer omhoog bij Anna's binnenkomst.

Verwey, die languit op de sofa lag, veerde als eerste op, trok zijn schooldas goed, sloeg de as van zijn jasje en haalde een hand door zijn haar, maar het bleef springerig. Ook anderen schrokken overeind zoals soldaten derde klas wanneer de wachtmeester hun brits komt inspecteren. Vesten werden gladgestreken, bretels strakgetrokken, sokophouders aangehaald. Binnen een halve minuut had die hele sfeer van mannelijk laat-maar-waaien plaatsgemaakt voor zoveel opwinding dat Anna een ogenblik haar ernst vergat. Zij keek de groep eens rond, die naar haar straalde, blik na verwachtingsvolle blik, en even hield zij zich nog goed, maar proestte het toen uit.

Sommige van de gezichten voor zich herkende Anna wel, maar hoe ieder nu precies ook al weer heette... Het zou even duren voordat zij ze niet meer door elkaar haalde en langer nog voordat zij wist wie nu ook weer precies wat deed, wat ieder had gedicht of schilderde.

Diepenbrock, die op het Westeinde naast hen had gewoond, kende zij natuurlijk wel, en ook Verwey en Kloos, alsmede Fransje Coenen junior, die hun muzikale soirees vaak had bezocht. De meeste andere jongemannen had zij wel eens in gezelschap van haar broer gezien, maar eerlijk is eerlijk, zo bij elkaar was het een heel stel en tot nu had zij ze enkel vluchtigjes ontmoet en in steeds wisselende clubjes.

Ach, het belangrijkste is dit: Willems vrienden waren jonge kerels en zij waren, zoals de wereld weldra nog zou merken, donders goed in staat zich te doen gelden en met luider stem van zich te laten horen, zowel in de groep als zelfstandig. Anna ervoer ze aanvankelijk in hun uitgelaten eensgezindheid welhaast als één man.

Zo ervoeren zij zich op dronken avonden als deze zelf soms ook, als één in streven, één in kunnen, in talent en toekomst één.

'Dat daarginds is Karel,' begon Willem, zodra iedereen weer wat te drinken had en de onderlinge conversatie opleefde. Hij en Anna zaten wat terzijde, beiden nu rustiger en met een glas brandy, en één voor één beschreef hij haar zijn kameraden: 'Karel Alberdingk Thijm, die met zijn scheiding in het midden en die diepe, zwarte ogen daar; een literator, maar dat zegt hier niks, dat zijn de meesten.'

'Heeft hij gepubliceerd?'

'Niet onder eigen naam.'

Karel voelde aan de andere zijde van de zaal dat hij besproken werd, keek op en hief zijn glas. Zij proostten beiden terug.

'Naast hem, met die bolle ogen: Chap van Deventer, chemiestudent. En Free van Eeden, da's die lange daar met wie hij staat te praten.' Willem wees. 'Wel net zo lang als ik. Heb ik je wel over verteld, Frederik van Eeden, studeert medicijnen.'

'Vriendelijk gezicht. En een schrijver ook, dat weet ik, van hem lag er toneelwerk op jouw tafel.'

'Helaas gaat al zijn taal en tijd op dit moment op aan een proefschrift.'

'En die sombere, zo donker... ?'

'Arnold Aletrino, ook haast arts.'

Zo ging het verder rond en kreeg *enfin* voor haar de ene na de andere jongeman een naam en een gezicht: Willem Paap, onderwijzer, die sinds kort op aandringen van Douwes Dekker advocatuur studeerde; schilders Jan Veth, Ed Karsen met zijn guitige kop en Jacobus van Looy.

'Kobus heb je op De Vuursche wel een keer gezien, hij schildert, dicht nu ook, maar studeert zo dadelijk in Rome, op kosten van de staat, want hij was onlangs winnaar van de Prix. En daarnaast, die pieksnor die net opstaat, dat is Goes.' Frank van der Goes, journalist en politiek geëngageerd. 'Die was ook een keer bij Loman toen jij zong, ik weet niet of hij jou toen opgevallen is, schijnt dat Thea Taets hem ook wel kent.'

Ook na deze avond zou Anna niet meteen ieder al tot in detail onthouden, maar wat haar aan Willems vrienden trof en haar zou bijblijven, juist na deze uitputtende dag, was hun hoop en het festijn, want hoewel zij allen nog slechts aan het vertrekpunt van hun levens stonden, was hun toon zo óp, zo zegevierend.

'Jij mag je als mens gelukkig prijzen, Willem,' verzuchtte zij. 'Zulk leven om je heen te hebben, zo alles positief.'

Zoals zíj zingen wou, wilden zij scheppen. En scheppen zóúden zij, hiervan waren de jongens zeker, zelfs degenen die tot op dat moment nog amper iets hadden gepubliceerd. En dat zij in het bedrijven van hun kunst zouden excelleren, dat wisten zij ook al, hoger stijgen dan de oude orde, die op de schouders staan, nee, die vermorzelen, want zij voelden zich ánders, anders en groter, en dat víérden zij.

Anna hoorde allen aan en knikte blij, al kon zij niet begrijpen hoe iemand, wie dan ook, zelfs één mens maar, zo stellig in zichzelf durfde geloven als Willems vrienden.

'Zoals nu al die kerels naar Nevada trekken, zonder iets,' verklaarde Fons Diepenbrock terwijl hij naast zijn vroegere buurmeisje op de bank schoof. 'Die geven daar hun laatste stuiver voor een meter steengrond, zij slaan in de blaartrekkende zon dag in, dag uit hun pikhouwelen in de rots alleen omdat zij overtuigd zijn dat er goud te vinden is, uitgerekend op hun ene meter, en dat hún tijd ongetwijfeld komen zal.'

'Die houden dus zichzelf voor de gek, die lui.'

'Het is de enige manier, zij zoeken hun geluk.'

'Een nogal beminnelijke gekte.'

'Geen gekte, maar een zekerheid. Hebt u er niet zo een?'

'Waarvoor je alles achterlaat?'

Anna dacht na.

'Ik hád er een, geloof ik. Ja, in elk geval vanochtend nog.'

'Dat bestaat niet,' lachte de componist. 'Wie zijn zinnen zet op goud of op geluk, zet ze voorgoed.'

'Misschien.'

'Zou u voor dat zeker-weten, dat u toen u wakker werd nog had, niet morgenochtend opnieuw net zo bereid zijn te sterven?'

'Jawel,' gaf zij toe, een gedachte even triest als troostend. 'Vast wel.' Zij sloeg haar ogen neer, beet op haar onderlip omdat die trilde. 'Dan ben ik dus al net zo gek.'

'Maar, zoals u zei...' Met zacht gebaar tilden zijn vingers haar gezicht wat op, tot zij hem in de ogen zag. '...behoorlijk beminnelijk, zulke gekte.'

'Weet wel dat jij je handen aan haar vol zult hebben?' had vader Witsen eerder die avond nog gewaarschuwd. Hij wilde Willem alleen toestemming verlenen Anna een weekje van Ewijckshoeve mee te nemen, als hij hem plechtig beloofde zijn zuster tijdens die logeerpartij geen uur uit het oog te verliezen.

Willem zelf vond dit onzinnig, kwetsend zelfs om over een volwassen vrouw te spreken alsof zij niet zelf in staat zou zijn haar verantwoordelijkheid te nemen, maar het was niet het moment geweest om die strijd aan te gaan. Zijn vader stamde nu eenmaal uit een andere tijd en het was belangrijker eerst ieders gemoederen te sussen, dus had hij groothartig beloofd met zijn leven over haar fatsoen te waken.

'Jouw leven is het punt niet,' had de oude gezegd, kortaf en ijzingwekkend. 'Het gaat mij om het hare.'

Willem probeerde te lezen of dit misschien minder letterlijk bedoeld was dan het had geklonken, maar zijn vader zat van zorg ineengedoken in zijn stoel, het gezicht schuil in een schaduw.

'Anna ondergaat de wereld en zijn wegen niet gelaten, zoals jij of ik,' vervolgde Jonas Jan Witsen. 'Zij kan haar hartstocht niet relativeren. Ik raad jou aan voorzichtig om te gaan met je grote beloftes, want die zus van jou... zij heeft een gevaarlijk eigen wil.'

Over tweeën stuurde Willem allen uit zijn atelier, ook degenen van buiten de stad die gewoonlijk bleven slapen. Zij kregen voor een keer bij anderen onderdak, zodat hij hun matras in het atelier voor zijn zuster op kon maken.

Iets later, zij waren beiden al in onderhemd, klopte Willem nog eens aan om een nachtkaars bij haar neer te zetten. Anna lag enigszins verloren in het grote atelier, dat, nu de rook vervlogen was, zo heerlijk naar terpentine geurde en naar verf, naar potlood en naar inkt.

Hij zette het lichtje bij het bed, kuste haar op het voorhoofd.

'Wat nu, Willem?' verzuchtte zij. De aarde had gebeefd en Anna zag zelf haar toekomst niet zolang het stof van alles wat rond haar was ingestort nog stoof. 'Wat nu?'

Een antwoord durfde hij niet te geven, maar haar zonder meer alleen de nacht te laten in gaan evenmin. Dus liep hij naar de hoek waarin zijn cello stond, nam die, ging ermee zitten op een kruk, stemde wat en speelde.

Julius' sonate in B-groot, zij herkende hem meteen.

'Och, Willem,' sprak zij na een aantal maten, 'jij weet het wel, hè?'

'Al te goed,' zei hij. 'Jawel.'

En hij speelde door tot hij haar niet meer hoorde snikken en zag dat zij in slaap gevallen was.

Het
begin-mooie

X.

Over het zwarte water verscheen Anna statig traag, schitterend verstild. Haar sloep doorsneed de weerspiegeling van het zwerk op de vlakke vijver. Wolken weken daar voor haar, dreven uiteen, spoelden naar de kant op zachte golfjes.

Zij kwam vanachter de treurwilg, die als coulisse diende. Haar slank gouden gewaad vlamde in de namiddagzon en de rijnstenen waarmee het bezet was, sprankelden. Deze aanblik oogstte van de toeschouwers op de oever meteen al een bewonderend 'aaaah!'

Rechtop zat Anna in de kussens, één knie opgetrokken, waarop zij de elleboog liet rusten van een arm die tot aan de oksel volgehangen was met rinkelbanden. En profil was zij te zien, strak turend naar het koningsvlot dat aan de overkant van wal stak.

Rond haar bolde een gazen mantel, afgezet met goudgalon, en aan haar voeten: Phoebus, die voor de gelegenheid een brede halsband met priemende staken omgegespt gekregen had.

De hond moest een luipaard voorstellen. Thea Taets, die dit feestelijk *tableau flottant* persoonlijk regisseerde, had vlekjes op zijn blonde vacht geschilderd, want zo stond het roofdier afgebeeld op *De koningin van Sheba ontmoet koning Salomo,* het schilderij dat zij vandaag op Ewijckshoeve trachtten na te bootsen.

Het was de freules bedoeling dat Phoebus net zo strak vooruit zou blijven kijken als Anna, beiden in afwachting van Willem, die vanaf de overzijde kwam aandobberen als de wijze, laatste heerser van het Verenigd Koninkrijk Israels. Hij had een groen fluweelgordijn omgegord, dat één schouder bloot liet, en hield in zijn aflandige hand, voor het publiek verborgen, een mergpijp in de hoop Phoebus' aandacht te houden.

Dit was tevergeefs.

Zodra er werd geklapt, viel het huisdier uit zijn rol en sprong overeind, verrast door al die leuke, enthousiaste mensen aan de kant. Hij blafte tweemaal kwispelend, blij iedereen te zien, en plaatste zijn voorpoten op de rand van het bootje, dat begon te schommelen en overhelde.

'En ik heb nog zo gezegd: geen vertoningen!'

Cobi stond gearmd met Bram. Het verloofde stel kon moeilijk anders dan vriendelijk blijven glimlachen om het spektakel dat het als verrassing voorgeschoteld kreeg.

Zij vierden hun trouwbelofte snel vóór de herfst, want tussen vandaag en het huwelijk diende de minimaal correcte periode nog in acht te worden genomen. Bovendien: Bram kon haast niet wachten, zo hunkerde hij naar iemand die de zorg voor zijn zes kinderen zou overnemen.

'Je hebt gezegd dat zij vandaag niet moest zíngen,' vergoelijkte vader Witsen, die naast Cobi stond. 'Niet dat Anna helemaal niets mocht.'

'Ik kan toch moeilijk álles opsommen waartoe die in staat is. Voor hetzelfde geld volgt een trapezenummer.'

'Het is onschuldig,' suste Bram.

'Maar je ouders...'

Het bejaarde echtpaar Arntzenius zat bij de rododendrons op een klapstoeltje, maar er viel van hun gezichten nooit veel af te lezen.

'Nog een geluk dat voor een Bijbels tafereel is gekozen.'

Maar Lucas noch Mattheus maakten melding van de schipbreuk die zich op dat moment voor ieders ogen voltrok: de Ethiopische vorstin stond in het wiebelende schuitje op om haar hond in toom te houden, maar die sprong al en zwom weg, woest het water opzwalpend, om met de mensen op de oever te gaan spelen. De kracht waarmee Phoebus zich had afgezet, deed de rest: het schuitje kreeg een fikse weerslag waardoor Anna haar evenwicht verloor.

In een laatste theatraal gebaar hief zij beide armen ten hemel en liet zich achterovervallen terwijl het ene vat reukwater na het andere dat de koningin voor Salomo uit Afrika had meegebracht, in de vijver plonsde.

Toen zij op het droge werd gehesen, had Anna al de slappe lach en nadat Thea Taets, gekleed als Nubische slavin, haar druipende haren drooggewreven had, lachte zij nog steeds.

'Zie je nu,' sprak Jonas Jan geroerd, 'al die heisa doet haar goed.'

Hij maakte zich zorgen. Na vijf dagen bij Willem op de Govert Flinck te hebben gelogeerd was zijn jongste dochter bij hem teruggekeerd. Haar broer had daarginds immers zijn eigen leven en Anna ontving zelf geen toelage, dus zij kon ook nergens anders heen. Maar zij leek droever dan vroeger, vond hij, somberder-gelaten.

Gedrieën, Willem was erbij, hadden zij op een avond goed gesproken. Daarbij had de vader een en ander toegezegd. Zo zou hij Anna in het vervolg wat vrijer laten om naar Amsterdam te reizen. Daar mocht zij in plaats van naar het conservatorium te gaan haar lessen op de muziekschool oppakken, zodat zij in elk geval haar stem op niveau zou kunnen houden, en wat vaker dan voorheen mocht zij nu thuis eigen bezoek ontvangen.

Maar ook na die afspraken bleef Anna peinzender dan vroeger, en hij vreesde voor haar levensvreugde. Hierom had hij toegestemd toen Thea Taets met haar plan aankwam voor 'een tableau vivant, flottant', en zijn hoop dat Anna ervan op zou fleuren, leek terecht.

In elk geval had het incident de stemming goed gedaan. Die was ondanks alle slingers in de bomen tot dan toe sober geweest, en van Anna's vrolijke reactie leek iedereen ineens wel opgefleurd.

Zodra zij in haar doorweekte jurk binnendroop in de tot kleedkamer verbouwde stallen, kreeg zij van Willem en zijn vrienden, die zich liever daar ophielden dan bij het feest, een staande ovatie.

Zij beantwoordde die met een minzame nijging van het natte hoofd, zoals zij die als kind meer dan eens geoefend had wanneer zij droomde van publiek.

'Zij oogt gelukkiger,' oordeelde ook Van Eeden, terwijl Anna in een van de boxen een droge jurk aantrok.

'Ja,' zei Willem, 'de laatste tijd laat zij soms haar gedachten los en is zij ineens vrolijk.'

'Zeg maar rustig uitgelaten.'

'Misschien is zij verliefd,' dacht Ising.

'Toch niet op een van ons?' vroeg Albert.

'Nog niet,' glunderde Hein Boeken terwijl hij krullen draaide in zijn baard. 'Maar ik werk eraan.'

'Zoals jij aan je gedichten werkt zeker,' lachte Van der Goes. 'Dan kon het nog wel even duren.'

Daar was Anna, afgedroogd en wel. Zij bleef liever bij de jongemannen en nam naast haar broer plaats op een hooibaal. De dichters hielden zich, gniffelend als schooljongens, voor de rest van de feestgangers schuil. De meesten kwamen vandaag voor het eerst op Ewijckshoeve, en de stijve deftigheid daar maakte hen onzeker en baldadig.

Dat iedereen van hun kunstkring was uitgenodigd, was deel geweest van de onderhandeling om Anna's afzondering op het platteland draaglijk te maken: Willem had beloofd de reis vanuit Amsterdam vaker te ondernemen op voorwaarde dat hij hier af en toe zijn artistieke maten kon ontvangen. Die maakten vorderingen met hun literaire werk en de vergaderingen voor het op te zetten nieuwe blad moesten doorgang kunnen vinden.

Wat Cobi hier ook van dacht, twee ongebruikte zolderkamers werden ingericht waar de jonge kunstenaars in alle rust hun revolutie konden voorbereiden, want Jonas Jan was wel bereid in te stemmen met alles wat zijn jongste dochter van haar teleurstelling kon afleiden.

Willems vrienden hadden gemord over zijn voorstel hun bijeenkomsten naar De Vuursche te verplaatsen. Niemand had zin de hoofdstad te verlaten, waar ze tot diep in de nacht konden doorhalen en zo nodig op handen en voeten naar huis kruipen om in bed te rollen wanneer en bij wie ze maar wilden.

Vanzelfsprekend stond hun missie voor de kunst voorop, natuurlijk wel, vernieuwing boven alles, maar zou nu juist die niet lijden onder de regelmaat en de bedomping van het huishouden daarginds? Cobi's weerzin tegen iedere vorm van esprit was onder hen spreekwoordelijk. En dan de oude Witsen, moest die er voortaan met zijn pantoffels en zijn pijpje bij zitten wanneer de jongens elkaars liefdespoëzie bespraken? Anna was oogstrelend, begaafd en inspirerend, aangenaam gezelschap, daar was iedereen het over eens, maar om daarvoor nu twee keer in de week zo'n hele reis te ondernemen... Trouwens, hoe laat vertrok daar de laatste trein terug naar de beschaving, toch vast om hooguit half tien, tien uur?

Toen Willem pleitte dat zijn zuster er gedeprimeerd werd en zo'n behoefte aan artistiek gezelschap voelde, aan conversatie op niveau en, om het maar ronduit te zeggen, aan hun aller levenslust, ging menigeen overstag. En de rest begon de redelijkheid van Willems voorstel in te zien nadat hij zich geërgerd had afgevraagd waarom hij eigenlijk hun Amsterdamse drinkgelagen zou blijven betalen als ze voor hem niet eens af en toe een tochtje naar Ewijckshoeve wilden ondernemen.

Cobi's verloving met Arntzenius was voor zo'n eerste kennismaking niet erg best gekozen, want het aantal dooie dienders onder de aanwezigen bleek hoog.

'Té macaber,' was Alberts oordeel na één blik op de gasten, leden van de Doopsgezinde Kerk voornamelijk, en een overdreven aantal douairières uit Den Haag. Hij had Kloos rond zijn middel gepakt en meegevoerd naar de stallen, waar de rest al snel was gevolgd met medeneming van ettelijke flessen drank en uit de keuken drie zilveren plateaus vol fijne vleeswaren.

Een bediende bracht versnaperingen met de complimenten van Cobi, die allang blij was dat de bohemiens zich van haar aanstaande schoonfamilie afzijdig hielden. Om hen zo lang mogelijk in de stallen te houden zond zij Willems vrienden even later ook nog gekoelde chablis.

'Op de Witsens,' proostte Kloos.

'De Witsens!' riepen allen met geheven glas.

'Zonder wie wij ons waarschijnlijk nooit hadden vereend.'

'Onzin, jongens,' wuifde Willem die eer weg, dankbaar bescheiden. 'Op een andere manier hadden jullie elkaar ook heus wel gevonden in jullie idealen.'

'En toch ís het zo,' benadrukte Free van Eeden.

De student-arts kwam naast Anna op de grond zitten. In één hand hield hij zijn glas, met de andere kroelde hij Phoebus, die zich tegen hem aan vlijde, door zijn uitgelopen tijgervlekken.

'Een beweging als de onze begint met idealen,' ging hij verder, 'dat klopt, welke jongen heeft die niet, alleen op zijn studentenkamer? Maar zulke gedachten moeten ergens rijpen. Botsen moeten zij, elkaar voeden, zich aan elkaar fijnslijpen, je moet tijd hebben, vrijheid vinden, vrijheid kríjgen en de ruimte om ze te verwoorden.'

'Kortom' je moet er met gelijkgestemden over kunnen lullen, oeverloos,' beaamde Sam Aletrino en toen, bedeesder, tegen Anna: 'Excusez le mot.'

'En die vrijheid krijgen wij van uw broer,' bevestigde Verwey.

'Zoals je ons hier bijeen ziet, is het je vast wel duidelijk,' zei Willem tegen zijn zus, 'en anders kunnen we het maar beter op voorhand bekennen: al die wereldbestormende ideeën komen minder uit gewijde kunstzin en muzische inspiratie, dan uit oprispend maagzuur, alcoholisch bezinksel en vele uren van dit soort troebel gezever.'

'Maar daarom niet minder uit overtuiging,' stelde Kloos.

'Eerder meer,' vond Ising, de acteur. 'Wij brengen ons geregeld in een roes, juffrouw Anna, da's waar. Dit is de enige manier. Als kunstenaar heb je zoveel twijfels. Die moet je wel verdrinken voordat je jezelf van je gelijk kunt overtuigen, laat staan een ander. Zo deden de bacchanten het tenslotte ook.'

'En alle ruimte tot dit zo hoognodige gezever, juffrouw Witsen, biedt uw broer ons. In alle ernst: een riem papier hadden wij zonder Willem vast wel ergens gevonden. Met wat geluk een pen en een pot galnoteninkt, een overtuiging misschien zelfs, een standpunt en een onderwerp, maar niet de vrijheid om volledig tot onszelf te komen, nooit tot onze kern, om zoals nu als één te kunnen denken, niet de ruimte om elkaar te spreken en te herkennen...'

'Hear, hear!' Van der Goes hief zijn glas, deels nog eens

ter ere van zijn gastheer, deels om alvast te worden bijgeschonken. 'Jouw belang in dit geheel, Willem, valt niet te onderschatten.'

'Al was het maar omdat wij anders de drank niet zouden kunnen bekostigen om onze ideeën uit op te laten wellen,' riep Hein Boeken, die van allen al het meest in de lorum was.

'Ach geld,' zei Willem, die dit liever niet had willen horen. 'Geld. Daarom draait toch onze vriendschap niet?'

'Dat zeg ik, die draait in de eerste plaats om dorst en drank.'

'Veel drank. En vrouwen.'

'Pooien en pimpelen,' lalde Paap, 'nou, we staan d'r weer fraai op.'

'Santjes, jongens, dan op onze vriendschap, op het rijden en het rossen, op de vrouwen en de dorst!'

'Hees-reutelende dorst,' beaamde Karel Thijm, 'en onvoldoenbare begeerte.'

'Veile vrouwen liefst!'

'Spreek voor jezelf, jullie,' morde Kloos. 'Zeg Wim, hoeveel geld héb jij eigenlijk, Verwey en ik zouden ons namelijk graag vrijkopen?'

'Vrijkopen?' vroeg Anna. Die dronkenmanspraat vond zij vermakelijk, zij kende verder niemand die zo losjes in de omgang was. Lachend had zij toegehoord, maar nu veerde zij toch op, geïnteresseerd. 'Vrijkopen waarvan?'

'Van de rest,' zei Kloos beslist.

'Van alles en iedereen,' preciseerde Verwey.

'Ach Albertje,' verzuchtte Kloos, 'als dat toch eens zou kunnen, maar de mensenmaatschappij en haar moraal daar is toch geen ontkomen aan.'

'Nee,' zei Anna ernstig. 'Nee, dat vrees ik ook.'

Hier kwam haar broer tussenbeide, oplettend dat zij niet op een punt kwam waarop zij zou gaan somberen.

'Kloos hier is een beroemdheid aan het worden,' begon hij monter. 'Wist je dat?'

'En Van Eeden heeft grootse plannen, vertrekt over een tijdje naar Parijs, nietwaar Free, om de gekken daar te onderzoeken.'

'Parijs!' verzuchtte Anna.

'Voor enkele maanden maar.'

'Maandenlang, verrukkelijk.'

'Dat staat te bezien,' zei Van Eeden. 'Ik ga colleges neurologie volgen bij professor Charcot. Interessant maar heftig. Hij brengt zijn patiënten onder hypnose en onderzoekt hun hysterie. Schijnt dat niet iedereen tegen de aanblik kan.'

'Hoor je?' Kloos porde zijn vriend. Zij lagen nu als uitgespeelde kinderen languit tegen elkaar aan. 'Onderzoek naar hysterie, Albert, is dat niet iets voor jou?'

'Ik maak van jou al alle dagen studie.'

'Hoe dan ook,' sprak Kloos onverstoord, 'wij zijn als groep van wal gestoken en het gaat ons voor de wind.'

'Nou,' lachte Anna, 'dan wens ik u een voorspoediger vaart dan de mijne zojuist.'

'Wij zijn goed bemand: Karel Thijm in het kraaiennest, Kloos peinzend aan dek.'

'En mijn broer,' vroeg zij, 'waar staat hij?'

'Hij? Hij is onze scheepsmagnaat.'

'Da's gek,' spotte Willem. 'Ik zie toch mezelf veeleer als kapitein, als gezagvoerder over jullie zootje ongeregeld.'

'Is er nog plaats?' vroeg Anna jolig. 'Dan wil ik wel mee aan boord en jullie ketelbinkie zijn,'

'U wordt ons boegbeeld, juffrouw, of hoe heet zo'n trotse sirene, fier, pront en halfnaakt voorop.'

'Albert, alsjeblieft,' sprak Free. Phoebus' panterverf had afgegeven en nu kreeg hij zijn vingers maar niet schoon. 'Hoe dan ook, wij zijn op weg. Vandaan bij het oude! Vooruit, een laatste salvo aan de dichtgeslibde haven.'

'En het losgedonderd schot wenst heil aan 't vaderland!'

'Uit te kunnen varen,' verlangde Anna, 'wat lijkt mij

dat heerlijk, naar Parijs te kunnen reizen zoals u, mijnheer Van Eeden, of zoals mijnheer Van Looy, die nu in Rome is..., ach, waarheen dan ook.'

'Nog even, Anna,' suste Willem. 'Zodra onze Co voor de wet mevrouw Arntzenius is, worden de piketpaaltjes verzet.'

'Heus, ik begrijp de rijken niet.' Kloos klonk oprecht verwonderd. 'Als ik toch geld had...'

'Je hébt geld,' zei Willem.

'Aalmoezen, een schrijversloon is nooit meer dan verkapte liefdadigheid. Nee, ik bedoel jullie, Witsens, met dit alles hier... Ik begrijp jullie niet, juffrouw Anna. Als ik toch jullie middelen bezat, jullie mogelijkheden, dan liet ik me toch nooit meer ook maar ergens iets aan gelegen liggen?'

'Was het maar zo simpel,' peinsde Anna, maar direct daarop vroeg zij alweer enthousiast: 'Wat zou u doen als u ons was?'

'Ik? Ik zou mijn gang gaan en mijn hart achterna. Maar uw milieu met al zijn macht, wat ik erover hoor, als ik toch bedenk, Anna, hoe er over u beslist is. Over uw kunst. En als ik dan uw zuster zie, haar geluk vandaag volledig overschaduwd door... ja, door wat? Als een prooidier lijkt zij maar voortdurend waakzaam op de mening van een ander, alsof hier het oordeel van de mensen dubbel telt.'

'De mensen...' Anna dacht na. 'Soms heb ik het idee dat zij tegen ons samenzweren.'

'Dat doen zij ook,' beaamde Kloos, 'de kléíne mensen. Omdat alles ze beangstigt wat naar vrijheid streeft.'

'Eerst dacht ik dat het door het geloof kwam dat velen zo dor en onbarmhartig leven.' Bedachtzaam keek zij rond of er niemand in de buurt was die dit zou kwetsen. 'Dat zij zulke strikte regels hanteren, dacht ik, uit angst voor het grote oordeel later. Maar ondertussen richten zij met hun moraal zoveel meer kwaad aan dan goed.'

Iets stak haar in het hooi. Zij trok er een strootje uit, dat zij tussen haar lippen nam. Daar bleef het losjes hangen, nu en dan wat wippend op haar woorden.

'Als zij met z'n allen zo godvrezend zijn, die mensen, waarom vrezen zij dan niet dat Hij, de Here God, juist hén ter verantwoording zal roepen?'

'Waarvoor?'

'Omdat zij het aards geluk van anderen altijd maar hebben beknot, omdat zij met hun goede bedoelingen zovelen hebben benard en verstikt.'

In de verte zette een orkestje in, vrolijk, alsof het Anna's ongelijk wilde bewijzen. Om de gasten naar de dansvloer te lokken opende het met een bekend walsje uit een van de nieuwste opera's van Gilbert en Sullivan.

'Ik denk wel eens,' besloot zij, 'dat men om zo recht in de leer te zijn wel goddeloos moet wezen.'

In het koetshuis vielen de meesten stil om naar de muziek te luisteren, maar toen na zestien maten een sopraan inviel, sprong Willem op. Hij trok zijn zuster overeind en voordat zij zich kon afvragen waarom men háár eigenlijk niet gevraagd had om te zingen, zwierde hij al met zijn arm rond haar middel met haar rond.

Poor wandering one

Uitgelaten la-laden zij mee.

Though thou hast sur-e-ly stra-yed...

Uiteindelijk lieten zij zich buiten adem achterovervallen in het stro, slap van pret als toen zij kinderen waren.

XI.

'In de Jordaan kunnen de wasvrouwen hun kleintjes niet meer zogen omdat de melk in hun borsten is vergiftigd van het lood!' Thea Taets schalde haar ergernis door de treincoupé. 'Maar nee, het enige waar Jonas Jan zich over opwindt, is of jij niet in je eentje over straat gaat.'

De freule begon het chaperonneren van Anna soms wat moe te worden. Vanochtend moest zij er weer een vergadering van de Sociaal-Democratische Bond voor missen, uitgerekend nu Domela Nieuwenhuis kwam spreken over de vegetarische beweging.

Om eerlijk te zijn, dat hele aangenomen moederschap viel haar wat tegen. Zij had het aangeboden indertijd, ja, omdat zij nu eenmaal zo'n groot hart had, maar zij konden toch bezwaarlijk van haar verlangen dat zij tot het einde van haar levensdagen het kind van een ander met zich mee zou slepen.

'Je bent verdorie dertig,' morde zij.

'Ik weet het.' Anna keek naar buiten. De eerste vorst was vannacht gekomen. Op de weilanden lag rijp, over de sloten een ijsvlies. 'Dertig jaar, ik ben er terdege van doordrongen.'

'Als wij nou anders met zijn tweeën eens een keer een reisje zouden ondernemen naar het buitenland...' opperde de freule, die schrok dat Anna zo gelaten klonk.

'Een buitenlandse reis? Ik heb geen hoop dat vader ooit in zoiets toestemt.'

'Dan heb je mij nog nooit een man op zijn gemoed zien spelen.' Thea stippelde het al verder uit: 'Deze winter naar Sankt Moritz, meisje, of naar Napels als je liever warmte hebt. Enkel om jouw vader te bewijzen dat jij in de wereld je mannetje best staat.'

'Liefst zou ik niemand meer tot last zijn.'

'Onzin.' De freule ervoer een ineens akelig ongemak. 'Hoezo nou, last? Ik moet toch weldra naar Parijs.'

'Natuurlijk,' zei Anna laconiek. 'Wie niet?'

'Iedereen vermaakt zich daar wel zonder mij, zou je denken, en toch... er bereiken mij berichten dat sinds mijn vertrek de glans er daar wat af is.' Een dergelijk bericht had zij inderdaad ontvangen. Het kwam van een schildersmodel dat zij soms een paar biljetten toestopte, en waarom zou zo'n jongen erom liegen? 'Kortom, de beau monde roept, zij heeft mij nodig, en jou zou de stad een verrukkelijke afleiding bieden.'

'Op een dag, tante, Parijs, wie weet op een dag... Volgens Willem zal pa mij dadelijk, zodra Cobi in Den Haag woont, vast en zeker vrijer laten.'

'Vast,' beaamde Thea Taets van Amerongen zonder overtuiging.

Zij passeerden een hoeve waar de boer schijnbaar door de kou was overvallen, want hij had zijn koeien niet op stal gezet maar ze een deken omgeslagen. Een koddig tafereel, waar beide vrouwen om glimlachten.

'Maar onthoud de Boulevard Haussmann,' zei tante nog, 'Haussmann, hoek Rue Washington. Daar zul jij altijd welkom zijn, altijd.'

Toen Anna aanbelde op de Van Baerlestraat, deed Julius zelf open.

'Amanda is er niet,' sprak hij, alsof zij dit keer voor zijn echtgenote kwam.

'Ik weet het.'

Zij had haar zien lopen met haar jongst geborene in de kinderwagen en nagekeken totdat zij de hoek om sloeg op weg naar het park.

De componist vroeg Anna binnen. Hij kon moeilijk anders.

'Uw broer is langs geweest.'

'Willem? Hier?'

Zij liepen zoals altijd naar de vleugel in zijn werkkamer. Anna had haar jas nog aan, want hij vergat te vragen of zij hem wilde uitdoen. Of nee, hij dacht eraan, wist even niet hoe, en besloot toen dat het misschien beter was wanneer zij alles aan zou houden.

'Het is in orde,' zei hij. 'Willem heeft de hele situatie uitgelegd. Als u van verdere oefeningen af wilt zien...'

'Van onze oefening afzien?'

'...dan begrijp ik dat.'

Even was zij stil, toen trok zij een handschoen uit, liep om het zwartglanzend instrument en sloeg er een akkoord op aan.

'Waarom zou ik ervan afzien?' vroeg zij, de toetsen overpeinzend. Zij sloeg opnieuw aan, nu mineur.

'Uw vader...'

'O, mijn vader...'

Anna nam op het krukje plaats en ontdeed zich ook van de andere handschoen, waarbij het stugge leer wat hulp behoefde van haar tanden. Kort beet zij in de schacht die haar ringvinger bedekte en trok het topje los, deed ditzelfde bij de middelvinger, waarop zij de hele hand kon afstropen. Even wreef zij de vingers alsof het bloed na de beknelling weer op gang moest komen.

'Papaatje,' vervolgde zij, 'patroon van zoveel musici,

strijder voor het muzikale modernisme, vriend van componisten, een man zo vooruitstrevend, zo met de kunst begaan...'

Nu speelde zij een stuk en neuriede.

'Hij maakt, als ik het goed begrepen heb, bezwaar?' Julius merkte hoe hoog zijn adem zat, de spreekstem wat geknepen, precies wat hij haar in het begin had moeten afleren.

'Een man als mijn vader...' Anna mijmerde al spelend. 'Je zou denken dat die wel begrijpt wat het betekent stem te geven.'

Julius opende de vleugel om haar klanken vrij te laten. In de donkere lak van de klep, die nu schuin omhoog stond, vond hij zichzelf weerspiegeld. Een forse man, niet knap misschien, maar volop in zijn mannelijkste kracht, een vader ja, maar ook nog altijd man.

'Jonas Jan is onbetwist de spil van toonkunst in dit land,' beaamde hij, 'een man die daarvoor ons ontzag verdient. Het laatste wat wij moeten willen is iemand zoals hij bruuskeren.'

Anna sloeg de klavierklep dicht.

'Dan bent u het dus die van verdere lessen liever af wil zien,' sprak zij verongelijkt. 'Niet ik.'

'Nou ja, "lessen"...' Julius haalde zijn schouders op. 'Ik gaf wat aanwijzingen – wat kon ik doen? – een beetje hulp hooguit, studie van het repertoire... Het was een vriendendienst, ik ben per slot geen zangleraar.'

'U dacht mijn vader er misschien mee te verrassen, hem een plezier te doen, en nu dat niet zo blijkt te zijn...'

'Onze middagjes hier waren als kleine stimulans bedoeld, ter voorbereiding op uw opleiding. Nu die niet door kan gaan...'

Onder deze woorden kromp Anna ineen, onverwacht en pijnlijk, zij greep zelfs naar haar maag als iemand die een bloeding krijgt. Zo bleef zij zitten, voorover, haar heftig ademen bekneld door haar korset.

Julius schoot toe, bang dat zij onwel werd, maar zij weerde hem af, rechtte haar rug en hervond haar stem alleen. Toen Anna uiteindelijk sprak was het iets te luid maar duidelijk en afgemeten.

'Ik mag dan toevallig een vrouw zijn,' verklaarde zij, 'maar dat betekent niet dat men mij dwingen kan mijn leven op te geven!'

'Met Amanda spreek ik er soms over,' zei Julius. Hij stond voor het hoge raam en keek naar buiten. 'Natuurlijk is die ongelijkheid onrechtvaardig. Zij heeft er bij vlagen last van, net als jij.'

'Men zegt dat het weldra voorbij kan zijn, dat er een nieuwe tijd aan komt.'

Anna, gekalmeerd, schoof naast hem op het zitje in de vensterbank. Haar rok streek langs zijn been. Zij keken samen over straat. De lucht betrok, uit het westen dreven Noordzeewolken aan. De kleur liep uit de Amsterdamse baksteen weg, de straat verkilde.

'Ik herinner me de dag waarop ik begreep dat van jongetjes verwacht wordt dat zij later in het leger gaan,' zei zij. 'De onrechtvaardigheid, dat een kind, alleen op grond van zijn geslacht, iets waar het niet om heeft gevraagd, kan worden blootgesteld aan zulke wreedheid.'

Haar overjas had zij inmiddels uitgedaan. Die hing over een stoel. Omwille van meer lucht had zij, volstrekt decent, de strakste knoopjes van haar lijfje losgemaakt en ook haar hoedje had zij afgedaan. Dat lag op tafel.

'Ik zal een jaar of elf zijn geweest,' vertelde zij. 'Op school kregen wij over de oorlog tussen Oostenrijk en Pruisen te horen en onze leraar vertelde dat daar alle jongens vanaf zestien waren opgeroepen.'

'Ik herinner me dat goed.' Julius schonk wat water in een glas en gaf het haar, allang blij dat zij zich volledig had hernomen. 'Wij zijn even oud. In mijn klas telden alle jongens op hun vingers hoeveel jaren ons, mocht die oorlog escaleren, nog scheidden van het front.'

'Aanvankelijk begreep ik het niet eens, zo vreemd kwam het mij voor. Kinderen worden van hun bed gelicht om ver van huis te dienen als kanonnenvoer? Er werd mij uitgelegd dat dit nu eenmaal de plicht van iedere jongen was, eeuw in, eeuw uit, zo nodig te sterven voor zijn land. Ik heb er dagenlang niet van geslapen, langer waarschijnlijk, en ik werd ziek.'

'Jij bent nu eenmaal te ontvankelijk, Anna.'

'Ik kon niet geloven dat een jong mens of wie dan ook wordt verplicht zijn leven te riskeren, zijn leven te géven indien nodig, enkel door het ongelukkig toeval van de sekse. Dat kille, harteloze onderscheid.'

'Men had er beter aan gedaan de echte wereld nog wat bij jou weg te houden.'

'Maar, Julius, zo ís de echte wereld. Erger nog, de maatschappij laat zoiets niet alleen gebeuren, maar juicht het toe. Prijst haar jongemannen erom. Zwaait ze uit wanneer zij in hun uniform afmarcheren.'

'Wees dan maar blij dat je als meisje bent geboren.'

'Dat was ik. Toen. Nou en of, ik dankte de hemel dat ik door diezelfde willekeur van zo'n dodelijke plicht was vrijgesteld.' Zij keek nu op en zag hem aan. 'Inmiddels weet ik dat het weinig uitmaakt.'

'Hoe bedoel je?'

'Man en vrouw. Dat er op één vlak wel degelijk gelijkheid is: of je nu als jongetje geboren wordt of als meisje, er wordt door anderen over je beschikt.'

Röntgen opende de vleugel weer, nam plaats, en begon te spelen, zoekend zacht, een melodie die hem zojuist was ingevallen. Twee maal pauzeerde hij, nam potlood en papier, noteerde iets en begon dezelfde frase opnieuw, zoekend naar een ander einde.

Anna luisterde, haar voorhoofd tegen de ruit.

'Een jongensleven als kanonnenvoer is kort,' zei zij nog. 'Het lot van een vrouw is minder genadig: mannenvoer te zijn, dat duurt maar.'

'Het is in orde,' zei Julius uiteindelijk.

Hij klonk vooral tevreden dat de muzikale lijn waarnaar hij zocht nu op papier stond. Hierdoor begreep Anna zijn bedoeling niet direct. Met een vlakgom veegde hij nog een doorhaling weg, blies wat vezels van het blad en borg het in de stapel op de reserve kruk naast zijn klavier.

'Op voorwaarde dat wij dan nooit meer van "lessen" spreken,' zei hij en keek haar lachend aan. 'Afgesproken?'

'Je bedoelt dat ik mag blijven komen?'

'Wij musiceren samen, een of twee keer in de maand, net zoals het uitkomt, als muzikanten, gelijkwaardig. Daartegen kan Jonas Jan toch onmogelijk bezwaar hebben? Twee mensen, musici, gelijkgestemd, die communiceren in dezelfde taal.'

Anna vloog op. Zij knielde neer naast de pianokruk en greep zijn beide handen. Zij drukte er een kus op, dankbaar, en hield ze tegen haar wang.

'Wij kunnen een paar liederen instuderen,' stelde hij voor, aangedaan door haar kinderlijk enthousiasme. 'Een klein repertoire, uitsluitend geschikt voor huiselijke avonden. Dat staat je vader immers toe?'

Zij knikte maar kon niet meer spreken.

Hij bevrijdde een hand uit haar omhelzing en terwijl zij op en in zijn ogen keek, wiste hij met zijn vingers, slank gespierd, haar wangen droog. Hun beider ademhaling was nu hoog en snel, niet eerder waren zij elkaar zo na.

'Muziek roept soms gevoelens in ons op,' waarschuwde hij, 'het is verraderlijk.'

Haar asem streek langs zijn lippen.

'Zeer,' beaamde zij, maar het lukte geen van beiden de

ogen van de ander af te wenden. 'Bepaalde harmonieën raken aan wat zich afspeelt onder ons bewustzijn.'

'En wat daar ook vooral moet blijven,' waarschuwde hij zichzelf meer dan haar. Maar hun monden raakten al en zouden verder zijn gegaan als niet op dat moment de voordeur dichtgevallen was.

Het geluid van beneden bracht hen tegelijkertijd tot zinnen.

Zij lieten los. Deinsden achteruit, luisterend naar geluiden in het trappenhuis. Mevrouw Röntgen sprak tegen haar baby terwijl zij hem uit de wagen tilde en op de arm naar binnen droeg, maar wat zij zei, daarginds, konden zij niet verstaan. Wel hoorden zij nog hakjes op het marmer in de hal.

'Amanda is altijd zo lief voor mij,' begon Anna enthousiast.

'Zij ziet en begrijpt veel,' beaamde Julius met tollend brein want zijn bloed had nog niet direct zijn reguliere loop hernomen.

'Alles!' Anna kleurde. 'Alles begrijpt zij.'

'Vast.'

Julius wist niet waar deze lofzang op zijn echtgenote zo plotseling vandaan kwam en nog minder waar die heen ging.

'Anders dan u mij begrijpt,' vervolgde Anna, 'maar toch. Zij wéét en laat mij bij u toe. Ja, Amanda is als een vriendin.'

'Zij is de moeder van mijn kinderen.'

Anna knikte.

Zij richtte haar blik op het plafond, als zocht zij daar voor dit voldongen feit een uitweg. Peinzend zoog zij haar onderlip eventjes naar binnen en beet er zachtjes op, maar toen vond zij de oplossing, zo leek het, en lachte al.

'Dan moeten wij haar toezingen,' besloot zij, spreidde haar armen, wierp haar hoofd in de nek en tolde tweemaal op haar voorvoet rond alsof zij haar geluk niet langer binnen kon houden.

'Dans, lief moedertje, dans!' barstte zij los en Julius, opgelucht dat zij al zo snel weer vrolijk was, zocht er akkoorden bij. Er was nu eenmaal een kern in die stem die zo rechtstreeks eerlijk sprak dat het ieder voorbehoud vanzelf wegnam.

Tegen de tijd dat de vrouw des huizes, verrukt om Anna's stem weer in haar huis te horen, naar boven was gesneld, werd op de kamer van haar man gemusiceerd alsof er niets was voorgevallen.

'Dank, mamaatje lief, dank,' klonk het gul, juist toen zij Julius' werkkamer binnenstapte.

XII.

'Heeft zij dat vaker,' vroeg Free van Eeden, 'dat zij zo onverwacht van stemming wisselt?'

Dit was hem nu een aantal keren opgevallen.

'Vroeger nooit,' antwoordde Willem.

Free knikte bedachtzaam.

Om zijn vriend niet te verontrusten had hij zich voorgenomen in stilte een oogje op Anna te houden. Alleen met een vriend die te Santpoort psychiater was, had hij het er kort over gehad. Ter voorbereiding op zijn Franse reis verdiepte Free zich in verslagen van dokter Charcots neurologische colleges pathologische melancholie. Zijn studenten kregen daarbij een patiënte voorgeschoteld met een dubbel-ik, die juist verdrinkende in haar verdriet zulke euforische momenten kende.

'Vertoont je zus nog andere tekenen van nervositeit?'

'Niet dat ik weet, behalve dat zij op Ewijckshoeve niet gelukkig is.'

De gracht was guur en al donker. Schouder aan schouder liepen zij weggedoken in hun kraag op weg naar een belangrijke vergadering met Hijman Binger, die zij als uitgever van hun blad op het oog hadden..

'Cobi woont nu in Des Indes om van daaruit de verbouwing van haar Haagse woning strakker te bestieren,' ging Willem verder. 'Anna zit op Ewijckshoeve dus alle avonden met Pa alleen.'

'Wat sowieso haar voorland is.'

'Dat maakt haar ongedurig, soms prikkelbaar, maar eerlijk gezegd heb ik dat zelf ook. Langer dan een avond houd ik het daar zelden uit, die ouwe kan zo star, zo onverdraagzaam zijn. Ik denk wel eens: die is zeker zelf nooit jong geweest of anders is hij vast vergeten dat een jong mens nu eenmaal drang heeft om iets van zichzelf en van het leven te ontdekken.' Willem zuchtte. 'Waren zij maar nooit weg uit Amsterdam gegaan.'

'Het is niet zonder gevaar, begrijp je, iemands verlangens te beknotten.'

Zij naderden het uitgeverskantoor.

'Zal ik jullie ouwe heer hierover anders eens een keertje schrijven?' Free kamde met een paar vingers zijn dikdonkere sluikhaar naar achteren. 'Vanuit puur medisch oogpunt.'

Willem dacht hierover na, maar gaf geen antwoord.

'Ah,' zei hij, 'daar zijn de jongens[, en hij stak zijn hand op.

Kloos en Verwey waren rechtstreeks van de Rozengracht gekomen, Willem Paap en Van der Goes hadden bij Mast getafeld om de zaken een laatste keer goed door te spreken. Van de plannen die zij kwamen presenteren hingen al hun grote dromen af.

De oude Binger, die door pijnen werd gekweld, hing achterover in zijn stoel en gebaarde dat het hem niet lukte op te staan om de redactieleden te begroeten. Zijn zoon Tijn nam de honneurs waar en schonk een Keteltje voor ieder in.

'Zo, zo.' De uitgever hief het glas op een eventuele samenwerking, maar zuchtte erbij alsof hij nu alles wat er in het leven viel te horen wel eens had gehoord. 'Een nieuw tijdschrift.'

'*De Nieuwe Gids*,' verkondigde Paap.

'Was er iets met de ouwe?' vroeg Binger, van wie *De Gids* meerdere gedichten had gepubliceerd, maar voordat iemand een antwoord wist, hief hij zijn linkerhand alsof hij op Halfweg de exprestrein wilde tegenhouden. 'Nee. Nee, ik wil het niet weten ook.'

Hij sloeg in één teug zijn jenever achterover en liet zich nog eens bijvullen, want hij begreep wel dat hij, om dit uur door te komen, er nog een aantal nodig zou hebben.

'Jullie zijn – wat is het helemaal – net twintig?' bromde hij. 'Ik begrijp het, de hele wereld moet in één haal van tafel en we beginnen alles nog een keer van voor af aan.'

De jongens keken naar elkaar, niet zeker of de uitgever dit spottend had bedoeld of serieus.

'Wij gaan nu uit van zevenhonderd abonnees,' zei Van der Goes dus maar.

'Om te beginnen,' vulde Verwey haastig aan.

'Om te beginnen zevenhonderd.' Hijman Binger knikte vol begrip. Hij boog naar zijn bureau, griste een potlood uit het bakje en maakte hier notitie van: 'Abonnees: 700.' 'En hoeveel hebben er al ingetekend?'

'Tot nu toe?' Free schraapte zijn keel. 'Geen.'

Over de rand van zijn kleine ronde bril keek de uitgever hem aan, zichtbaar uit het lood geslagen maar beleefd. Hij knikte eens en wuifde dit obstakel weg alsof het ook kleingeestig was van drukwerk verkoop te verwachten.

De oude man streepte het getal dat hij had neergeschreven door en zonk terug in zijn zetel. Dit was nu waarvoor zijn artsen hem hadden gewaarschuwd. Hij strekte één arm hoog boven zijn hoofd, mogelijk om een reumatische trekking te verlichten, en hield hem daar tegen de rugleuning gesteund. In deze vreemde houding bleef hij zitten.

'Voor de inhoud gaan wij uit van honderdzestig pagina's,' opperde Van der Goes.

'Toe maar!'

'Zes afleveringen in een jaar,' zei Kloos.

'Tegen een abonnementsprijs van zeven gulden vijftig,' vulde Verwey aan.

'Om de onkosten te dekken moet zeveneneenhalve gulden ongeveer genoeg zijn,' rekende Paap.

'Ongevéér...' herhaalde Hijman Binger sceptisch.

'Uiteraard zal de echte opbrengst straks van de advertenties komen.'

'Nee maar, vanzelf zeg, uiteraard, dat spreekt voor zich...' De uitgever klonk moedeloos. Jeugd zou zoveel draaglijker zijn als zij de ervaring had van een oud mens. 'En luister eens, die hele meute adverteerders,' ging hij verder, 'waarmee wordt die gelokt nu u het niet van de abonnees moet hebben?'

'Er is vanzelfsprekend altijd nog de losse verkoop,' opperde Willem. Hij zat wat terzijde in een hoek en liet vooral de anderen spreken, omdat hij officieel geen lid van de redactie was.

'Zo vanzelfsprekend is naar mijn ervaring losse verkoop niet.'

'Wij denken groot...'

'Dat vermoeden had ik al.'

'Groter dan alleen de boekhandelaar, bedoel ik. Verkoop in boekwinkels ligt voor de hand, maar waarom zou het ook niet bij sigarenhandels kunnen liggen of de stationskiosk?'

Steunend wees Binger senior op zijn lege glaasje, dat door junior weer stante pede werd gevuld.

'Nou vooruit, omwille van het argument, laten we ervan uitgaan dat u mij overhaalt om iedere oppassendheid, al mijn rede en levenslange kennis van zaken te laten varen en wij doen het, wij verspreiden die *Nieuwe Gids* van u breed door het land, wat is het dan dat op een ochtend de passant aan de kiosk zal doen besluiten nu eens niet voor zijn dagelijkse krantje te kiezen, maar in plaats daarvan uw tijdschrift uit het rek te grissen en het zich, na even bladeren, toe te eigenen in ruil voor zijn zuurverdiende geld?'

'Vijfenzeventig cent bij losse verkoop, hadden wij gedacht.' Van der Goes legde een document met de berekening op het bureau.

'Drie kwartjes. Voor een volslagen onbekend product. Waarom zou een weldenkend mens dat doen?'

'Om de inhoud.' Kloos klonk stellig, zelfs enigszins beledigd.

'Het nieuw elan.'

'Vanwege de nieuwe tijdgeest.'

Plots riepen alle redactieleden door elkaar.

'Onze vernieuwing, daar zal het hele land van gonzen.'

'Met al het oude rekenen wij af. Ik sluit niet uit dat er schandaal van komt.'

'Het wordt zoveel meer dan een blad, moet u weten, het is een hele beweging.'

'Een storm.'

'De literatuur begint,' beaamde Free, 'maar daarna wordt het sociaal.'

'Een orkaan.'

'Een omwenteling waar iedereen kennis van zal willen nemen en waaraan ieder vooruitstrevend ondernemer zijn naam maar wat graag zal verbinden.'

Zulk roekeloos enthousiasme. Binger deed zijn best om geen vertedering te tonen. Hij dacht aan hoe hij zelf, toen hij zijn vaders handel overnam, overtuigd was dat het hele vak op de schop moest met alleen nog jonge mensen aan de macht.

'En dat honderdzestig pagina's lang,' sprak hij. 'Nou jongens vooruit, het intrigeert. Laat de kopij maar achter, dan zal ik erin lezen.'

Hier bleef het stil.

'De ideeën zijn er,' durfde Verwey uiteindelijk.

'Ideeën.' Binger liet het hoofd hangen.

'We zijn bereid ze toe te lichten.'

'Da's genereus.'

'En we staan klaar om ze uit te werken zodra u het sein op groen zet.'

'Ideeën...' Hijman Binger herhaalde het woord alsof hij het nog eens wou proeven. 'Begrijp me goed, ik ben dol op ideeën. Ideeën kosten geen inkt en zolang maar niemand op de gedachte komt om ze uit te werken, is er geen papier voor nodig.'

'De meesten van ons hebben gepubliceerd,' zei Kloos. 'Wij kunnen eerder werk overleggen. Dan hebt u in elk geval een indruk.'

De uitgever veegde dit aanbod met een wegwerpgebaar van tafel.

'Schrijven kan iedereen,' stelde hij. 'De ware kunst is al die schrijfsels aan de man te brengen.'

Hij hees zich weer naar zijn bureaublad, wierp een snelle blik op de begroting die Van der Goes voor hem had neergelegd, keerde het papier en begon achterop een nieuwe berekening.

'Zes keer per jaar honderdzestig pagina's... Uitgaand, zoals u doet, van een kostentotaal van 7300 gulden... Met aan de inkomstenkant: zeveneneenhalve nog te innen guldens maal zevenhonderd fictieve abonnees plus nattevingerwerk advertentiegeld van de Here God mag weten hoeveel niet-bestaande adverteerders...' Hij mompelde wat getallen, schreef de uitkomst neer en trok een streep. 'Aan de andere kant bedraagt uw sterke punt, hetgeen uw plan uniek maakt, te weten de omverwerping van alles wat mensen prettig vinden om te lezen, met daarbij nog eens opgeteld de omwenteling van alle waarden, op dit moment niet meer dan wat plannen rond de borreltafel. Eens zien... als we dit afwegen tegen dat, hier iets wegstrepen en daar iets bij sjoemelen, kom ik tot de slotsom dat u mij vraagt blindelings en op voorhand te investeren in iets waarvan ik onmogelijk kan overzien wat het wordt. Waarom zou ik zoiets doen?'

Niemand wist het.

'Zakelijk gezien,' probeerde Van der Goes nog, 'is de uitbreng van ieder nieuw tijdschrift uiteraard altijd bijzonder lastig, alle begrip, maar als wij...'

'Ik zal u zéggen, waarom ik het doe,' onderbrak Binger.

Allen staarden hem aan, maar nu dacht hij eerst na. Bedachtzaam en in alle rust draaide de oude man aan zijn brede snor tot hij opkrulde, eerst de haren aan de linkerkant, toen rechts.

'Verdomd heren,' bromde hij uiteindelijk, 'ik denk dat u een punt heeft. Hebt u de gedichten van mijn hand wel eens gelezen die in *De Gids* werden gepubliceerd?'

'Niet recentelijk.' Verwey vervloekte zijn eigen stommiteit, want hij had die vraag kunnen verwachten. 'Ze staan mij dus op dit moment niet helder voor de geest.'

'Geen wonder. Elke aflevering staat vol met ouwe kerels zoals ik, mijmerend over hetzelfde als vijftig jaar geleden. Als wij niet zo ijdel waren, deden wij er goed aan ieder blad te wantrouwen dat bereid is ons gerijmel af te drukken.'

'Met andere woorden...' Kloos lachte aarzelend. 'U wilt met ons in zee?'

'*De Gids* is aan vernieuwing toe,' zei Binger. 'Waarom niet door u?'

Hier sprong de voltallige redactie overeind om elkaar de hand te drukken en vooral die van de uitgever, maar deze weerde alles af en riep: 'Eén ding: wij zijn een familiebedrijf. Ik kreeg het gezond van mijn vader en ik ben van plan om het aan Tijn hier ook zo na te laten. Dit betekent dat ik u helaas moet vragen, heren, een van u of allen gezamenlijk, garant te staan voor de eerste tienduizend.'

'Tienduizend gulden?' vroeg Free van Eeden verontwaardigd. 'Voor zo'n bedrag kunnen we een grachtenpand kopen.'

'Of verwacht u dat ik het mijne verhypothekeer voor honderdzestig pagina's ideeën?' De uitgever omcirkelde de uitkomst van zijn berekening en schoof de papieren terug naar Van der Goes. 'Tienduizend als onderpand. Loopt alles het eerste jaar werkelijk zo voorspoedig als u denkt, dan hoeft het bedrag nooit te worden aangesproken.'

'Maar studenten zoals wij...' Kloos klonk boos. 'Waar dacht u dat wij een dergelijke borg vandaan kunnen toveren?'

Hijman Binger hief zijn handen als in overmacht, en keek toen verwachtingsvol naar de jongeheer Witsen, die in de hoek van de kamer zat en als enige dit uur maar weinig had gezegd.

Alle redactieleden volgden zijn blik.

'Geen denken aan.'

Willem klonk geërgerd.

Zij zaten rond de leestafel bij Karseboom na te praten.

'Het hoeft niet contant,' pleitte Verwey, 'het gaat nu eerst alleen om een garantie. Niet meer dan een signatuur.'

'Voor een dergelijke som garant te staan, ik kan het hem onmogelijk vragen.'

'Waarom niet? Die ouweheer van jou steekt zulke bedragen met gemak in het museum, in het Concertgebouw, waarom niet een keertje in de letteren?'

'Mijn vader financiert mijn kunst al en mijzelf en daarmee jullie ook. Zijn kunstmin is geen passie maar liefhebberij, hij snapt niet hoeveel ervan afhangt voor mensen zoals wij.'

'Als je het hem nu eens brengt als investering?' opperde Van der Goes. 'Een onderneming waarin hij als zakenman een aandeel neemt, iets wat zich terugbetaalt zodra wij winst gaan maken?'

'Winst?' proestte Verwey. 'Een tijdschrift als het onze?'

'Wanneer een man als Binger er al niet zomaar brood in ziet,' zei Willem, 'hoe moet ik dat dan thuis verkopen? Pa zal denken dat wij hem puur als geldpot zien.'

'Nou...' schamperde Kloos, alsof Pa Witsen er dan niet ver naast zat, waarop Verwey hem mepte.

'Jullie zoeken maar verder,' besloot Willem gekrenkt. 'Uitgevers zat.'

'Ik realiseer me toch zojuist aan de toog ineens iets gruwelijks,' zei Albert Verwey, die samen met Paap terugkwam met een rondje. 'Die ouwe Hijman kreeg pas sympathie toen hij zijn jonge zelf terugzag in ons.'

'Nou en?'

Ieder nam zijn bestelling van het blad.

'Wel, als hij ooit was zoals wij...' Hij hief het glas met zijn vrienden en dronk hierop: 'Hoe groot is dan de kans dat wij op een dag net zo gezapig eindigen als hij?'

XIII.

Cobi's huwelijk voltrok zich zoals je mocht verwachten: Haags deftige ontvangst in statige vertrekken vol diplomaten en regeringsambtenaren. De bruid kwam in het wit, maar zonder sleep. Franje achtte zij voor iemand van haar leeftijd ongepast. Op haar nieuwe familie wilde zij degelijk gewichtig overkomen en ernstig op het kinderrijk gezin waarvan zij onmiddellijk na het jawoord moeder werd. Gedurende de plechtigheid flankeerde haar aanstaande kroost het altaar, ter linkerzijde de drie zuigelingen op de arm van hun zoogsters, de oudere kinderen rechts, ieder met een toef lelietjes-der-dalen dat zij *Mama Cobi* even later zouden overhandigen.

Bij het diner, dat omwille van de kleinsten al om vijf uur werd gehouden, was de tafelspeech van de vader van de bruidegom, Arntzenius, plechtstatig saai. Jonas Jan, op zijn beurt, leek het interessant diep in te gaan op de geschiedenis van zijn familie, sowieso zijn favoriete onderwerp, en voordat iemand tijd had om zich af te vragen wat die hele stamboom te maken had met de gevoelens van een vader die zijn dochter wegschenkt, was de zaal er al van op de hoogte dat Nicolaes Witsen met Willem van Oranje de Engelse koning Jacobus van de troon stiet, dat hij aan Cosimo de' Medici zijn Surinaamse *Pipapipa*-pad had laten zien en op zijn sterfbed tsaar Peter de Grote mocht ontvangen, die zich ontroostbaar had getoond, een detail waarbij de vader van de bruid toch volschoot.

'Pa heeft vast het memorandum niet gekregen,' gniffelde Anna.

Zij fluisterde het in Willems oor, maar hun zus, die had gehoopt dat vader meer het woord tot háár zou richten, zag het, want Cobi zat op het vinkentouw en spiedde vanaf de hoofdtafel rond om te zien of niemand zo'n historieles te ongepast vond.

Twee weken eerder was op Ewijckshoeve inderdaad een schrijven vanuit 's-Gravenhage gekomen, bijna anderhalve pagina aan *regels voor het feest* met het verzoek of Willem en Anna zich daar strikt aan wilden houden. Deels ging het om kleding en corsage, maar ook dat zij zich dienden aan te passen aan sfeer en mores van Den Haag, *die zoo gansch anders zijn dan onze Amsterdamse.* Dat alle ongehuwde broers en zussen als tafelgenoot zouden worden geplaceerd, werd er gemeld, en dat daardoor geen plaats zou zijn voor invité(e)s. Ten slotte aan Willem specifiek de vraag niet al te zeer te koop te lopen met zijn artistieke werk en ambities, terwijl Anna juist gevraagd werd om – *in nader overleg* – twee liederen ten gehore te brengen. Verrassender nog dan dat Cobi tot zoiets zou uitnodigen, was haar krabbel daarbij in de kantlijn: *Want weet: ik zal jouw stem in huis zoo vreeselijk missen, An!*

Tussen vis en hoofdgerecht betrad Anna dus een geïmproviseerd podium. Het stond in een hoek van de eetzaal en was opgesierd met een goudpalm en zware draperie van zwart velours, waartegen zij prachtig uitkwam in haar mousselinen jurk. Die was zo zacht leliekleurig dat haar lichtblauwe ogen ervan leken op te fonkelen.

Anna wachtte tot de zaal stil zou vallen, maar een deel van de aanwezigen bleef in gesprek, zoals wanneer het

Wiener Trio inzet tijdens een *thé complet* in Maison Krul.

Zij aarzelde hierom nog even, maar sloot uiteindelijk toch haar ogen, vouwde beide handen voor haar middenrif en zette een liefdeslied in van Johannes Brahms.

Een halve tel te vroeg.

Van zenuwen.

En ietsje aan de lage kant.

De pianist, met wie zij niet had kunnen oefenen, legde het akkoord daarom opnieuw en sloeg tweemaal de gemiste toon streng venijnig aan. Hierna bleef Anna zuiver, maar van schrik te weinig luid. Te weinig durvend. Te beschaamd, zou je haast zeggen.

Willem merkte in zijn eigen maag het kriebelen van haar angst. Bemoedigend straalde hij haar toe, maar zij durfde nog altijd niet naar de zaal te kijken.

Er was in haar stem altijd al een breekbaarheid. 'Een van je grote charmes,' noemde Julius dat, 'een kwaliteit die mensen op het puntje van hun stoel brengt, ze voor jou inneemt en meevoert.' Maar dit gold alleen wanneer zij verder krachtig was.

Bleef zij te zacht of weifelend, zoals nu, dan werkte het enkel tegen. Dan leek het broosheid, ontoereikend, en begon je als toehoorder voor haar te vrezen, waardoor de een de ander naar beneden trok, als een drenkeling degene die had willen redden.

Zij groeide wel gedurende dit eerste lied, maar niet voldoende, zodat het applausje aarzelend mager was.

Hierdoor pas deed zij haar ogen open.

Zij keek rond. Zag iedereen. En hier gebeurde iets. Alsof er een vlam in haar ontstak, misschien wel juist door het geringe succes, een stille drift in haar als een revanche, iets wat sterker was dan haar gêne.

Zij nam een ogenblik voor zichzelf, maar vulde die stilte met haar aanwezigheid, met niet meer dan een adem, leek het. Anna rechtte haar rug, ontspande de armen en liet ze heel natuurlijk langs haar lichaam hangen. Toen, in alle rust, gebaarde zij de pianist dat zij bereid was.

En direct al bij de eerste noten van Liszts 'Ich liebe dich, weil ich dich lieben muß', leek het alsof daar een ander stond te zingen dan zojuist.

Onmiddellijk maakte zij indruk.

Aan tafel vielen ook de laatste gesprekken stil.

Daar was die wonderlijke kracht der breekbaarheid, die tastbaar leek zolang Anna zong, en daarin ook verstilling – het was alsof de zangeres door in zichzelf te keren groeide, met elke frase groter werd, en groeide meer.

Ich liebe dich, weil ich nicht anders kann.

Na enkele maten doorklonk een ontroering.

Allen voelden die.Een huwelijk heeft met een uitvaart gemeen dat ieders hart wijd openstaat. Bij zo'n keerpunt in het leven heeft elk zijn herinnering en associatie, maar vangt ook die van anderen op en neemt ze over. Zo kunnen wij wenen bij het afscheid van een volslagen onbekende en volschieten van huwelijksgeluk dat niet het onze is.

Dich liebe ich, wie die Rose ihren Strauch,

zong Anna,

wie die Sonne ihren Schein.

Wie op die woorden de eerste traan liet, Anna of Cobi, blijft onduidelijk, maar iedereen heeft ze zien vallen en las daaruit de liefde tussen zussen.

Beide vrouwen huilden echter om iets anders: de bruid omdat zij een liefde zoals Anna die bezong, van haar eigen huwelijk niet hoefde te verwachten, de ander juist omdat zij die koesterde voor een man die onbereikbaar was.

Dich liebe ich, weil dich lieben ist mein Sein.

'Heel knap hoor,' kwam To Loman zeggen, 'voor een dilettante.'

Dit was niet onaangenaam bedoeld. Zo sprak men op het conservatorium over zangers die in hun eigen opleiding moesten voorzien. Die stonden vanwege hun drang en doorzettingsvermogen bij de leraren juist in hoger aanzien dan gewone amateurs, zodat je het ook als compliment zou kunnen opvatten.

'Een hele zaal zo op de knieën krijgen,' ging To verder, 'heus, kindje, chapeau.' Waarna zij voor andere bewonderaars moest plaatsmaken.

Cobi kwam als laatste op Anna toe en omhelsde haar lief-innig. Ten slotte sloot Bram zich bij zijn echtgenote aan.

'Wat een schitterende afsluiting,' zei hij oprecht en hij drukte zijn kersverse schoonzus dankbaar de hand.

'Afsluiting?' vroeg Anna. Er was de obers al bevel gegeven voor de volgende gang. Gasten keerden terug naar hun tafel. 'Afsluiting waarvan?'

'Wat Bram, denk ik, zeggen wil...' Cobi blikte van haar zus naar haar man en legde een hand op zijn borst om hem verder stil te houden. 'Het zal vanaf nu wel lastig voor jou worden om nog tijd te vinden voor het zingen, zo steeds elke dag te oefenen als voorheen en les te blijven nemen.'

'Nu jij er alleen voor staat op Ewijckshoeve,' verduidelijkte Bram.

'Alleen met pa,' schoot Cobi te hulp, want dat onverzettelijke verscheen al in haar zusters ogen.

'Drukker zal het vast worden,' gaf Anna toe, 'nu wij Cobi zullen moeten missen. Maar zij heeft immers nu voor mij die juffrouw aangesteld...'

'Als hoofd van de huishouding heb ik haar aangenomen, niet als vaders oppas. Het is niet de bedoeling dat zij hem verzorgt, zodat jij maar uit kunt blijven gaan wanneer je wilt.'

'Hoe dan ook, vanaf vandaag heb jij jouw eigen gezin, Co, en ik bestier voortaan ons leven op De Vuursche, de juffrouw zal mij bijstaan waar dat nodig is. Kortom, er is geen sprake van, hoor, dat ik in de toekomst ook maar een noot minder zal zingen.'

Bram was van zins om hier van alles op te zeggen, maar men bracht de schalen binnen, de volgende gang werd opgediend, dus het bruidspaar zweeg en keerde terug naar zijn plaats en zijn verplichtingen.

Om iets voor negenen al werden de zaallichten gedempt voor de vlammende entree van het dessert, *omelette sibérienne flambée*, zodat tegen half tien het moment aanbrak waarop doorgaans het bruidspaar op huwelijksreis vertrekt en men de echtelieden uitzwaait met hier en daar een ondeugende aansporing voor hun huwelijksnacht.

Bij de heer en mevrouw Arntzenius had echter geen mens woest scabreuze gedachten, zijzelf minst van al. Cobi wist niet hoe andere bruiden zich voelden op het punt dat zij voor het eerst met hun echtgenoot naar huis vertrokken, maar zij vermoedde dat het minder bedeesd moederlijk zou zijn.

Het was dat Cobi zichzelf niet toestond zo te denken, maar nooit eerder had zij zich zo weinig een object gevoeld van ook maar enige begeerte. Zij ervoer vooral een zwaarte bij wat haar te wachten stond, en wist niet of dit nu angst was voor het onbekende of juist omdat haar toekomstig leven even binnenhuiselijk zou zijn als tot nu toe. Misschien zelfs meer. Haar leven lang had zij ernaar gesmacht getrouwd te zijn, gewanhoopt soms of het ooit wel zou gebeuren, en toch drong nu pas tot haar door wat het betekent dat iets eeuwig en voor altijd onveranderlijk zal zijn.

Thuis lag de drieling alweer een paar uur in de wieg en ook voor de rest van Cobi's stiefkinderen was het inmiddels bedtijd. En, bij God, zij wist volstrekt niet hoe dat moest, moeder zijn voor een gezin.

Het bloed steeg plots naar haar wangen, maar dit zou ook door de wijn kunnen komen. Zij greep Brams arm. Hij was met iemand in gesprek, maar zij kon het niet volgen. Alles tolde in haar hoofd.

Willem zorgde dat hij naast zijn vader stond toen die van zijn pasgetrouwde dochter afscheid moest nemen.

'Voor u het weet,' troostte Cobi, 'sta ik alweer voor uw neus, hoor Pa. Zodra de kinderen en ik wat aan elkaar gewend zijn, neem ik ze eens mee.'

'Graag,' mompelde de oude man.

'Goed idee.' Willem wreef kort met vlakke hand over zijn vaders rug. 'Op Ewijckshoeve kunnen zij eindeloos ravotten.'

'En is er ondertussen iets, laat het dan de juffrouw weten, hè? Zij schrijft mij om de dag de stand van zaken.'

'Juffrouw?' vroeg Willem, die hier nog niet van had gehoord.

'Ja.' Bram sloeg trots zijn arm rond Cobi's middel. 'Mijn engel denkt aan alles.'

'Zij is sinds een dag of wat in huis,' verklaarde Jonas Jan. 'Hoofd huishouding. Om Anna ietwat te ontlasten.'

'Ontlasten?' hoonlachte Bram.

'Dat is het verhaal, lieve,' zei Cobi.

'In plaats van Anna te ontlasten zie ik er eerder heil in méér van haar te vragen dan voorheen,' vond Bram Arntzenius. 'Anna is altijd te vrij geweest. Dát lijkt mij het probleem. Zij is niet sterk, al die vrijheid brengt haar enkel verder in verwarring. Jij hebt mij zelf verteld, Willem, dat zij soms zo moeilijk zit te denken.'

De jonge Witsen keek rond. Zijn jongste zus stond elders met een oudoom in gesprek.

'Zij piekert soms,' suste de vader, die geen zin had dit gesprek opnieuw te voeren, en al helemaal niet hier, 'maar vaak is zij ook vrolijk, dat heb ik toch gezegd. Daar let ik heus wel op.'

'U is nu eenmaal veel te goed,' fleemde Bram. 'U zoudt de grootste boef nog te vriend proberen te houden, maar ik zie het aan mijn eigen kinderen, opvoeden vraagt soms om een harde hand.'

'We hebben het hier over een vrouw van begin dertig,' reageerde Willem boos. 'Achter haar rug. Ik weet niet wie zoiets verzint, alsof Anna nog zou moeten worden "opgevoed"!'

'"In toom gehouden" is misschien een beter woord. "In de gaten."'

'Absoluut niet beter, die woorden,' kwam boos Willems repliek. 'In het geheel niet acceptabel, werkelijk, ik weet niet waar u zich mee bemoeit, ik waarschuw u.'

'In godsnaam, jongens,' pleitte Cobi, 'het is feest. Je weet toch, Willem, zij kan zo plots, zo onverklaarbaar ongelukkig worden. Zo alleen verloren. Ons leek het gewoon verstandig dat iemand thuis een oogje op haar houdt.'

'Voor haar eigen bestwil,' vergoelijkte Bram.

'Zoals ik altijd geprobeerd heb er voor haar te zijn,' beaamde Cobi.

'Dus die juffrouw is nu in huis als wat,' vroeg Willem, 'als een soort gouvernante?'

'Voor zover Anna weet, is zij gewoon in dienst en veel meer is het niet.'

'Behalve dat zij haar bespioneert.'

'Welnee. Alleen indien iets haar verontrust, laat de juffrouw mij dat weten. Toe, Wim, begrijp dan, het is voor mijn zielenrust. Denk je dat ik mij niet schuldig voel, Pa en haar daarginds zo in de steek te laten?'

Jonas Jan beet op zijn onderlip. Hij wilde niet dat iemand die zag trillen.

'Iemand zoals Anna heeft een kader nodig, Willem, richting, dat weet jij toch zelf ook?'

'Ik ken de juffrouw die bij jullie nu in huis is bovendien als een hoogstaand mens,' verklaarde Bram. 'Lid van onze gemeente.'

'Ook dat nog,' beet Willem geërgerd, maar Cobi's ogen smeekten hem haar grote dag toch niet te laten eindigen in een scène.

'Bij die juffrouw is jullie lieve zus in ervaren, goede handen.'

'Het laatste wat Anna nodig heeft, is meer toezicht. Haar is juist altijd verteld dat zij na Cobi's vertrek vrijer mocht zijn, zelfstandiger.'

'Ach Willem, wees nu toch reëel.'

'Dat zij mettertijd misschien eens op zichzelf zou kunnen wonen, Pa, dat hebt u beloofd.'

'Daarvan kan uiteraard geen sprake zijn,' stelde Cobi. 'Niet met een aanleg als de hare. En zeker na vandaag niet meer, niet nu ik een gezin heb en een status op te houden...'

Op dat moment vielen zij stil, want daar kwám Anna, allervrolijkst. Zij pakte haar vaders arm en nam afscheid van het bruidspaar.

'Rij je niet mee?' vroeg zij toen Willem aarzelde.

'Ik had beloofd nog eventjes bij Pulchri aan te wippen,' was het eerste wat hem te binnen schoot. Hij sloot met een klap het deurtje van hun rijtuig. 'Breitner even zien.

Die wil naar Amsterdam en ik denk da'k op de Oude Schans het perfecte atelier voor hem gevonden heb.'

Willem keek zijn vader en zijn zusje na tot die uit zicht waren. Daarop liep hij niet de stad in maar helemaal naar zee, waar hij tot vroeg in de ochtend langs de branding liep, tot halverwege Katwijk zelfs en terug.

XIV.

Maanden gingen voorbij. Het voorjaar werd verleden. Anna was het op Ewijckshoeve wonderlijk goed doorgekomen, tot verrassing van haarzelf en iedereen. Veel over het landgoed wandelen alle dagen en bestuderen hoe de knoppen rondom langzaam, langzaamaan ontloken tot iets nieuws... En de belofte die dit voortdurend inhield, dat dus alles altijd weer opnieuw beginnen kan. De jonge vrouw genoot daarvan, want groeiend leven, zo dagelijks en zo nabij, had zij in Amsterdam nooit meegemaakt, niet bewust in elk geval. Maar op de Lage Vuursche wás verder niets, dus zocht zij er het kleine, vond daar alles in, en meende elke dag verandering en vorderingen van het groen te zien.

Inmiddels was dat begin-mooie er wel af en werd het zomer.

Over de vijver trok een slijmlaag, elke dag iets dichter, waaronder algen alle leven uit het stilstaand water aten. Er was te lang al niet gespuid. De grijs wordende plas deed Anna denken aan een blind geworden oog. Grauw lag die daar nu, zonder de blauwe lucht te weerspiegelen of de overtrekkende wolken.

En die warme dagen keerden terug, dat licht, dat al-tijd licht, waar allen zo van hielden. Waren haar zulke maanden eerder zo eentonig voorgekomen? Plots overal die mensen buiten en steeds maar vrolijk met elkaar en zonder doel.

Anna leek alles zo in volle bloei plots ook erg doods, een tijd van stilstand. Eigenlijk was de zomer zoveel levenlozer dan de herfst, waarin tenminste het land weer een volledige metamorfose onderging, en doodser zelfs leek haar deze zomer dan midwinter, waarin ook ogenschijnlijk niets gebeurt maar toch alleen de ijzing in de lucht je al schijnt uit te dagen.

Met vader, ondertussen, leefde zij in harmonie. Overdag gingen zij elkaar waar mogelijk uit de weg, bewust, zodat er de lange avonden nog wat te praten overbleef. Het middagmaal was teruggebracht tot een buffet, waar ieder op eigen tijd en eigen plek wat van kon nemen, en het diner van vier gangen naar twee, officieel omdat Jonas Jan van zijn arts wat minder en wat minder vet moest eten, maar hoofdzakelijk om niet onnodig lang tegenover elkaar te hoeven zitten aan de grote tafel. Het middendeel was daar al uit gehaald, opdat er tussen de twee couverts wat minder meters opvallend ongedekt damast te zien was.

De eerste weken hadden beiden nog hun best gedaan op conversatie. Maar de eetzaal was erg hoog en lang voor niet meer dan twee mensen. En zo leeg hing er een nare galm, die het laatste woord van elke zin leek te herhalen. En wanneer je alle dagen nagenoeg hetzelfde doorbrengt, vergaat je na verloop van tijd sowieso de zin naar elkaars bezigheid te informeren.

De vader was de eerste die aan tafel verscheen met een boekje in de hand.

'De loge heeft mij gevraagd er aanstaande donderdag een samenvatting van te geven.'

Hij legde het werk naast zijn bord, tussen de bestekkegger en zijn waterglas, en bladerde er enkel even in tussen de twee gangen. Maar de volgende avond bracht Anna een eigen bundeltje mee, wat hem het excuus verschafte nu ook werkelijk een paar pagina's te lezen.

Alleen nog op het hele uur keken zij samen op, enkel uit gewoonte, wanneer na de klokslagen in het staande uurwerk een oud spelmechaniek op gang kwam, dat als voor een grote inspanning leek in te ademen haast, amechtig piepend, en zij blikten hoopvol naar het venstertje, waarachter vroeger dan een vrolijk dansgezelschap over groene heuvels langstrok met zon en maan omhoog als lampions. Dit was al lang geleden vastgelopen, maar zij waren altijd blijven kijken om te zien of het wellicht dit keer zijn pad zou vervolgen.

Hierna zaten zij een aantal avonden wat langer samen aan, verdiept in hun lectuur, totdat de juffrouw het welletjes vond en de meiden opdracht gaf om af te ruimen.

'Nou, nou,' sprak de vrouw, toen de avonddienst haar weer eens te lang duurde, op dat altijd afkeurende toontje, 'het lijkt hier wel een studiezaal.'

Sindsdien trok ieder zich direct na de mokka op zijn eigen kamer terug en las daar verder.

Dat Anna in de voorbije lentemaanden zo vaak op het veld te vinden was geweest, aan de vijverrand of in het bos, kwam ook omdat in huis altijd maar die juffrouw was. Uit haar blik sprak snel een lichte afkeuring, maar ja, zulke blikken kreeg zij van Cobi vroeger ook wel eens, en waarom zou zij zich zoiets van een vreemde meer aantrekken dan van haar eigen zus?

Het was meer dat Anna niet goed begreep waarom die vrouw ineens in huis gekomen was. De juffrouw leek Anna een nodeloze kostenpost, een extra uitgave die zij aan het einde van de maand zelf in de boeken moest zien te verantwoorden, niet een werkkracht die veel aan het onderhouden van het landgoed bijdroeg.

Op zondag, wanneer zij ter kerke gingen, kwam de juffrouw mee. Zij schoof – zogenaamd bescheiden – niet naast hen op de hoge bank vooraan, waarin na een schenking de naam 'Witsen' was gegraveerd, maar knielde op een ruwhouten bankje in de zijbeuk, vanwaar zij de gehele dienst direct zicht op Anna en haar vader hield.

Het genoegen van een kerkgang kwam voor Anna met de gezangen. Die waren weinig melodieus of expressief en zij zong ze altijd naar behoren ingehouden vroom, maar goed: zij zóng, zij kon en mocht dan even klinken.

De juffrouw echter hield haar mond.

Niemand wist precies waarom. Weliswaar was dit niet haar eigen gemeenschap en was zij in Den Haag aan een heel ander liedboek gewend, maar toch, zelfs na weken toezien en luisteren, zat zij in haar strenge zwarte jas zolang het orgel speelde zwijgend in haar zijbeuk. In het volle zicht van iedereen zat zij, maar deed geen enkele moeite een melodie mee te mummelen of zelfs maar te doen alsof zij af en toe haar lippen op de maat bewoog.

Anna liet zich hier niet door afleiden. Zolang zij zong, hield zij haar ogen gesloten, want als zij ooit iets zou mogen ervaren van een hoger leven, dan zou dat alleen kunnen middels haar stem. Maar zodra zij ze weer opendeed, zat de juffrouw daar nog onveranderd de congregatie te bezien zoals een antropoloog rituelen bestudeert in het binnenland van Borneo.

Op zondagmiddagen had het personeel na het lunchbuffet vrijaf. Dan gingen de meiden naar hun vrijers of naar huis en hoefden pas om half elf weer binnen de poort te zijn.

De juffrouw bleef echter in huis. Dan zat zij, alsof zij van de familie was, in een hoekje van de serre met een potje thee. Daar schreef zij haar brieven en tegen vieren wandelde zij om ze te posten naar Soestdijk.

Op een dag had Anna, omdat zij toch die kant uit ging

en de juffrouw een wandeling dacht te besparen, haar enveloppen meegenomen van het vestibuletafeltje. Pas toen zij de brieven in de stenen bus wierp van het postkantoor, zag zij dat er eentje tussen zat die was geadresseerd 'Aan mevrouw Arntzenius'.

'Ach ja,' lachte Cobi bij hun eerstvolgende ontmoeting, 'de juffrouw vraagt mij soms een en ander over leveranties.'

'Waarom richt zij haar vragen niet aan mij?'

'Lieve, zo'n briefje af en toe, wat kan dat nu voor kwaad? Oppassen hoor, dat jij niet zo iemand wordt die in haar eenzaamheid overal iets achter zoekt.'

Die snier verdrong het voorval. Anna vergat het mettertijd. De juffrouw niet. Die liet haar enveloppen nooit meer slingeren.

Nu het mooi weer was, oefende Anna haar toonladders steeds vaker ergens buiten op het landgoed. De frisse lucht voelde zoveel gezonder dan de pianokamer met al zijn trijp.

Misschien speelde ook mee dat zij de meiden een keer meende te horen gniffelen terwijl zij achter de vleugel zat en zong. Anna was direct gestopt en had omgekeken, maar de een knielde alweer voor de haard, druk in de weer met kachelpoets, en de ander verdween juist de gang op.

Zij hield zichzelf streng voor dat het inbeelding moest zijn geweest en had het toegeschreven aan haar eigen onzekerheid. Dit nam niet weg dat er een ongemak in huis hing. Er viel geen vinger op te leggen, maar binnenskamers broeide iets.

Twee- driemaal daags ging zij dus met Phoebus uit en zodra zij ver genoeg van het huis waren, kon hij vrij rennen en zong zij. Haar stem vond in de natuur niet overal voldoende weerklank en vervloog dan over het veld, zodat zij, om de toonzuiverheid te horen, al snel te veel volume gaf en onnodig druk en spanning zette op de stembanden. Zo zelfs dat Julius dit begon te horen bij hun wekelijkse samenspel.

Hij waarschuwde voor schorheid. Dat laagje op de stem kon het begin zijn van een keelbeschadiging. Dit moest zij zien kwijt te raken, want zoiets kon uiteindelijk leiden tot permanente schade aan het instrument.

Hij masseerde Anna's nek en schouders om die eerst te doen ontspannen. Om de nekspieren vervolgens volledig te ontlasten neigde zij haar hoofd en liet het zoals afgesproken rusten in zijn handpalm. Zo droeg hij het gewicht daarvan voor haar en hoefde zij niets aan te spannen behalve in het strottenhoofd.

In die rustgevende houding liet hij haar een tijdlang neuriën eerst. Toonladders. Hij ervoer dit zoemen zelf tot in zijn botten. Vervolgens mocht zij zacht wat zingen, alles in volle rust en overgave, ten slotte telkens verder crescendo, een oefening waardoor het schraapje inderdaad leek op te lossen. Het slijmlaagje kwam los, de stembanden sloten zich en haar toon werd alweer helder.

Zodra zij na dit uur weer buiten stond, voer er een vrolijke ondeugendheid in Anna, die influisterde dat het heel zo erg niet zou zijn als zij volgende week weer schor zou zijn en haar hoofd dan weer in zijn handen moest rusten.

Iets dergelijks jubelde er tegenwoordig in haar na vrijwel ieder bezoek aan de Van Baerle, want zodra zij afscheid nam, greep haar ziel zich alweer aan het weerzien vast. Alleen door zo de blik vooruit te houden kwam zij de vlak uitgestrekte dagen met haar vader door.

Jonas Jan was er inmiddels toe overgegaan tijdens de maaltijden een boekenstandaard te gebruiken. Die stond links van zijn bord. Was de rug van het boek onbuigzaam, dan zette hij er het zwaar zilveren heft van een vleesmes tegenaan om de bladzijden open te dwingen.

Gesproken werd er aan tafel nauwelijks nog en hij keek alleen op van zijn lectuur om een onwillige erwt aan zijn vork te rijgen. Je hoorde hem enkel wanneer hem bij het lezen iets trof als te frivool. Dan klakte hij afkeurend met zijn tong. Werd het, zoals in bepaalde strofen van Martialis, ronduit schandelijk, dan kon hij verontwaardigd briesen. Anna had allang geleerd dan niet te vragen wat er was. En bovendien, meestal zat zij zelf verdiept in een verhaal.

Sprak haar vader tóch ineens, zoals vanavond, dan schrok zij bijna.

'Je moet wel weten...' Hij sprak niet duidelijk, maar mompelend, omdat hij ondertussen nog een stukje doorlas. 'Wij worden verwacht. Komende vrijdag. Bij Cobi.'

'In Den Haag?'

'Een van haar kinderen is jarig. Vraag mij nu niet welke.'

'Vrijdag kan ik niet.'

'Heregod,' bedacht hij, 'als het de drieling maar niet is.'

Turend naar een ver schrikbeeld van drie kleintjes op schoot te moeten nemen, tastte hij naar zijn glaasje port en dronk ervan.

'Immers op vrijdagen, Paatje, ben ik in Amsterdam.'

'Nee. Nee, het is vast de drieling niet,' bedacht haar vader opgelucht. 'Voor zoiets had zij zeker wel gewaarschuwd. Nee, dan moet het hoe-heet-hij zijn, een van die anderen.'

'Die middag heb ik oefening. Bij Röntgen.'

'Oefening?' vroeg de oude man alsof dit de eerste keer was dat hij daarvan hoorde. 'Die moet dan maar worden verzet. Het is de verjaardag van je eigen neefje.'

'Verzetten gaat niet zomaar. Julius is drukbezet, hij kan voor mij niet zomaar zijn agenda omgooien.'

'Het zou trouwens ook een nichtje van je kunnen zijn dat jarig is. Het zijn er ineens zoveel, ik weet niet hoe er van een mens verwacht kan worden al zijn kleinkinderen uit elkaar te houden.'

'U zult dus zonder mij naar Cobi moeten gaan.'

'Maar ja, zij heeft twéé van die meisjes.' zei hij, nog steeds in zijn eigen gedachten verzonken. 'En dan blijft de vraag, welke is nu wie? Ik geef het je te doen.'

'Ik kan die dag in Amsterdam echt niet verzaken.'

'De juffrouw weet vast al die kindernamen wel. Die vrouw weet van iedereen werkelijk alles. Ik zal haar om een namenlijstje vragen.'

'Cobi zal mij heus niet missen,' benadrukte Anna, die wel zag dat haar tegenwerping nog niet was doorgedrongen. 'Vrijdag.'

'Wat is er vrijdag?'

'De verjaardag van een van Cobi's kinderen,' antwoordde Anna geërgerd. 'Ik kan niet mee.'

'Jij, als tante, waarom zou je die verjaardag moeten missen?' Nu het bericht binnenkwam, zette hij zijn leesbril af en keek haar aan, verstoord. 'Je breekt zo'n kind zijn hart!'

'Omdat ik die dag in Amsterdam zal zijn.'

'Wat moet jij nou in Amsterdam?'

'Toe Papa, dan heb ik immers oefening.'

'Ik dacht dat je die om zou zetten?'

'Dat zal niet gaan. Mijnheer Röntgen heeft zijn orkestafspraken. Daar kan hij niet zomaar in schuiven.'

'Ah,' zei Jonas Jan alsof hij het verloren gewaande stukje van een puzzel vond. '*Herr* Röntgen.'

Hij zette zijn bril weer op en keerde terug naar zijn gedichten alsof de zaak hiermee was afgedaan, sloeg een pagina om, zette het vleesmes ertegen en las verder.

Na enige tijd zuchtte hij eens diep, alsof iets hem toch nog plaagde.

'Dat zingen...' Hij schudde zijn hoofd. 'Ik had toch echt gedacht dat je daar onderhand wel van zou zijn genezen.'

Julius, wist zij, nam haar ambitie serieus. Waarlijk. Gericht en praktisch werkten zij samen aan haar carrière. Die man en zijn geloof in haar! Wat betekende daarnaast nog het gegniffel van de meiden of haar vaders onverschilligheid?

De rest van de week keek Anna naar Julius uit als een uitgeputte landvogel op zee naar een stuk drijfhout.

XV.

'Waarover vergaderen freules eigenlijk?' vroeg Kloos, die al een beetje aangeschoten was, brutaal toen Thea Taets het café binnenstapte en aanschoof.

'Over idealen,' antwoordde zij zonder hapering.

De freule kwam rechtstreeks van Gebouw Constantia in de Jordaan, waar de bijeenkomst van de Sociaal-Democratische Bond weer flink was uitgelopen. Zij kuste Anna en haar broer op de wang en hun vriendengroep begroette zij hartelijk met een hoofdknik.

'Ons onderwerp was Prinsjesdag.' Zij wenkte een ober en bestelde een jonge jenever. 'Wij gaan demonstreren langs de koninklijke route.'

Het was vrijdagmiddag. Vader Witsen was naar 's-Gravenhage. Hij keerde pas morgen in de loop van de dag terug en de juffrouw was mee, zodat Anna deze avond onbespied en ongebonden was.

Uitgerekend een avond waarop Julius zou spelen in het Odeon. Nu zij niet thuis verwacht werd, kon zij eindelijk weer eens gaan.

Na hun zangles had zij, om de tijd te overbruggen, met Willem afgesproken op het Rembrandtplein en daar zat zij nu met hem en zijn literaire vrienden rond de leestafel bij Mast.

'Heel loffelijk allemaal, mevrouw Taets, dat demonstreren,' oordeelde Albert Verwey, 'maar in alle ernst, wat snapt iemand als u nou van arbeiders?'

'Zo goed als zeker meer dan jij,' pookte Van der Goes, die dringend op zijn kopij voor het nieuwe tijdschrift wachtte. 'Het hele begrip arbeid lijkt jou vreemd.'

'Arbeiders zijn ménsen, mijnheer Verwey,' antwoordde de freule onverstoord. 'Mensen. Daarmee is alles wel gezegd.'

De ober kwam met Thea's glaasje aan. Een vrouw die in haar eentje binnenkwam was niet alleen ongebruikelijk, maar zelfs ongekend voor iemand van haar stand. Dat zij nu zelfs haar hoed afzette, bracht hem compleet van zijn stuk. Zijn kruikje beefde toen hij inschonk.

'En zoals alle mensen,' viel Free van Eeden de freule bij, 'is ook de arbeider aangeboren goed.'

'Een goed mens...' Kloos probeerde het zich voor te stellen. 'Wat een ontroerende gedachte'.'

'Laat ze u met hun praat niet van uw à propos brengen, tantelief,' zei Anna. 'Zo bejegenen zij elkaar de hele dag.'

'Kind, ik heb tijdens de Commune als ziekenzuster meegeholpen, qua mannen en hun praat ben ik wel wat gewend.'

'Kloos beschouwt zichzelf nu eenmaal als een uitverkorene, mevrouw,' verduidelijkte Paap, 'hij ziet zich als begenadigd tegenover een grote, domme bende.'

'Helemaal niet,' sprak Kloos fel. 'Ik voel een grote liefde voor het individu, sympathie voor ieder mens afzonderlijk. Maar het is waar, zodra zij zich verzamelen en samen oplopen, jagen zij mij angst aan.'

'Hierom duren onze vergaderingen nou zo lang,' zei Van der Goes. 'Zodra twee van ons het ergens over eens zijn, komt mijnheer onze redactiesecretaris hier met een tegenargument.'

'Op zich niet ongezond,' vond Kloos zelf. 'Bovendien

weet je op die manier dat ik als door een wonder nog niet in slaap gesukkeld ben door jullie eindeloos geouwehoer.'

'Zodra iets met meerderheid van stemmen aangenomen wordt, of het nou een vergadervoorstel is of onze regering, dan wil Kloos er niet aan en weigert zich te conformeren.'

'Zolang de meeste stemmen gelden, maakt die van de eenling geen kans.'

'Moet ik hieruit opmaken, mijnheer Kloos, dat u tegen de democratie bent?' vroeg de freule. 'Tegen het gelijke recht voor allen?'

'Mevrouw, mijn hart ligt bij het individu. Wanneer die lijdt, lijd ik mee. Als hij roept, wil ik dat men hem hoort. Dat u zich voor hem inzet, vind ik prachtig. Maar zodra het een beweging wordt en de hele massa is het roerend eens en ieder schreeuwt hetzelfde – ik heb uw demonstraties zien marcheren, scanderend langs de Rozengracht – hoe komt een eenzame stem daar ooit nog bovenuit?'

'Juist die ene zal onder het socialisme zijn gelijke rechten krijgen.'

'Gelijk recht.' Kloos schudde zijn hoofd. 'Wat heeft iemand die niet gelijk ís aan gelijke rechten? Iemand die apart staat omdat hij nergens past. Voor zo iemand zijn er enkel wetten waaraan hij, eeuwige uitzondering, zich heeft te houden. Wetten die hij opgelegd krijgt door de maatschappij, de anderen, de rest, die immers altijd in de meerderheid zal zijn. De enige manier waarop hij, die ene, de enkeling, het geldend "recht" kan overleven, het recht van de meesten, is door stil te zijn en braaf te doen alsof hij bij hen hoort, zich het vege lijf te redden door in de schaduwen te leven, niet op te vallen en zich aan te passen aan de rest.'

De freule legde duim en wijsvinger rond haar glaasje, draaide het eens rond en rond, terwijl zij het vlammen van zijn woorden overdacht.

'Dit is uw persoonlijke strijd, nietwaar?' sprak zij. 'U bent die ene.'

Even keek hij Albert aan. Sloeg toen zijn ogen neer.

Allen wisten wel, maar het werd niet benoemd.

'Ongelijkheid is een veelkoppig monster,' besloot Willem Witsen. 'Ieder levert gevecht waar hij kan.'

'Het was ook ons plan, mevrouw,' zei Free van Eeden, 'precies zoals u dat doet, ons in te zetten voor de arbeider.'

'Plannen genoeg ja, plannen zijn er altijd zat.' Paap liet het zich, als penningmeester van een blad zonder artikelen, nerveus ontvallen. 'Alleen ellendig dat jullie voor het schrijven amper tijd rest tussen het zuipen en het neuken...'

De conversatie stokte.

Zo spraken zij onder elkaar, maar in damesgezelschap nooit.

Thea Taets trok één wenkbrauw op.

'Nou heren...' Zij keek de groep eens rond en hief haar glas. 'Daar drinken wij dan op: santé!'

Het eerste nummer van hun tijdschrift stond voor 1 oktober op de rol. Van der Goes had al een prospectustekst geschreven. Die stond vol prachtige beloften over nieuwe wegen die zij wilden inslaan, hoe radicaal anders alles zou worden, en dat de artikelen en verhalen in niets zouden lijken op de aanvaarde, voorbije literatuur.

Dit was bluf.

De wil was er, de drang en overtuiging ook, maar in werkelijkheid lag er pas één bijdrage, een stuk van Verwey, die had beloofd er vier te zullen leveren. Van alle anderen: niets.

Van Eeden maakte zich de grootste zorgen. Als voorzitter van de redactie werd hij geacht de uitgever op de hoogte te houden van hun inhoudelijke vordering, maar afgelopen week had hij verzaakt, omdat hij gewoon niet wist wat hij moest zeggen.

Uiteindelijk waren zij, omdat Willem voet bij stuk hield, niet met de oude Binger in zee gegaan, maar veel goedkoper met Versluys aan het Oosterpark. Paap kende hem nog uit Groningen en praktisch en voortvarend als hij was, onbetwist de zakelijkste van het stel, kreeg hij het voor elkaar dat de man slechts een vijfde van het voorschot vroeg. De rest van het risico nam de uitgever zelf op zich, voornamelijk omdat zijn echtgenote zo enthousiast was over de jonge dichters. Het echtpaar investeerde zelf vijfhonderd gulden, maar de rest van het vereiste startkapitaal moesten de medewerkers zelf bijeenscharrelen. Kloos ving daarvan verreweg het meeste bij mevrouw Jolles, een bejaarde letterkundige. Zij stopte hem met de woorden 'Dit geld beschouw ik als geheel verloren' een envelopje toe met daarin een bankje van duizend pop. Van Eeden kreeg nog eens vijfhonderd guldens van ene mijnheer Van Gennep uit Rotterdam, zodat er twee mille was om te beginnen. De roes hierover vervloog echter naarmate tot hen doordrong dat dit wel een hoge druk legde op alles, en dat de vijf redacteuren bij allen in het krijt zouden staan, mocht heel hun mooie plan mislukken.

Die mogelijkheid leek met de dag reëler. Met nog enkele weken te gaan en bijna honderdvijftig lege bladzijden te vullen, hadden minder dan vijftig lezers ingetekend, kennissen voornamelijk.

'Als dit zo blijft,' zei Free in goed vertrouwen tegen Anna, 'dan komt er van ons mooie blad geen tweede nummer.'

'Sterker,' zei Van der Goes, 'als ik eind deze week niet meer kopij binnen heb, dan komt het eerste er niet eens. Zoals het er nu voor staat wordt de eerste aflevering bepaald niet schitterend. Jij bijvoorbeeld, Karel, waarmee kom je nou eens?'

'Met niks nieuws in elk geval,' antwoordde Thijm. 'Hooguit een fragment uit mijn boek, als je wilt, maar dat heeft context nodig. Dan zou ik eerst een hele inleiding moeten pennen en waar haal ik de tijd vandaan; een complete verhandeling over de artiest, verschoppeling van zijn generatie, daarvoor is het te kort dag.'

'Jij dan, Albert, zolang je niets beters voor mij hebt, sta ik erop dat jij ons een voorpublicatie geeft van je debuut.'

'Ik wil best,' zei Verwey, 'maar Rössing wil het niet hebben, dat weet je. In plaats daarvan krijg je een essay van me, beloofd, ik ben al een end, over Shakespeare en zijn sonnetten.'

'In jezusnaam, niet meer sonnetten. Kloos hier probeert ze me ook al in de maag te splitsen, Jan Veth idem dito. Jongens, alsjeblieft, terwijl wij pretenderen níéuwe poëzie te bieden. Of heb ik al die maanden van vergaderen niet goed opgelet? Werkelijk Albertje, ik sta erop dat je *Persephone* in de eerste aflevering zet. En Rössing lul je maar om.'

'Die is als de dood dat de eerste oplage straks niet zal verkopen als iedereen het al in *De Nieuwe Gids* gelezen heeft.'

'Die vijftig abonnees van ons...' memoreerde Willem sombertjes. 'Dat noem ik bepaald niet iedereen.'

'Dus om dat schamel aantal eens flink op te krikken, zinnen wij op een stunt,' glunderde Kloos, 'Albert en ik, een provocatie.'

'Of eigenlijk twee,' lachte Van Eeden, die zelf ook met zoiets bezig was.

'Wij zijn bezig iets in elkaar te flansen, een gerijmeld verhaal, *Julia*, geïnspireerd door de muze van de nonsens, een en al belachelijke beeldspraak, een werkje om uit te brengen onder pseudoniem, niks dan holle frasen, precies zoals de oude garde die het liefste ziet. En als de heren critici die tastbare wartaal van ons straks, zoals ik vermoed, inderdaad savoureren...'

'Mocht dat lukken,' lachte Verwey, 'als de arrogante

heertjes in ons happen en zij stampen en kloppen en juichen van bewondering om die idiote verzen, dan springen wij tevoorschijn, vrolijke literatoren die een lange neus maken, en we zetten ze te kijk... Dan moet u eens zien, juffrouw Witsen, daarna kan geen mens meer om ons heen en zitten wij binnen de kortste keren met meer abonnementen dan er papier bestaat om onze oplagen te drukken.'

In de loop van de middag schoven steeds meer vrienden aan, Aletrino, en Jan Veth, nog onder de verfklodders, Hein Boeken. Zo ging dit na elke vergadering van de redactie, dan kwam ieder achter zijn bureau vandaan of uit zijn atelier. Als bijen hun korf, omzwermden zij de leestafel en ieder mengde zich in het gesprek, dat allengs minder centraal gevoerd werd, maar in kleine, wisselende groepjes.

Op Anna werkte al die levendige praat weer als een tonic. In die paar uur sprak en lachte zij meer dan in het hele afgelopen jaar. Het was alsof zij in het ongedwongen gezelschap van de jongens dieper ademde, meer intens ervoer wat het kon betekenen te leven. Die bravoure waarmee zij hun obstakels te lijf gingen, hun vertrouwen in de toekomst, schijnbaar onverschillig tegenover tegenslag.

Opgeladen glunderend zat zij naast haar broer, sprak mee, viel in, wierp tegen, nam bij tijd en wijle Willems arm eventjes en kneep erin, zoals heel vroeger, wanneer zij met zijn twee een sleerit maakten door het lunapark. En eenmaal kuste zij hem op de wang, zomaar, omdat zij zo vanzelfsprekend een van hen mocht zijn.

Of nee, zo was het niet, bij hen was zij zichzelf.

Toen het tijd werd naar het Odeon te gaan, maakte zij zich met spijt van de jongemannen los. Als Julius daar die avond niet geprogrammeerd was geweest maar iemand anders, had zij verstek laten gaan. Toen zij opstond, bezwoer de hele club hun volgende vergadering weer te zullen houden op De Vuursche, alleen om haar te kunnen zien. Anna wist niet hoe te kijken, zo blij.

Thea Taets liep mee tot de Reguliersbree, maar nam daar afscheid, want zij had de gaarkeuken in de Pijlsteeg beloofd nog wat te helpen.

'Bedoelt u,' aarzelde Anna, 'stelt u voor dat ik alléén naar het concert zal gaan?'

'Kom kind, je zelfstandigheid moet ergens beginnen. Bij de Munttoren steek je over. Volg het water van het Singel. Dan is het net voorbij de volgende brug.'

'Maar Pa veronderstelt dat u mij chaperonneert.'

'Vast en zeker, ja, is het niet kostelijk? En kun je het niet vinden, kies dan een charmante jongeman en vraag of hij je even brengen wil.'

'Maar goed dat Pa u niet kan horen,' lachte Anna, 'die vindt zoiets onfatsoen.'

'Fatsoen, ja, dat is 's mans enige zorg. Terwijl moeders in de Palmstraat rot fruit van de mesthoop moeten stelen in de hoop hun kinderen van scheurbuik te genezen.'

Gedecideerd sloeg Freule Taets af richting Wallen.

'Je t'implore, ma petite,' riep zij nog zonder om te kijken, *'prends le risque de vivre!'*

XVI.

Op de kleine verhoging in de concertzaal op de eerste verdieping aan het Singel stond de vleugel klaar. Daarboven, iets terzijde op het kleine balkon, zat Anna naast Amanda, die haar direct bij binnenkomen had gewenkt. Zij liet haar het programma inzien; de avond was geheel gewijd aan Edvard Grieg, die een goede vriend was van de Röntgens en wel eens in de Van Baerlestraat logeerde.

'Op een dag kwam hij naar ons luisteren,' vertelde Amanda terwijl de zaal volstroomde. 'In Leipzig. Wij speelden een van mijn vioolsonates bij onze vereniging van Scandinavische studenten. Vóór ons trouwen nog, Julius begeleidde mij. Ik zie hem nóg zitten, Edvard, vooraan in de zaal, zo intens aandachtig luisterend. Hij was toen al beroemd en overal gerespecteerd, maar genoot zo toegewijd en ongeveinsd, die lichtblauwe ogen half toegeknepen, zo gretig te doorgronden wat ik gemaakt had en precies zeggen wou met mijn muziek...' Zij lachte haar eigen herinnering weg, alsof die ongepast was. Avonden als deze haalden wel vaker een heel verleden bij haar overhoop. 'Het is nu eenmaal niet vaak dat een man zich zo geïnteresseerd toont in wat wij maken.'

'Doen jullie dat nog steeds wel, Julius en jij, jouw composities ten gehore brengen?'

'Ach,' vergoelijkte Amanda, 'hij is met eigen werk al zo druk.'

Anna knikte. Zij liet haar blik nog eens over het programma glijden en legde het op de fluwelen leuning voor hen.

'Maar weet je het nog wel,' vroeg zij, 'wat jou toen dreef? Waar zij vandaan kwam, jouw muziek?'

Amanda, overvallen door de vraag, keek haar met grote, bijna verschrikte ogen aan.

'Waar het vandaan gekomen is?'

'Ja, wat het is geweest dat Grieg er die avond in kon horen?'

Amanda zei niets, maar liet haar blik over de parterre dwalen, rij na rij, alsof zij zeker wilde weten dat iedereen goed zat. Toen barstte er applaus omdat Julius naar voren stapte.

Hij plaatste de kruk, verschoof die nog eens, ging zitten en wipte er de panden van zijn zwarte frak vanachter overheen. Warmde nog zijn vingers eens, liet die, als om ze vast te laten wennen, over de toetsen zweven en – toch nog onverwacht – sloeg aan: de sonate in e-mineur, het eerste deel, direct al woelend heftig.

Zolang hij speelde keek hij geen moment op van zijn klavier, en toch hadden de vrouwen allebei de indruk dat hij precies wist waar zij zaten; alsof zij al die tijd zijn volle aandacht hadden, terwijl dit natuurlijk juist andersom was.

Dit hebben de liefde en muziek gemeen: is zij eenmaal goed op gang, dan lopen schenken en ontvangen over in elkaar.

Amanda leunde voor het genieten achterover en hield vrijwel het hele optreden haar ogen toe, terwijl Anna naar het puntje van haar stoel schoof, armen over de reling, want als zij maar ver genoeg naar voren leunde, kon zij Röntgens vingers over het ivoor zien gaan.

Tijdens *Morgenstimmung* kwamen tranen, maar dit

gold voor een groot deel van de aanwezigen. Bij de modulatie raakte Anna's hand heel even Amanda's knie, geheel vanzelfsprekend, om de emotie met elkaar te kunnen delen. De ander opende hierop haar ogen kort, bezag zijlings het gezicht van haar mans leerlinge en hoe dat naar hem straalde. Zij legde haar vlakke hand tegen Anna's rug, hoog tussen de schouderbladen, en wreef eventjes zacht als bij een kind om het gerust te stellen.

'Ik ben zo heel anders dan jij, Anna,' begon zij zodra het afgelopen was, luid sprekende vanwege het enthousiasme van het publiek. 'Zo meer Zweeds-noordelijk, zo minder open.'

Het applaus was losgebarsten voordat de laatste noot goed en wel had kunnen uitklinken. Dit leverde de zaal steevast een gespeeld verstoorde blik van Julius op, waarmee hij het ongeduldig Amsterdams publiek, zo anders beleefd dan het Duitse, nog hoopte op te voeden. Bovendien, en ook niet onbelangrijk, klapten toehoorders hierdoor meestal harder. Zij wilden de sympathie van hun held dan terugwinnen, sprongen overeind, en wanneer hij eindelijk door de strenge frons een glimlach heen liet breken – een tel of vijf volstond – dan juichten zij.

'Ik ben er nooit erg goed in geweest te tonen wat er binnenin gebeurt,' Amanda neigde naar Anna toe om boven het gejubel uit te komen. Ook zij waren allebei gaan staan en applaudisseerden mee. 'Maar ik vond een andere manier om het te laten horen. Ik denk dat het daarom is geweest.'

'Wat?' vroeg Anna.

'Dat ik daarom componeerde. Indertijd. Ik meen dat dit de noodzaak is die Grieg misschien die avond gehoord heeft en herkend.'

De ander keek haar aan, maar gebaarde dat zij nauwelijks iets kon verstaan.

Nu dan keek Julius eindelijk omhoog en zag de twee vrouwen op de eerste rij van het balkon. Anna zwaaide bewonderend en uitgelaten sprong zij twee-, driemaal op. Amanda zwaaide ook, maar eventjes, en klapte met haar handen iets hoger zodat hij het kon zien.

Hij boog. En boog. Wierp een kushand in hun richting, het was niet duidelijk naar wie van twee, en boog opnieuw. En toen hij de coulissen in gelopen was, het langzaam stiller werd en Anna vroeg wat zij daarnet had willen zeggen, wuifde Amanda alles weg, zei dat het inmiddels geen belang meer had.

En net voordat het applaus leek weggestorven, keerde de pianist nog terug en bracht als toegift een van zijn eigen Arabesques.

De kleine foyer liep over van bewonderaars, mensen stonden tegen elkaar aan gedrukt en Julius liet hen nogal wachten.

'Stel je voor,' sprak Anna dromerig, 'zoveel harten met je kunst te kunnen raken. Wat een gave!'

'En wat een werk,' bedacht Amanda. 'Dat eigenlijk vooral. Talent komt erbij kijken, zeker, zoals bij alles in het leven. Maar dan... Nou ja, je weet het zelf, veel van wat mensen ervaren als ongrijpbare emotie vergt alle dagen heel veel uren ploeteren en plannen. Ook van de mensen om hem heen.'

Een hork wilde met zijn drankje achterlangs en duwde haar. Zij zwikte en Anna ving haar in haar armen. Heel even bleef zij daar. De wankeling, het zo opzijgeschoven zijn... Amanda ervoer de bescherming van het zachte, jong-sterke lichaam enkele tellen heel bewust.

'Hé daar,' riep Anna nog bestraffend naar de man, die deed of hij niets merkte.

'Ik denk eigenlijk dat ik maar eens ga,' besloot Amanda en zij maakte zich van Anna los.

'Vanwege die kerel toch niet?'

'Vanwege de oppas. Zij was er al om half zes. Ik heb beloofd het niet te laat te maken en, eerlijk, ik verlang zelf ook wel naar mijn bed.' Zij kusten elkaar op beide wangen. 'Zeg jij het hem? Ik heb tenslotte nog mijn hele leven om ons muzikale wonder te bewieroken.'

Hierop zei Anna niets, maar knikte.

Aan het einde van de avond kwam Willem nog bij het Odeon langs met in zijn kielzog Karel Thijm. Hun redactievergadering was afgelopen of zou, zoals sommigen dat noemden, 'worden voortgezet' bij Tivoli, een tingeltangel in de Nes. Zoals meestal op dit uur ging Thijm met de anderen niet mee en was enkel voor de gezelligheid nog even met Witsen over het Singel meegelopen.

'Nou, jullie zijn maar net op tijd,' meesmuilde To Loman, die juist de stoep af kwam toen de jongens naar binnen wilden.

'Op tijd waarvoor?'

'Om te redden wat er nog te redden valt,' lachte zij.

Ook To had wat gedronken, rook hij toen zij dichterbij kwam.

'Ik zeg jou eerlijk, Willem...' Zij legde een hand tegen zijn borst en bestudeerde zijn revers alsof zij er een pluisje af wou plukken. 'Wij hebben ons wel eens afgevraagd waarom Anna door jullie altijd zo kort gehouden werd, maar nu begrijp ik het.'

Hij kwam om zijn zuster, die bij hem zou logeren, zo op de late avond veilig te begeleiden naar de Govert Flinck, maar toen hij de foyer in liep zat zij nog volop te keuvelen met het kliekje conservatoriumstudenten dat rond Julius als laatste over was gebleven. De rest van de stoelen stond boven op de bar en de uitbater strooide alvast zand over de planken.

Anna's aandacht ging zo helemaal naar Julius dat zij niet doorhad dat het haar broer was die daar binnenliep. Hij kwam ook niet onmiddellijk op haar toe, maar voelde gêne. Zij zat daar zo volop stralend vrouw te zijn, zoveel volwassener dan hij haar eigenlijk kende.

Julius, nog in de roes van zijn succes, sloeg even zijn arm om haar heen, vaderlijk wellicht, maar onmiddellijk gaf zij mee en leunde aan.

Willem schroomde dit tafereeltje te doorbreken. Het was niet voor zijn ogen bestemd en hij wist het ook geen plaats te geven. Niet dat hij Anna nog altijd zag als toen zij kinderen waren, welnee, hij wílde juist dat zij zich eindelijk eens volledig ontplooien kon, en toch, dit smachten nu in haar te zien, haar grote ogen, lippen roodvochtig glanzend...

'Misschien kunnen wij beter gaan,' voelde ook Thijm.

Buiten wachtte Willem nog een tijdje in zijn eentje, rookte een paar huizen verderop in het portiek van de pas gebouwde kerk zijn pijpje half verscholen. Maar toen het groepje buitenkwam en langsliep, was Anna daar niet bij.

Volgens de studenten was zijn zus met Julius naar zijn kleedkamer gelopen, nog even snel, om zijn boeketten op te halen. Maar uit de manier waarop ze daarbij grijnsden, maakte hij wel op dat wachten geen zin zou hebben. Een tel had hij nog overwogen naar binnen te stormen om haar uit die kerel zijn klauwen te redden, maar hij wist zich in te houden. Niet alleen hun vader moest haar de vrijheid waarnaar zij zo verlangde, leren gunnen.

Hij liep dus weg. Sloeg de Wijde Heisteeg in om zich bij zijn vrienden te voegen.

But you can't blame a girl for thinking!

De hele zaak lalde het refrein mee, want tegen de tijd dat Willem bij de tingeltangel aankwam, had de zangeres haar publiek daar al flink in haar zak. Degenen die te dronken waren of het Engels niet machtig, zongen gewoon luidkeels la-la-la-la, want wie aan decorum hechtte kwam niet in de Nes.

I shouldn't tell you what I've seen
Shouldn't tell you where I've been,
But you can't keep a girl from thinking!

Zij was een nieuwe attractie in ons land, stond er op grote buitenposters, rechtstreeks uit het Londense West End.

'Blanche Ford, dames en heren,' schalde de uitsmijter. 'Blanche Ford!'

Hij stond, zoals al zijn collega's in de lange, smalle straat voor de deur in een militair gegalonneerde enkellange jas met een dubbele rij knopen en prees haar aan zoals een marktkoopman verse dadels: 'Alleen bij ons, alleen vanavond, Blanche Ford!'

Dat laatste was niet waar, want zij was voor het hele komende seizoen geëngageerd, maar zo klonk het als iets waar je snel bij moest zijn, en voor passanten die nog twijfelden, gaf de man een ruk aan het touw dat achter zijn rug hing. Een luik vloog dan open en gunde de heren in de avondkou heel even zicht op het gezellig warme vermaak daarbinnen.

Dit was ook Willems eerste blik op haar. Bezien door dat luikje, omlijst door de donkere buitenmuur, leek het een levende kijkdoos, die stralende verschijning op het podium vrolijk achter in de ruimte, uitnodigend zachtroze.

Zij was niet zozeer schaars gekleed als wel uitdagend, rijglaarsjes onder een driekwart rok en een blouse met de bovenste knoopjes suggestief open.

Shouldn't tell you what I've heard
I shouldn't say a naughty word
But you can't stop a girl from thinking!

'Goedenavond mijnheer Witsen,' De portier, bij wie ieder die met groot geld tipte in het geheugen stond gegrift, lichtte zijn pet en hield de zware drangdeur open. 'Uw vrienden zijn al binnen, de tafels bij het podium rechtsvoor.'

Kloos zag hem als eerste en stak zijn hand op. De Engelse keek daarop vanaf het podium de nieuwkomer recht aan, ving Willems blik en zong terwijl hij de zaal doorkruiste haar laatste strofe rechtstreeks tegen hem, tot hilariteit van iedereen behalve hemzelf.

What is a girl to do
When she passes a boy like you?

Zijn vrienden onderstreepten haar ondeugd door ordinair te fluiten. Zelf kon hij weinig anders dan zich stoer houden en zo brutaal mogelijk terugstaren. Te opgelaten om te horen wat zij zong, greep hij een stoel, ging er achterstevoren op zitten, en kon alleen maar denken: Blanche Ford, wat een vrouw, Blanche Ford, godallemachtig!

I have been stopped in the street for winking
For a girl just can't help what she's thinking!

XVII.

Zij waren Artis amper binnen of Anna vlijde zich genoeglijk tegen Willem aan en stak haar arm door de zijne.

'Wat een goed idee.'

Het Papegaaienlaantje lag er nog precies zo bij als vroeger.

Onder de hoge lindebomen slenterden zij, broer en zus, tussen de perkjes met hoge tuinvazen en langs de marmeren seizoenen. Het was er ook een uitgelezen dag voor, eind september, maar nog warm. Bij elk van de vogelstokken die de laan flankeerden, hielden zij even stil om de veelkleurige ara's te bewonderen, de trotse kaketoes en roodstaartpapegaaien.

Net als toen zij nog kinderen waren, gooide Anna pinda's naar ze op en vingen zij die in hun snavel, dan maakte zij een sprongetje. Willem genoot ervan haar zo te zien. De ene na de andere vogel kreeg zij met aparte klokkende geluidjes aan het krijsen of zingen. Hierbij hipten ze van links naar rechts over hun stok alsof zij vrolijk werden.

De Indische olifant van baron Sloet bleek ook nog steeds in leven en Anna zou hebben gezworen dat het dier haar broer bekeek alsof het hem van vroeger herkende. De aapjes bezochten zij natuurlijk, de leeuwen en de tijgers, nog altijd ijsberend door hun benarde kooi. Een van die arme wezens werd door een gemene volksjongen bekogeld om indruk te maken op zijn meisje, wat hem zowat op een gevecht met Willem kwam te staan, maar de bruine beren en de gnoe hielpen de Witsens het incident te vergeten.

Eenmaal terug bij het laantje met de papegaaien namen zij rust op een bankje, zo sierlijk uit gietijzer gevormd, dat het wel van nature uit de grond leek te zijn opgeschoten.

'Dus tussen Pa en jou,' informeerde Willem, zoals hij zich had voorgenomen, 'hoe gaat dat nou?'

Anna's vingers speelden langs de ijzerkoude nerven en de blaadjes van de leuning.

'Vanochtend mocht ik zonder preek vertrekken.'

Haar broer knikte.

'Maar alleen omdat ik hem de brief heb laten zien waarin jij mij meevraagt voor een dagje Artis.'

'En de juffrouw?'

In de verte gromden indrukwekkend diep de leeuwen. Het was voedertijd. Hun roep leek even alles te doortrillen.

'De juffrouw...' Anna klonk plots op haar hoede. 'Waarom vraag je dat?'

Julius en Amanda, met wie zij haar vermoedens over het mens onlangs gedeeld had, suggereerden geruststellend dat Anna het zich wel moest hebben ingebeeld. Sterker, dit had zij ook zichzelf een tijdje voorgehouden: dat het klonk als iets uit de romans van Wilkie Collins, en dat mensen zulke dingen in het echt niet meemaken.

Toch bleef zij het gefluister horen van de meiden op de gang; alsof zij uitgelachen werd.

En kwam zij onverwacht de huiskamer binnen dan viel soms het gesprek tussen de juffrouw en haar vader stil. Al een paar maal was dit nu gebeurd, ook wel midden in een zin, waarna zij beiden maar met moeite overgingen op een volgend onderwerp.

Daar kwam nog bij: de loopmeid noch de binnenmeid deed meer wat Anna hun opdroeg. Of zij deden het slordig of te laat en zei zij daar iets van, dan keken die wichten brutaal, gaven verder geen enkele sjoege, en staarden net zo lang terug totdat zij zelf rood werd en moest wegkijken.

Tot tweemaal toe had Anna, op de tijd dat zij haar toonladders gewoonlijk oefende, het klavier op slot gevonden en de sleutel lag niet op zijn vaste plek. Bij navraag wist niemand waar hij zijn kon, maar beide keren dook hij vanzelf weer op, uren later, als het toch te laat was om nog toonladders te oefenen. Dat niet alleen, hij bleek dan gewoon in het slot te steken alsof hij nooit was weg geweest en de anderen stonden er verwijtend bij te kijken alsof zij het allemaal maar had verzonnen.

De eerste keer had zij alle personeel bijeengeroepen en uitleg geëist, maar zowel de juffrouw als de meiden hielden vol dat zij nergens van wisten en de sleutel nooit van zijn plaats was geweest. De tweede keer had Anna zich deze vernedering bespaard. Sindsdien droeg zij een stemvork bij zich en oefende ook de toonreeksen buiten, ver weg van het huis.

Dit alles hoorde bij het groeiend ongemak dat zij ervoer, bij het gevoel van op Ewijckshoeve opgesloten zitten, daar niet te mogen zijn, niet vrij te kunnen leven.

Hiervoor had zij een modus gevonden, meende zij, een evenwicht dat was te danken aan die middag in de week dat zij bij Julius was, haar houvast dat zij naar Amsterdam kon gaan en zingen.

Was het hierbij gebleven, dan had zij haar vermoedens wel voor zichzelf gehouden, maar twee weken geleden, juist op de dag dat zij haar afspraak op de Van Baerle had, was Anna thuis onwel geworden, zomaar, plotseling na het ontbijt. Zij had willen spugen, maar dat lukte niet. Zij kreeg een duizeling en moest gaan liggen.

De dokter werd gehaald, maar toen die vroeg te zien waarvan Anna die ochtend had gegeten, bleken alle sporen uitgewist. Zo althans dacht zij erover, want geen drup, geen korrel van de pap was voor analyse nog te vinden.

Julius was die dag, toen zij niet op kwam dagen, ongerust geweest en een week later, toen zij hun afspraak wel nakwam, had zij hem toevertrouwd wat zij vermoedde: dat er opzet in het spel kon zijn geweest.

Zij moest dit toch met íémand delen.

Dus had zij hem ook over de pianoklep verteld en de brutale meiden, over het gefluister in huis en hoe de juffrouw altijd en overal opdook zodra zij probeerde eventjes alleen te zijn.

Julius had niet geweten wat hierop te antwoorden.

Dat het vast zenuwen waren geweest, bedacht hij, misschien een levendige nachtmerrie. Dus had hij haar toegesproken en gerustgesteld, zoals een vader zijn kind sust. Maar Anna voelde zich nu juist bij hem géén kind, hij was de enige bij wie zij zichzelf volop ervoer als vrouw.

Zij had niet aangedrongen.

'Ja,' had ze alleen gezegd, 'dat zal het zijn geweest, een nachtmerrie, een nare droom waarschijnlijk en meer niet.'

Hierna waren zij overgegaan tot de orde van de dag en de rest van de middag hadden zij haar repertoire geoefend, maar het was voor het eerst in tijden echt niet goed gegaan.

Door het grommen van de leeuwen wist nu heel Artis dat de oppassers hun voederronde deden. Uit kooien door de hele tuin klonk leven en in de Papegaaienlaan krijsten de vogels op hun stokken om het hardst.

Willem vertelde zijn zus eerlijk dat Julius, toch kennelijk ongerust, hem het verhaal al had geschreven.

'Als jij nu ook gaat zeggen dat ik het me alleen maar ingebeeld...'

'Dat zeg ik niet, maar ik vraag me wel af: wat heeft iemand er voor baat bij?'

'Ze willen niet dat ik nog naar de stad kom.'

'Wie?'

'Zij allemaal. Misschien ook Cobi, Cobi's man, omwille van hun reputatie daar. Pa in elk geval. Sinds hij terug is uit Den Haag durft hij me amper aan te kijken. Ik heb het vermoeden dat het bekokstoofd is. Daarginds. Dat het een manier is om mijn wil te breken.'

'Heel goed, hoor, dat jij je zorgen met me deelt.' Willem lachte, bijna opgelucht.

'Dus, Wim, je gelooft me?'

'Ik geloof dat je het zo hebt ervaren.'

'Dat is niet hetzelfde,' concludeerde zij teleurgesteld.

'Ik geloof stellig dat het anders moet. Jullie. Dat de verhoudingen op Ewijckshoeve danig moeten worden bijgesteld. Jouw positie in dat huis. Ik kom zondag, dan zal ik het er met vader over hebben.'

'Die ziet je aankomen, Pa verklaart me voor gek.'

Het laatste vertelde zij daarom maar niet, het ergste, de diepe suffe slaap die haar nu al een aantal avonden om een uur of acht had overvallen. Dan moest zij naar haar kamer worden gebracht, ondersteund door de juffrouw. Een paar maal had zij geprobeerd te protesteren, maar dan kwam er wartaal uit. Boven legde de juffrouw haar met jurk en al op het bed, waarna Anna kennelijk onmiddellijk wegzonk, want aan wat daarna gebeurde hield zij de volgende dag geen enkele herinnering.

Dan werd zij onder de lakens wakker, ontkleed en wel. Soms had zij haar nachtkleed aan, soms niet, dan lag zij naakt. Kennelijk werd zij ook gebaad want zij rook dan op haar huid nog duidelijk haar eigen lavendelzeep en eenmaal vond zij zelfs in een huidplooi nog wat talkpoeder, een middel dat zij op die plek zelf nooit gebruikte.

Of het de juffrouw was geweest, een van de meiden of misschien wel allebei, die haar tussen de lakens hadden gelegd, wist zij niet en zij dorst het niemand te vragen.

In plaats daarvan was zij ertoe overgegaan aan tafel geen spuitwater of iets anders meer te drinken, zodat niemand er iets in kon doen. Bij het opscheppen bedankte zij en at enkel stukjes brood uit dezelfde mand waaruit haar vader at en kaas van het plateau dat voor hun beiden was.

De juffrouw zag wel dat zij niet meer at, maar vroeg haar niet waarom. Dat hoeft zij ook niet te vragen, dacht Anna, want dat weet zij donders goed.

Maar deze verdenking hield zij dus voor zich, want die was – zij wist dit zelf – al te gek.

Nu waren de ara's haast niet meer te houden, want hun verzorger kwam aanlopen met twee emmers vogelvoer en een lange voederstok. De man droeg een pet met een fikse klep om hun uitwerpselen op te vangen en begon aan het einde van de laan, waar hij een lange voederstok omhoogstak met aan het uiteinde een plankje, met daarop telkens een handvol granen.

Willem en Anna konden het hele spektakel volgen.

'Wat zijn ze mooi, hè,' verzuchtte zij toen de kerel nabij was. 'Hoe oud kunnen ze worden?'

'Ouder dan een mens, juffrouw. Die rood-met-blauwe daar zal rond de tachtig jaren zijn. Dankzij de gevangenschap, hè, want in vrijheid leven zij aanzienlijk korter.'

'Tachtig jaar,' zei Willem, 'stel je voor. En zo braaf als ze daarboven elke dag hun beurt afwachten.'

'Ja, zij moeten hier wel erg tevreden zijn,' zei Anna.

'Denkt u?'

'Natuurlijk, anders vlogen zij wel weg!'

'Vliegen, juffrouw?' De man moest lachen. 'Nee, daar is geen sprake van. Als die mormels konden vliegen waren zij allang vertrokken. Om dat te voorkomen worden ze gekortwiekt.'

'Gekortwiekt?'

'Hoe dacht u dat wij ze anders op hun plek konden houden?' En omdat jongedames van zulk een wreedheid nog wel eens schrikken, voegde hij er geruststellend aan toe: 'Het is een werkje van niks, hoor, heus. Je spreidt hun vleugels en met een stevige schaar knip je de slagpennen af, een centimeter of vijf is al genoeg. Daarna heb je er geen kind meer aan.'

'Zo'n waanidee zou inderdaad wel naadloos passen in het beeld,' oordeelde Free van Eeden, door het verhaal ietwat ontdaan. 'Het gevoel hebben te worden achtervolgd, geobserveerd.'

Omdat hij ervoor doorstudeerde en steeds meer interesse toonde voor de werking van de menselijke geest, had Willem hem om raad gevraagd inzake Anna. Daarop had Free hem gevraagd naar het Binnengasthuis te komen, waar hij stage liep, en nu wandelden de vrienden schouder aan schouder de gangen door op weg naar de gesloten afdeling.

'Maar verder maakte zij een heel gewone indruk, hoor,' benadrukte Willem. 'Vrolijk zelfs, de hele dag, het was gezellig als vanouds.'

'Maar dit is immers de eerste keer niet, Wim, dat jij je zorgen om haar maakt?'

'Da's waar, zij kan zich vaker zo heel breekbaar tonen, maar dit is toch wel anders. En zelfs nu, als het niet om dat ene verhaal was geweest, dan zou ik denken...'

Aan het einde van de vleugel Algemene Ziekten, waar iedereen vrij toegang had, bevond zich een traliedeur met zware sloten.

'Mijnheer hoort bij mij,' verzekerde Free de zaalwacht die aankwam met zijn sleutelbos. 'Beeldend kunstenaar, hij komt wat schetsen.'

'Waarom heeft mijnheer zijn tekenmaterialen dan niet bij zich?' vroeg de man terecht. Aan zijn riem bungelden leren pols- en enkelbanden voor het geval er iemand razend werd.

'Het gaat nu enkel om een indruk,' verklaarde Free. 'Hij is hier op mijn uitdrukkelijk verzoek, ik wil hem een paar van onze mensen laten zien.'

Willem trok al braaf de brief tevoorschijn waarin hem speciale toestemming verleend werd om extreme mensentypen te bestuderen, maar de wachter geloofde het allemaal wel, wuifde hem door en haastte zich de tralies weer te sluiten.

Doem hing over dit deel van de gang plots grimmiger, leek het, alsof de lucht zelfs zwaarder was, drukkender, misschien omdat hier de ramen waren dichtgesmeed. Kreten klonken af en toe, maar anders dan de jammerklacht van pijn zojuist vanuit de operatiekamer. Dit was een meer dierlijk huilen, dat uit de cellen kwam, grommen soms welhaast. Schimmen schuifelden gebogen heen en weer, sommigen in dwangbuis.

'Begrijp me goed,' zei Free, die alle dagen met krankzinnigen verkeerde en er nog nauwelijks iets geks in zag, 'jouw zus is een gezonde vrouw in haar volle kracht. Zij heeft een sterke, natuurlijke wil en normale verlangens, dat staat voorop. Maar juist daardoor, omdat zij haar verlangens niet mag bevredigen als jij en ik, omdat haar belet wordt ze voluit te beleven, begint zij haar isolement als een gevangenschap te ervaren en de mensen om haar heen als bewaarders.'

'Ik had dit niet verwacht, dit heftige,' zei Willem, wiens maag van de misère samenkromp. 'Begrijp niet zo... wat komen we hier doen?'

Er waren drie vrouwen die Free hem wilde laten zien, drie psychiatrische gevallen, Anna's leeftijd, wier toestand eveneens moest worden toegeschreven aan beknotting van hun driftleven.

De eerste die zij in haar cel bezochten, sprak nu al drie jaar lang niet meer en zat volledig in zichzelf gekeerd.

'Zij heeft een leven binnenin gevonden en aan het onze geen behoefte meer.'

De andere twee waren nog volop in gevecht met hun wil.

De ene zat voor haar deur op de gang en schreeuwde huilend zonder op te houden dag en nacht, de ander lag vastgebonden op haar bed omdat zij anders tot bloedens toe haar nagels in haar eigen vlees zette of zichzelf met het eerste het beste wat zij vond zou verwonden. Armen en benen van deze vrouw, haar gezicht en hals waren inderdaad met rode striemen overdekt en bruin geworden littekens.

'De pijn herinnert haar eraan dat zij nog voelen kan,' zei Free, 'daarom zal zij er steeds naar teruggrijpen.'

Willem keerde zich van het arme wezen af, kón naar zulk verdriet niet kijken, staarde door een raam over de Grimburgwal, stelde zich voor hoe hij daar spoedig vrij lopen zou, al dadelijk, en dat ze dan het Gebed Zonder End zouden in slaan om er al dit naars weg te drinken.

'En jij denkt dat Anna zo zou kunnen eindigen?'

'Dat denk ik niet.' Van Eeden sloeg een arm om zijn vriend en leidde hem, zoals Vergilius Dante, bij de verschrikkingen vandaan. 'Ik wou je enkel van de ernst doordringen, wil dat jij weet met welk vuur wij spelen, wat er gebeurt als wij een vrouw beletten vrouw te zijn.'

'Wíj? Ik doe er juist alles aan haar overal bij te betrekken.'

'Is dat zo?'

Voordat Willem hierop antwoord vond, werden zij onderbroken door dansmuziek.

Plotseling klonk die, vrolijk als een straatorgel.

Het was een jonge jongen, hier pas kort geleden opgenomen, die de klanken voortbracht, virtuoos met niet meer dan zijn lijf als instrument. Fluitend en trommelend kwam hij hen tegemoet marcheren, volledig in zijn eigen wereld, stralende van hoempapa-geluk.

Hier brak Willem, niet vanwege het kind zijn ongeluk, maar juist omdat het zich zo in zijn muziek volledig veilig wist.

XVIII.

Vijf gewichtige pakketten van Uitgeverij W. Versluys arriveerden bij Ewijckshoeve achterop een boerenwagen die ze van het station had opgehaald. Ze niet direct open te scheuren vereiste een ijzeren wil, maar Anna vond dat die eer Willem te beurt moest vallen. Hij had beloofd er bijtijds te zijn om nog wat mee te helpen, in elk geval ruim voor vijven, het uur waarop de gasten werden verwacht.

De zending werd bij de leveranciersingang afgeleverd. De juffrouw liet alles neerzetten in het gangetje naast de keuken, maar Anna vond het feestelijker wanneer de exemplaren vanmiddag boven in de hal zouden staan, waar iedereen ze direct bij binnenkomst al kon bewonderen. Willems gesprek met pa had schijnbaar zin gehad, want de juffrouw sprak haar niet tegen en de meiden deden onmiddellijk wat Anna vroeg. Ondanks al het extra wat hun te doen stond vanwege de feestelijke presentatie, wierpen ze haar geen moeilijke blikken toe en ze zeulden de papierzware pakken naar boven zonder gemor.

Hun verbeterde houding van de afgelopen week droeg bij aan het algehele gevoel dat een bladzijde was omgeslagen en een nieuwe tijd stond te beginnen. Het beloofde een drukke dag te worden maar zelfs vader leek er zin in te hebben. Voor het eerst sinds Cobi's verloving zou er vandaag in huis weer reuring zijn en eindelijk iets te fuiven.

Willem was er tegen half drie. Al voor de deur nam Anna hem ongeduldig bij de hand, sleurde hem mee en toonde trots de zending. Samen scheurden zij het pakpapier open en bewonderden het nieuwe tijdschrift.

Om eerlijk te zijn had Willem het al in handen gehad. Die ochtend was de redactie met enkele vrienden bijeengekomen en Kloos, die rechtstreeks van Versluys kwam, had voor ieder een exemplaar bij zich. Maar Anna was zo blij, zo kinderlijk gelukkig haar broers eerste reactie te kunnen zien, dat hij verrassing veinsde, het nummer voor de vorm eens doorbladerde, en een duim keurend langs de binding liet glijden.

'Nogal zakelijk,' oordeelde Jonas Jan toen zij zijn werkkamer binnenkwamen om hem een exemplaar te brengen. 'Zoals het eruitziet. Het zou ook de prijslijst van een meubelmaker kunnen zijn.'

Inderdaad was er geen omslag en voor op het naakte katern stond geen lokkende afbeelding maar de inhoudsopgave, opgesomd zonder kleur en ingekaderd droog. Het was geen slechte rij namen maar ook weer niet zo opzienbarend of afwisselend als gehoopt. Kloos had hierover wel geklaagd, maar Van der Goes was allang blij dat hij ieders kopij op tijd uit handen had weten te krijgen.

Het nummer opende in elk geval met een droomverhaal van Van Eeden, het werk dat de redactie voor hun ideeën het meest exemplarisch achtte, en verderop liet Albert Verwey toch alvast fragmenten zien van zijn *Persephone*. Tussen verdere poëzie van hem, Kloos en anderen stonden diverse essays, het ene aanzienlijk smeuïger dan het andere, waaronder Alberts bloemrijke verhandeling over zijn idool Shakespeare en diens sonnetten.

Kortom, behalve een paar venijnige steken naar de oude knarren van *De Gids* had het merendeel evengoed in een ander blad kunnen verschijnen, het meest opvallend was de jeugd van de meeste auteurs en een bepaalde onbezonnenheid van toon.

Anna achtte zich allerminst bekwaam het werk van Willems vrienden op waarde te schatten, maar die hele middag hield zij *De Nieuwe Gids* aan haar hart als een pasgeborene. Zij leek er welhaast blijer mee dan haar broer.

Af en toe legde zij het tijdschrift even op tafel en sloeg het dan voorzichtig ergens open, liet haar vlakke hand over het papier gaan als om de nerf te voelen en las hier en daar eens een gedicht. Zij vond ze zo wondermooi, vooral die van Verwey en Kloos, maar dit kwam ook omdat zij die jongens onderhand wat kende en vertrouwde, en meende in hun tekst hun spreekstem te herkennen.

Na een eerste blik wilde Jonas Jan zijn zoon het exemplaar dat hem gebracht was teruggeven.

'Het is voor u,' zei Willem.

Zijn vader bekeek nu het eerste nummer nog eens goed van alle kanten.

'Er zijn er genoeg voor alle gasten, iedereen die komt krijgt er straks eentje uitgereikt. Deze mag u houden.'

'Waarom ook niet,' besloot vader Witsen. Hij opende een la van zijn bureau en borg het geschenk erin weg. 'Wij hebben er, direct of indirect, tenslotte allebei genoeg aan meebetaald.'

Ook de ontvangst van vandaag kwam voor zijn rekening. Wat deze grap hem kosten zou, wist Jonas Jan exact, want de juffrouw was van iedere bestelling de nota komen laten zien in de hoop dat hij alsnog deze heisa zou verbieden. Hiertoe was zij geïnstrueerd vanuit Den Haag.

'Komt er aan die gekkigheid dan nooit een end?' had Cobi uitgeroepen nadat zij aan de ontbijttafel haar uitnodiging geopend had.

Haar man had zijn schouders opgehaald.

'Het is Willems hobby,' zei Bram, 'die literaire vrienden. Hij is kunstenaar, veel anders heeft hij niet.'

'Jij hebt makkelijk praten, maar ik moet er straks nog heen voor mijn fatsoen.'

En inderdaad, zij was er. Zij reisde in haar eentje, maar tot haar schrik was te Haarlem tante Thea ingestegen, zodat zij in Baarn niet anders kon dan een hansom met de freule delen, waarin zij nu samen arriveerden.

De laatste maanden was Cobi niet meer op Ewijckshoeve geweest. Ze kón het niet. Het was er haar altijd te somber met die donkere bomen en zo'n nare vijver, te verlaten doods, terwijl zij nu natuurlijk met haar drukke gezin en al die kinderen juist zo aan de gemakken van de stad en erg veel leven was gewend.

'Ik weet niet hoe Anna het daar uithoudt,' had zij onderweg tegen de freule nog verzucht. 'Zo altijd maar eenzaam met Papa alleen, zij moet wel een heilige zijn om dát voor de oude man over te hebben.'

'Dus dat besef je dan tenminste.' Thea Taets moest zich inhouden. 'Jouw zuster draagt het juk waar jij toch maar mooi onderuit hebt weten te komen.'

Hierna hadden zij minutenlang zwijgend in de coupé gezeten, de één links over de velden kijkend, de ander rechts, want dit was nu precies waarom Cobi niet graag meer naar De Vuursche kwam, het hele landschap daar leek erop uit haar te herinneren aan haar schuld.

De officiële lancering van *De Nieuwe Gids* zou nog volgen tijdens een diner voor de redactie, maar Willem hield een korte toespraak en hief het glas, waarna Albert Verwey en Willem Kloos enkele van hun gedichten lazen. De jongemannen stonden voor de vleugel, zij aan zij, en spraken om de beurt. Zolang de een het woord had, hing de ander aan zijn lippen. Soms sloten zij de ogen om de betekenis van elkaars woorden in te drinken, en zij kenden elkaars werk schijnbaar zo goed dat een enkele keer de monden samen bewogen, dezelfde woorden vormend, de een sprekend, de ander stil. En zij keken elkaar aan. En weer. En ook terwijl Kloos sprak:

Ik denk altoos aan u als aan die dromen,
Waarin een ganse, lange, zalige nacht,
Een nooit gezien gezicht ons tegenlacht
Zó onuitsprekelijk lief...

Juist dit gedicht had Anna die middag wel drie-, viermaal herlezen en telkens werd het haar te machtig. Geen moment dacht zij eraan, als zij al zo had kunnen denken, aan wie het was gericht, maar enkel dat het leek alsof de dichter het op haar geschreven had, voor haar en over haar en het lief gezicht dat tegenwoordig vrijwel iedere nacht voor haar verscheen, zo vol begrip, ver en toch zo troostend, onuitsprekelijk lief.

Pas toen Kloos het tweede, bijbehorende sonnet begon, durfde zij op te kijken.

Julius was wat later binnengekomen en aan de overzijde van de zaal in de deuropening blijven staan. Hij leunde tegen de deurpost met zijn arm rond Amanda.

Anna zag en luisterde en moest haar best doen om niet overmand te raken.

'Wij waren zelfs nog even bang dat wij het helemaal niet zouden redden,' verontschuldigde Amanda Röntgen zich voor de vertraging, terwijl zij Willem en Anna begroette, 'maar er was zoiets aparts...'

'Er diende zich ineens iets aan,' probeerde Julius bescheiden. 'Het is allemaal nog prematuur.'

'In hemelsnaam,' lachte Anna met hen mee. Nu wilde zij het weten ook.

'Er gebeurt iets waarlijk grandioos.' Amanda hield het niet langer binnen: 'Parijs!'

'Parijs?'

'Voor een musicus is dat natuurlijk toch het mekka.'

'Nee echt,' weerde Julius af, 'we lopen op de zaak vooruit. Ze kwamen enkel om mij eens te polsen.'

'Hoezo Parijs?' vroeg Anna ongerust.

'Op voorspraak van *maître* Brahms *lui-même,*' straalde Amanda, maar suste toen. 'Eerst Frankfurt, hoor, en dan zal natuurlijk het concertgebouw hier nog af moeten en open. Maar daarna, wie weet, als een mens maar eeuwig op één plek blijft, roest hij vast.'

'Parijs...' Anna was al haast in tranen. 'En heb je ja gezegd?'

'Ze programmeren sowieso twee jaar in het voren.'

'En voor hoelang zou dat dan zijn?' vroeg zij veel te dringend.

'U moet het mijn zuster maar niet kwalijk nemen,' begon Willem tegen Amanda, toen Julius met zijn pupil wegliep om een drankje te gaan halen. Op die vaderlijke manier van hem sloeg de componist zijn arm om haar heen, maar dit keer wat onhandig..

'Welnee.'

'Zij denkt niet altijd na bij andermans gevoel.'

'Ik neem Anna niets kwalijk. Zij is een open ziel en mij alleen maar goedgezind. Dat gaat wel eens anders, geloof me. Zij is de eerste niet die in zijn ban raakt.'

'Dat kan niet makkelijk zijn.'

'Ik leid een eenvoudig leven, mijnheer Witsen. Het rust op twee pijlers: de kracht die ik ontleen aan mijn gezin, en het geloof dat men elke ziel moet liefhebben... Weet u wat het is, muziek is een zo onbestemde kunst. De jongedames komen en ze gaan, ik heb geleerd. Ik houd ze zo mogelijk liefst te vriend, dat brengt de minste schade.'

'En uw man?'

'Mijn man? Ach, het woord zegt het al.'

Zij keken naar Julius en Anna verderop. Die hadden een glas wijn gevonden en klonken samen, misschien wel op de toekomst. Zij lachte alweer wat.

'Hij is een man, dat wist ik toen wij trouwden.' Amanda glimlachte. 'Hij is gevleid. Het doet hem goed. Hij wordt erdoor geraakt op een manier waarop ik hem allang niet meer kan raken.'

Overal bladerden nu mensen door *De Nieuwe Gids*, die door de redactieleden werd rondgedeeld. Willem, plaatsvervangend trots, had niet minder toegeleefd naar dit moment dan zijn schrijversvrienden zelf. Hier en daar gaven zij uitleg bij hun artikelen of zij droegen in kleine kring iets voor. Karel Thijm las zijn sonnet voor aan Ab Loman met zijn dochter, Free van Eeden het begin van *De kleine Johannes* aan Fons Diepenbrock, die met Aaltje Redengius was gekomen. Je kon op hun gezichten de vertedering zien van kinderen die een sprookje krijgen voorgelezen.

De zalen waren eigenlijk te vol. Het weer was omgeslagen, de mooie nazomer voorgoed voorbij, en door de regen kon geen mens, zoals gepland, de tuin in.

Anna trok zich met Kloos terug in het souterrain, maar Cobi, die had gehoopt wat met haar vader bij te praten, moest nu zitten luisteren naar een verhandeling van Paap, omdat Jonas Jan meer van hem wilde weten aangaande zijn artikel over de vormende kracht van het Romeinse recht in onze samenleving. De Röntgens vermaakten zich ondertussen op de trap in de hal met Hein Boeken en Hélène Swarth, de enige vrouw in dit nummer, die haar 'Najaarsnacht' voordroeg, terwijl Albert in de serre stond te oreren over wat het Nederlands nog allemaal kon leren van een taal die drie eeuwen eerder tot bloei kwam dan de onze en over de toepassing van effen verzen in *King Lear*'s vervloekingen en de visioenen in *The Tempest*.

Omdat het ernaar uitzag dat zich de eerste herfststorm wel eens zou kunnen aandienen, maakten de meeste gasten het niet laat. Al om half negen begonnen de meiden lege glazen te verzamelen en rond half tien was iedereen vertrokken.

'Blijf nog even,' zei Jonas Jan tegen Anna, nadat Willem en Cobi, die bleven overnachten, naar boven waren.

Zij dacht dat het om het onweer was dat losbarstte. Wanneer dan de regen, zoals nu, tegen de ruiten joeg, had de oude man altijd graag gezelschap. De meeste bomen hadden nog veel blad en maakten daarmee onheilspellend woest kabaal.

'Hebben ze u niet al te erg vermoeid, Paatje, al die mensen?' vroeg zij zorgzaam, zich van geen kwaad bewust.

'Ik heb gesproken met de Lomans,' begon hij.

'Altijd aangenaam gezelschap, niet? Ik mag ze graag.'

Op dat moment brak ergens een tak. Een scheurend geluid, gevolgd door een slag tegen het raam. Anna ging erheen. Er was geen schade.

Terwijl zij de overgordijnen sloot, zag zij in een weerlicht beweging op de vijver voor het huis, witte glansschimmen speelden er over de opgezweepte golfjes. Zij rilde, want de kou sloeg door het glas.

'Je bent gezien,' zei haar vader. Zij stond nog met haar rug naar hem toe en knoopte het gordijnkoord op. 'To Loman heeft mij verteld wat er gebeurd is in het Odeon. Zij had het schaamrood op de kaken.'

'Die To,' zei Anna kalm en zij kwam weer zitten. 'Wat heeft zij daar dan allemaal uitgespookt?'

'Zij niet. Dat weet je donders goed. Over jou en Röntgen had ze het. Hoe jij je zowat aan hem hebt aangeboden, gewoon met iedereen erbij. En dat zij buiten nog op jou gewacht heeft maar door het raam zag dat jij meeging naar zijn kleedkamer.'

'Om zijn boeketten op te halen.'

'Al was het om de rozenkrans te bidden, mensen oordelen op wat ze zien en wat er wordt gezegd.'

'Dan had To er wijzer aan gedaan te zwijgen, vindt u niet?'

'Wanneer zulke vuiligheid bekend wordt...'

'Er is van geen enkele vuiligheid sprake. Integendeel. Tussen Julius en mij is alles nooit anders dan hooggestemd.'

'Maar zodra iemand daar anders over denkt, zal het met jouw reputatie zijn gedaan.'

'Ja, dat hoor ik al mijn hele leven. Maar wat ik ook doe en wat ik er ook allemaal voor laat, nooit is het goed genoeg. Nooit. Weet u dat ik gewoon zou willen dat het alvast maar zover was? Dat hij in duigen lág, mijn reputatie, dat iedereen alvast het laagste van mij denkt, zodat ik daarna aan niemands verwachting meer hoef te voldoen. Zoals ik daarnaar kan verlangen, mijn reputatie eens en voor altijd te verliezen, want wat is die mij anders dan tot last?'

'Jij bent míjn kind.' Jonas Jan zei het ijzig ingehouden. 'Daar heb je naar te leven.'

'Willem is net zo goed een kind van u. Dacht u dat hij nooit eens iemand had?'

'Dat is toch iets heel anders.'

'Diezelfde avond, na het Odeon, is er bij Willem, zegt Van Eeden, een soubrette op bezoek geweest.'

'Nou en? Die zijn daarvoor. Maar Julius Röntgen, alleen al de status van die man. Kan dat jou dan niets schelen? In godsnaam, Anna, die kerel is getrouwd!'

'En dat zegt u?' Zij aarzelde, maar sprak: 'Volgens Willem hebt u zelf getrouwde vrouwen als minnares gehad.'

'Noem ze.'

'Minstens twee sinds Mama's dood.'

'Nóém ze.'

'Dat kan ik niet.'

'Neem dat als een les in discretie.'

Een luik vloog ergens open. Kaarsen wakkerden. Anna kwam overeind, draaide de olielamp op en blies de resterende vlammetjes uit voordat het vet op tafel zou druipen.

Kil en kort wenste zij haar vader goedenacht, wilde op de gang het luik weer sluiten en vervolgens naar bed, maar Jonas Jan liet haar niet gaan.

'Jij denkt dat ik jou dwarsboom omdat ik oud ben,' zei hij. 'Dat ik ouderwets ben en niets van jou begrijp. Maar het ligt veel gevaarlijker.'

Hij greep haar pols, zoals hij vroeger deed voor een pak rammel, maar zij rukte zich los.

'Ik herken mijzelf in jou,' ging hij verder, fluisterend, zijn gezicht vlak bij het hare. 'Van jongs af woeden in mij passies die mijn ziel verscheuren. Jij en ik zijn een pak van hetzelfde laken, wij menen dat een liefde als de onze niet te temmen is. Denk niet dat ik niet weet hoe zoiets voelt, zulke verlangens, waar die kittelen en broeien. Maar ik smoor ze. Ik beteugel mijn lusten. Ik houd ze eronder. Met geweld. Zo overleef ik in de wereld. Ik smoor mijn driften, zoals ik van plan ben ze in jou te smoren.'

In bed luisterde zij die nacht vooral naar het natuurgeweld, want slaap kon zij niet vatten. In haar hoofd herhaalde zich maar telkens haar eerdere gesprek met Kloos naar aanleiding van zijn gedicht.

'Vertel me,' had zij hem gevraagd, 'hoe een mens hoop houdt met een liefde als de uwe.'

Hij had niet geantwoord, want hij wist niet of zij op zijn geheim verlangen doelde, op zijn liefde voor Verwey, waar geen mens hem ooit naar vroeg.

'De liefde die uit uw sonnetten spreekt,' preciseerde zij. 'Hoe behoudt u de wil te leven met een verlangen zo tomeloos?'

Hij was stil geweest. Had nagedacht. Begreep toen.

'Misschien houden wij vol, Anna, omdat de pijn ons wakker houdt.'

Nieuw geluid

XIX.

'Is dit nu wel verstandig?' had Anna nog gevraagd toen zij het Centraal Station uit kwamen en de freule per se richting Brouwersgracht wilde en dan de grachtjes langs. Maar het was zo'n schitterende zondagmiddag, eind juli op z'n mooist, dat zij erop stond dat stukje naar de Rozengracht te lopen.

'Kind, er woont daar heus niet zulk grauw als wordt beweerd. Ik kom er regelmatig met de dames van mijn charitas, heus, het merendeel van de bewoners bestaat uit eerlijk noeste werkers. In ongelooflijke armoe, ja zeg, onvoorstelbaar, maar zo leven op deze wereld de meeste mensen en dat moet jij toch ook een keertje zien.'

'Het is alleen dat ons door pa van kleins af is geleerd dit hoekje van de stad liever te mijden.'

'Reden te meer er een keer dwars doorheen te banjeren. En bovendien, wij hebben alle tijd, *allez*.'

Thea Taets was in een van haar onverzettelijke stemmingen, opgetogen over de toespraak die zij straks om zes uur in Gebouw Constantia mocht houden. In de trein had zij hem nog eens nagelezen en gewoon kippenvel gekregen van haar eigen woorden.

Het afgelopen jaar sprak zij wel vaker voor het vrouwenrecht en zij wist hoe zij haar gehoor op de stoelen moest krijgen, maar vandaag was zij nerveus. Na haar zou Mina Drucker spreken, wier ijzeren taal zij enorm bewonderde. Onder het motto 'Een vrouw, een vrouw, een woord, een woord' stonden hun namen naast elkaar op de affiches. Thea had vorige week geholpen ze aan te plakken, maar had uit trots ook een rolletje achterovergedrukt om te bewaren.

Haar zenuwen zou het zeker goed doen voor haar optreden wat uit te waaien, maar vooral wilde zij Anna met eigen ogen laten zien hoe haar tante op de Noordermarkt en over de hele Westerstraat hing, én in de Anjelier én langs de Lauriersgracht.

Zij vielen ook nog eens met hun neus in de boter, want er leek een of ander volksfeest gaande. Over de Prinsengracht kon je in de verte de menigte al horen juichen.

Die vrolijke drukte scheen van de Lindengracht te komen, allen haastten zich daarheen. Bij de wasvrouwen met hun kinderen op de arm staken Thea en Anna in hun dameskleding nogal af, maar op enkele verbaasde blikken na trok het pretgejuich meer aandacht.

Zij bereikten de gracht, die vol lag met kleine sloepen en bootjes was, ter hoogte van de Eerste Lindendwars. Het viel nog bepaald niet mee er daar doorheen te komen want zowel de bruggen als de kades zagen zwart van de mensen. Een paar duizend Jordanezen wilden het spektakel zien en ieder drong naar het midden op waar tussen twee huizen, niet ver bij de dames vandaan, een touw strak over het water was gespannen.

'O herejee,' zei Thea, die ineens begreep wat er gebeurde, maar om terug te keren was het al te laat, want de massa had zich achter hen gesloten.

Anna, ondertussen, keek haar ogen uit, maar snapte niet onmiddellijk waarnaar zij keek.

De bootjes waren vol jongemannen die zich verdrongen om een plek. Een van hen sprong op, en nog eens, steeds met zijn armen graaiend naar het touw.

Toen pas zag zij daaraan de paling bungelen.

Het dier, dat met spoelgaren achter de kieuwen levend was opgebonden, leek zijn aanvaller te zien, want telkens als er naar hem werd geklauwd, ontkwam hij door te kronkelen. Omhoog wurmde het beest zijn lijf en rond, en spartelde in zijn angst zo dat de jongen telkens misgreep en uiteindelijk naast het bootje viel en languit in het water plonsde.

Gejoel steeg op uit de menigte en vuile teksten werden gescandeerd. Dit spoorde de andere jongens enkel aan het nu zelf te proberen en vrijwel meteen sprong uit een andere sloep dan ook de volgende al op. Die had meer succes. Het dier, nog van de vorige aanval niet bijgekomen, waande zich een ogenblik veilig, maar ten onrechte, want deze sportieveling sprong hoger en kreeg het lang-dunne glibberlichaam beet, hield zich daaraan vast en hing aan de paling, een tel of wat, als aan een touw.

Het was een flink exemplaar, die aal, zeker zo'n twaalf, misschien wel vijftien jaren oud. Nu hij zo van kop tot rugvin rechtgetrokken hing, bleek hij langer dan een meter.

Toen scheurde hij. Niet gewoon doormidden, maar een flard brak af met daaraan een stukje van de staart. Een deel van het vel werd hierbij meegetrokken en gestroopt. Daaraan bungelde zijn aanvaller nog even tot hij los moest laten en te water raakte onder het gebruikelijk kabaal der toeschouwers. Sommigen juichten en riepen hem al tot winnaar uit, andere scholden op hem omdat het beest, dat kronkelde van pijn en angst, nog leefde.

Anna had hierbij tot nog toe als verlamd staan kijken, twee handen om de hals, als voelde zij het spoelgaren daar samentrekken. Zij wilde spreken, schreeuwen, maar vond woord noch stem.

Daar sprong de volgende al, een stevige kerel, en ook hij had beet. Dit was een oudgediende, de winnaar vorig jaar, die wist dat je beter houvast hield wanneer je direct je nagels in het diertje zette. Ook hij hing even, zijn vingers in de vis gaven houvast. Maar uiteindelijk gleed hij weg, de paling verder openrijtend, voordat de man kopje-onder ging.

Ongeduldig dook de vent weer op en keek gespannen omhoog om te zien of hij opnieuw kampioen zou zijn, maar nee, de aal was sterker en taai en wat er van hem restte, bewoog en leefde nog.

'Hoe kunnen mensen zoiets doen?' vroeg Anna. 'Hoe kunnen zij zo weinig mededogen hebben?'

'Dat kan,' zei Thea, 'omdat zij het zelf zo weinig ondervinden.'

Direct sprong nummer vier met het idee het werkje af te maken, maar die kreeg maar half beet, scheurde er nog wel een stuk van af, vel vooral en een deel van de ruggengraat, maar nog altijd niet genoeg om aan het lijden een einde te maken.

Nu schreeuwde Anna het wel uit, beide handen voor haar mond geslagen, huilend om de creperende resten, die nabloedden onder grote hilariteit, stuiptrekkend en kronkelend nog met de darmen eruit.

Veel tijd om van de doodsstrijd te genieten werd het gepeupel niet gegund, want een diender drong naar voren.

Het agentje oogde erg jong. Hij moest van spijt eens slikken toen hij al die woest verstoorde blikken op zich zag gericht. Maar hij vatte moed en verkondigde op luide toon dat de burgemeester deze bijeenkomst op grond van wreedheid had verboden.

Daar dit geen enkele indruk maakte, trok hij zijn sabel, beklom het trappetje van Lindengracht nummer 119 en sneed het touw door dat aan de gevel zat bevestigd.

Dreigende verontwaardiging klonk direct al van de kades.

De freule, die vaker opstandjes had zien ontvlammen, nam onmiddellijk Anna bij de pols en begon zich door de zee van lichamen een pad te banen, wég van het incident.

De gezagsdrager, toevallig hier beland op surveillance, kreeg danig spijt dat hij zich voor de zondagmiddagdienst had opgegeven en aarzelde over zijn volgende stap. Hij had zijn kompaan direct al op versterking uitgestuurd, maar stond er vooralsnog alleen voor, terwijl het gepeupel woedend naar voren drong en de jongen insloot.

Die hield voet bij stuk.

Riep dat hij dan nu het touw zou confisqueren. Maar aan de overkant bonden de viskopers, die de wedstrijd hadden georganiseerd, het om hun middel en daagden de diender uit het maar bij hen te komen halen.

Op dat moment klonk het eerste schot.

Dit werd ter waarschuwing gelost door de versterking – twintig man vanaf de Lijnbaansgracht, twintig van de Brouwers met meer op komst – maar de knal weerklonk tegen de gevels zodat het in de massa onduidelijk was waar er werd geschoten of door wie. Ieder koos daarom ineens een andere richting, de een om te vluchten, de ander juist hongerend naar een gevecht.

Anna ervoer bij dit alles een levendige prikkeling van geest, een levenskracht die zij van zichzelf niet zo kende. Alsof zij zuiverder hoorde, ineens beter zag, de situatie sneller in kon schatten. Lééfde. Zij overzag zichzelf en de boos opgezweepte mensenkluwen niet alsof zij er klem in zat, willoos heen en weer geduwd, maar alsof zij daarbóven zweefde en alles scherp waarnam met de alziende blik van een zeemeeuw.

Ook toen de volgende schoten klonken, bespeurde zij bij zichzelf geen angst. Niets van de nervositeit, noch de neerslachtigheid die zij vaak op andere dagen had.

Overal werden nu klinkers uit de straat getrokken. Er sneuvelde een ruit, daarop een volgende, waarna het stenen regende aan beide zijden van de gracht, zonder dat het een ieder duidelijk was wat zij hoopten te raken.

Het meest voor de hand liggende mikpunt bleef het patrouilleagentje dat alle plezier verziekt had. De jongen bukte, sloeg zijn armen om zijn hoofd en wilde zich ineengedoken uit de voeten maken, maar een groep palingtrekkers wierp zich op hem, roepende dat zij nu hém boven de gracht gingen opknopen om hun vermaak voort te zetten met ter vervanging van de paling zijn geslacht.

De ongelukkige werd een kelder in gesleurd en daar, naar later bleek, zo toegetakeld dat hij een oog, twee vingers en het gebruik van zijn linkerarm verloor. De jongen raakte voor het leven zo verminkt dat zijn eigen moeder hem niet meer kon herkennen.

Ondertussen werden Anna en haar tante – twee ellebogen breed voorop – in hun vlucht gehinderd door een horde vrouwen die hun tegemoetkwam. Zij droegen straatklinkers in hun boezelaars, die ze als munitie naar hun kerels wilden brengen, en liepen daarbij ieder die maar in de weg stond graag onder de voet. Harde woorden vielen en er werd geduwd, maar Thea, die op de barricades bij de Porte de Clignancourt naast Louise Michel gestaan had, kregen ze niet omver.

De freule zag naast de bakkerij iets verderop een ovensteegje, dat wellicht uitweg bood, maar toen zij het bereikten, begon men juist daar de ruiten in te slaan. De bakkersknecht werd naar buiten gesleurd en de nering kort en klein geslagen omdat een agent, vrezend voor zijn leven, zich er verscholen hield tussen de meelzakken.

De dames zochten dekking tegen het rondvliegend puin en scholen met enkele bewoners in het portiekje van een souterrain.

Na zo een kwart uur – inmiddels werden al dakpannen gebruikt om mee te gooien, bloempotten, pispotten en ijzeren ketels – arriveerde versterking uit de kazernes. Tweehonderd man voerden meermaals met getrokken sabel charges uit aan beide zijden van de Lindengracht, maar werden telkens door de meute teruggedreven, waarbij niet weinig van de dienders eindigden in de plomp.

Een van hen, een inspecteur, viel tussen de bootjes, waarop enkele mannen hem probeerden te verdrinken.

Anna en de freule konden de man horen smeken voor zijn leven.

De jongste schoot als eerste overeind.

Thea volgde meteen.

Uit elkaars blik vatten zij moed.

Zij stortten zich terug in het gemor, stonden binnen een paar sprongen aan de waterkant en zagen de man spartelen. Hij riep nog steeds, maar zwakker al, en worstelde. Telkens wanneer hij aan een bootrand houvast vond, timmerden zij hem op de vingers en wanneer hij ook maar bovenkwam en water spuugde en adem hapte, duwden zij hem opnieuw aan hoofd of schouders naar beneden en hielden hem onder.

'Hé daar,' riep de freule, 'geteisem!'

Dat laatste woord vooral, gesproken op zijn deftigst, trok de aandacht. Een der aanvallers keek op, stootte in verwarring zijn kompanen aan, wijzend op de onwaarschijnlijke verschijning van twee adellijke dames op de kade.

'Breng die arme man onmiddellijk op het droge,' beval Anna met een overwicht waarvan zij niet wist dat zij het bezat. 'En wel nu.'

Het hele stel was eventjes zijn stoere houding kwijt. Was het politie te paard geweest, dan hadden ze geweten wat ze ermee aan moesten, maar nu... Een van de kerels schraapte zijn keel en spuugde in het water, een ander giechelde als een meisje. Een derde sloeg toch nog eens naar de drenkeling, maar met al minder overtuiging.

'Afgelopen daarmee, zeg ik,' beval Thea Taets.

Zij torende daar aan de wallenkant boven allen uit en was in vol ornaat, haar beste lange gazen handschoenen en fijnste zomerhoed, de statige goudgroene jurk met queue de Paris en sleep die zij had aangetrokken voor de lezing. De hoed was weliswaar in het tumult al scheefgezakt, een mouwtje uitgescheurd, haar rijglaarsjes en zoom waren smerig van de modder, maar juist daardoor, zo met hier en daar wat losgeraakte haren, oogde de freule eerder formidabeler, doorleefd als iemand die ondanks haar stand niet zou aarzelen om haar roesjesmouwen op te stropen en vuile handen te maken.

'Komt er nog wat van?' vroeg Anna met dezelfde overmoed die zij soms voor de inzet van de allereerste noot van een huisconcert moest opbrengen. 'Til die kerel eruit en draag hem hier naar binnen.'

'Doe wat de juffrouw zegt.' Thea klapte in haar handen met een blik alsof zij bij Maison de Bonneterie ongeduldig was over de bediening. 'En haast je wat.'

Hierop draaiden allebei de vrouwen zich af, zoals alleen iemand dat kan die van kleins af gewend is te worden gehoorzaamd, en zij liepen weg alsof de zaak met het kenbaar maken van hun wensen wel was afgedaan.

Dit was een gok geweest, maar hun bluf werkte. De branieschoppers mopperden en vloekten, maar uiteindelijk namen zij de man onder de oksel, hesen hem in hun boot en wierpen hem op de kant, waarna een stel loopjongens hem achter de dames aan het Suykerhofje binnendroeg om hem daar neer te leggen op een schrobplank.

'Jij bent, ik zweer het je, uit dezelfde klei gebakken als je moeder,' prees Thea Taets, terwijl zij haar handschoenen afstroopte om de drenkeling te drogen en verzorgen.

Allebei voelden zij pas nu hun knieën knikken. Hun handen trilden en hun hart zat in hun keel. Met de rug van haar hand veegde de freule het zweet van haar voorhoofd en zij draaide met een vinger een paar losgeraakte krullen op hun plek.

'Kootje zou net zo min hebben geaarzeld,' ging zij verder. 'Hoe krankzinnig een plan ook was, jouw moeder gooide zich er altijd zonder na te denken in.' Thea Taets moest lachen, maar zij huilde tegelijkertijd. 'God wat hield ik van die vrouw! Maar nu, Anna, nu blijk jij er dus al net zo een te zijn.'

Tegen de tijd dat zij bij Constantia aankwamen, had Mina Drucker al gesproken. Zij kwam juist onder applaus het podium af.

Gezien de omstandigheden nam geen mens het Thea Taets kwalijk dat zij te laat kwam. Alles liep sowieso heel anders dan andere zondagen. De opkomst was door de stadsrellen dit keer miniem, men had het ook begrepen als Thea haar spreekbeurt niet zou houden, maar zij stond erop.

Een korte pauze om zich op te frissen en te fatsoeneren wees zij van de hand, zij besteeg het spreekgestoelte zonder verdere opsmuk en verfomfaaid als zij was. Daar nam zij een ogenblik om tot zichzelf te komen, ontvouwde de toespraak, die zij in de trein nog had geoefend, streek de papieren glad en opende haar lorgnet, maar terwijl zij haar oog over de eerste regels liet gaan, bedacht zij zich, borg alles weer weg en begon vanuit haar hart te spreken.

'Ik kom, zoals u zien kunt, regelrecht uit de Jordaan.'

Zij sloeg wat stof van haar rok, dat in de gasgloed van

het voetlicht wolkte, want inderdaad, het was te zien: vegen in het gezicht, kapotte mouwtjes, rafelende fnazels aan de rok, waarvan zij repen stof gescheurd had om de wonden van de drenkeling mee te betten.

'Sommigen van u hebben vast hun oordeel over de aanstichters al klaar,' ging zij verder. 'Daarom wil ik getuigen van de ongelijkheid en het onrecht dat de mensen wordt aangedaan die daar wonen; die híér wonen, hier vlakbij in hun extreme armoe, slechts enkele straten verderop... Hun revolte is vandaag ontbrand omdat hun levens sinds jaar en dag doortrokken zijn geraakt van de olie van onze veronachtzaming.'

Gaandeweg improviseerde zij een vlammend betoog over het belang van sociale gelijkheid en beloning naar arbeid, sanitaire voorzieningen en medische zorg, scholing en vegetarisme, betogende dat veel misstanden zouden zijn voorkomen wanneer vrouwen een stem in het geheel hadden gehad.

Anna, nog helemaal na-rozig van de opwinding, keek vanuit de zaal bewonderend naar tantes vuur en samen met de aanwezigen werd zij erdoor opgezweept. Dwaalden haar gedachten af, dan dacht zij aan haar moeder en háár idealen, aan haar overleden broer en diens tirades over Hollands tirannie in Indië, en aan Willem en zijn vrienden dacht zij, aan hun eigen revolutie in de kunst en in de letteren, die sinds de uitbreng van hun blad het afgelopen jaar zo'n vlucht genomen had.

En voor het eerst begreep zij dat het een mens uiteindelijk minder kost het gevecht om zijn leven aan te gaan dan ervoor weg te lopen. Dit was een seizoen van opstand, zo voelde zij met heel haar hart, verzet tegen het star-oude, en zij was zo dankbaar nu te leven en hiervan deelgenoot te kunnen zijn.

Van emotie moe soesde zij weg, hoorde vaag tante nog

orereren over vrouwenoproer in de medina van Marrakesh en over petroleuses in Parijs, maar alles vloeide samen in een diep aangenaam gevoel van te hebben goed gedaan, een keer verschil te hebben uitgemaakt en aan de wieg te staan van een bevrijdend nieuwe tijd.

XX.

'Zesentwintig mensen zijn er omgekomen.' Willem was furieus. Twee dagen had het Palingoproer in de Jordaan gewoed en dit was de balans. 'Zesentwintig doden! En een paar honderd gewond, Anna, waarvan zo'n tachtig ernstig. Het had wel je einde kunnen zijn.'

'En toch voelt het alsof alles juist opnieuw geboren werd, alsof het pas net staat te beginnen.'

Klonk in haar toon de euforie waarvoor Free van Eeden hem gewaarschuwd had? Bij iemand met labiel gestel kon de schok van het zien van dergelijk geweld even makkelijk tot zenuwextase leiden als tot apathie. Willems zuster kennende had Free al voorspeld dat haar opgewekte dubbel-ik erom zou jubelen.

In werkelijkheid was het tantes enthousiasme waarmee Anna sprak, de taal van een revolutie, die even ongericht en broeiend was als Thea zelf, maar die Anna duidelijk ervoer; een innerlijke opstand die haar alvast kracht verschafte en een nieuw elan.

De hele ervaring van afgelopen zondag kwam Anna, terugblikkend, nu als een klaroenstoot voor, een signaal van de natuur dat zij diende te ontwaken. Een diep en zeker weten, scheen het, dat actie was vereist, zoals er in wortels onder de bevroren aarde alvast leven komt wanneer die als door een wonder weten dat weldra een voorjaar aan zal breken.

'Die mensen...' Zij nam zijn hand en drukte die tegen haar hart, als dwong zij hem het daar te voelen kloppen. 'Ik heb ze in de ogen gezien, Wim. De krotten waartoe zij zijn veroordeeld, hun hongerende kinderen. Zij verzetten zich niet omdat zij willen vechten, zij zien gewoon geen andere uitweg meer.'

Haar broer maakte zich los.

Zij zaten op de sofa in Breitners atelier op de Oude Schans, waar Willem nu een tijdje bivakkeerde. Zijn vrienden zouden dadelijk komen, maar eerst wilde hij met Anna wat alleen zijn. Hun vader, bezorgd, had hem gevraagd haar aanwezigheid bij de strubbelingen aan te kaarten.

'Volstrekt onverantwoord van tante om jou naar zoiets mee te nemen,' begon hij.

'Dat deed zij niet. Wij raakten onderweg verstrikt.'

'En nu kunnen zesentwintig van die lui de held verder uithangen onder de zoden.'

'Als je toekomst zo zonder uitzicht is als die van hen, is de dood misschien wel te verkiezen.'

Willem stond geërgerd op. Misschien ook wel geschrokken. In elk geval was hij niet van zins hier langer naar te luisteren.

'Het zal hoe dan ook niet weer gebeuren,' stelde hij. 'Er is een schrijven uitgegaan naar Thea Taets, dat haar omgang met jou niet langer wordt gewenst.'

'Door mij toch zeker wel? Zij is van kleins af Mama's dierbaarste vriendin geweest!'

'Mama is alweer zoveel jaren van ons heen.'

'Reden te meer. Thea vertelt soms over vroeger en dan zíé ik haar, zie ik hen samen.'

'Hoe dan ook, de zaak is beklonken. Vanaf nu, als jij naar Amsterdam komt, zal de juffrouw jou begeleiden.'

'De juffrouw? Ja, over mijn lijk!' Anna schoot overeind, ijsbeerde de kamer door. 'En wat zegt tante?'

'Die moest dringend naar Parijs. Zij heeft de ochtendtrein genomen.'

'Zonder afscheid?'

'Dat leek iedereen beter.'

'Iedereen?' Anna stokte.

'Je weet hoe zij is, te impulsief, zo'n adieu zou enkel scène geven. Maar hier is een brief aan jou waarin zij alles uitlegt.'

'Wat wil dat zeggen: "iedereen?"'

Toen er geen antwoord kwam, snapte zij hem de enveloppe uit handen, liep ermee naar het raam en las:

> Ne t'inquiète pas, mon enfant. *Ik vertrek overhaast, maar vrijwillig. Op voorspraak van Mina Drucker is mij door Hubertine Auclert gevraagd te komen werken voor* La Citoyenne*! Vanuit Franrijk, stel je voor, kan ik met groter slagkracht streven voor onze internationale zaak. Hiertoe zal ik, zoals Séverine heeft moeten doen, een pseudoniem aannemen. Welk, houd ik zelfs voor jou geheim.*
>
> *Mijn vertrek is jouw bezorgde* 'famille' *onflatterend welgevallig, néanmoins ligt en lag deze beslissing geheel en al bij mij.*
>
> *Schrijf me, kind, blijf ondertussen geen ander dan jezelf trouw, vergeef mij en vergeet nooit dat je een oude tante hebt aan de Boulevard Haussmann, in wier boezem diep verborgen jij een altijd voor jou kloppend tweede moederhart mag weten.*
>
> *Je trouwe taaie Thea Taets*

Anna keek naar een groep krijsende meeuwen rond de Montelbaanstoren. Normaal zou zij vandaag naar Julius gaan om te zingen, maar Amanda was net weer bevallen en hield rust.

'Wanneer hebben wij ooit voor iets gevochten, Willem, jij en ik?'

'Wij?' vroeg hij verbaasd. 'Waarom zouden we?'

Zijn blik van kunstenaar maakte notitie: Anna's silhouet tegen het zilverhelle water en de somberstenen toren aan de overkant.

'Ik denk niet eens dat wij het zouden kunnen,' overpeinsde zij, 'ons verzetten. Dat maakt mij angstig.'

Hij kwam naast haar staan en sloeg zijn arm om haar heen.

De meeuwen zwermden nu naar een vissersboot die van het IJ kwam. Zij pikten naar elkaar, krijsend om een plekje op de mast.

'Misschien ooit, wanneer het zover komt dat wij niets meer te verliezen hebben,' bedacht zij, 'misschien handelen wij dan.'

Daar kwam Kloos aanzetten met Verwey vanaf de Recht Boomssloot. Zij zagen broer en zus voor het raam al op de uitkijk staan en zwaaiden. Dit simpele gebaar blies Anna's somberte uiteen, want als zij van iemand vechten kon leren, was het wel van de strijders van *De Nieuwe Gids*.

Kloos had een album bij zich, dat hij al van verre met twee handen in de lucht stak als een trofee.

'Zijn knipselmap,' lachte Willem. 'Hij draagt zijn slechte recensies zoals een generaal zijn medailles.'

'Omdat wij nooit mogen vergeten tegen welk onbegrip wij vechten, juffrouw Witsen.'

Kloos zat in kleermakerszit op de grond tegen de sofabank geleund en had net een alinea uit de krant gedeclameerd waarin een klankdicht van zijn hand werd neergesabeld in een poging zijn schrijverschap te vernietigen. Hij leek het venijn per se met eigen tong te willen proeven en na elke bittere pil liet hij een pauze vallen alsof hij even wachtte tot het gif zijn werk zou doen.

Alleen al zulke vuiligheid te moeten aanhoren deed

Anna verdriet en zij vroeg waarom een mens zichzelf zo zou kwellen.

'Het is de man zijn hobby,' meende Thijm, die juist binnenkwam met Hein Boeken en Van der Goes. Zij trokken hun overjassen uit en wierpen die op bed. 'Hij geniet ervan zich in te prenten wat mensen voor ellendigs van hem denken.'

'Het is nog erger,' zei Verwey. 'Soms stuurt hij mij naar de kiosk om extra exemplaren, zodat hij die vuile stukken ook nog op de bedstijl kan prikken of aan de balk boven ons bureau.'

'En ook nog een tegen de pleedeur,' beaamde Kloos, 'om me er te allen tijde aan te herinneren wie zij zijn, de vijanden van de vrije schepping: spreeknarren, kleine mannen die ons met boze woorden net zo kort hopen te snoeien.'

'Als je ze zo laag acht,' zei Boeken, 'waarom ze dan zo gretig verzamelen?'

'Als bewijsmateriaal.' Kloos begon ervan te glunderen. 'Ieder van hun recensies is een brevet van hun onvermogen. In feite zijn het schuldbekentenissen en geeft zo'n pennenlikker toe: "Ik heb het weer eens niet gesnapt, hoor, ik heb hiervoor de kennis niet in huis." Verdomd, alsof een schrijver zich onder het werk zelf nog niet genoeg heeft zitten corrigeren en vervloeken. Nee, de enige kritiek die hout zou snijden, is als zo'n eunuch van de geest eens een keer toegeeft: "Het spijt me, lieve lezer, voor dit boek ontbreekt het mij helaas aan kennis, aan gevoel en aan begrip."'

'Maar verlamt het u dan niet,' vroeg Anna, 'te weten dat iemand u veroordeelt?'

'Mensen oordelen sowieso, dat mag u nooit vergeten.' Kloos sloeg het plakboek dicht en gaf het haar alsof het iets aardigs was om eens door te bladeren. 'Wat wij ook doen om een ander te plezieren, veroordeeld door de rest worden wij tóch. Ik zeg: laat ze dan liever oordelen over iets waarvan wijzelf tenminste groeien. Wij bedrijven onze kunsten, u en ik, wij allen hier, enkel omwílle van die kunst en om niets of niemand anders.'

Bier kwam ter tafel en de vergadering van medewerkers kwam zo losjes aan al enigszins op gang. Dat er een stuk over het oproer in de Jordaan moest komen, stond buiten kijf, maar in welke vorm en door wie... Een heldendicht wellicht of beter een rechttoe-rechtaanessay tegen het politieoptreden?

Anna zat ondertussen met de knipselmap van Kloos, bladerde er wat in, en had een vriendelijk woord voor iedereen die binnenkwam: de stilverlegen Aletrino was haast ongemerkt verschenen, Erens was er nu, zelfs Chap van Deventer had zich even losgerukt van zijn scheikundige dissertatie.

Maar niet ieder van het eerste uur gaf vandaag acte de présence.

Gedurende de eerste jaargang was er in de samenstelling van de nummers wat routine geslopen – verveling misschien zelfs al? – zodat voor het komende nummer zelfs de redactie er niet voltallig was; Van Looy zat nog in Rome, Free van Eeden was nu in Parijs aan het afstuderen bij Charcot, maar allebei hadden gelukkig werk ingestuurd, en Paap was er vandaag niet bij omdat er tussen hem en enkelen van de anderen onenigheid was ontstaan.

'Jullie gaan me nou onderling niet kibbelen, hoor,' sprak Anna gespeeld streng. 'Niet nu het juist allemaal zo'n vlucht neemt. Zoals dat mij teleur zou stellen, om over al die nieuwe abonnees van jullie blad nog maar te zwijgen.'

'Aan een ideaal dat net ontbrandt kan iedereen zich makkelijk warmen,' orakelde Kloos. 'Maar laait het eenmaal op, wordt het de een al snel te heet, de ander smookt het weer te veel, we zullen zien...'

De Nieuwe Gids had sinds afgelopen voorjaar ieders aandacht en dankzij de grap die Verwey en Kloos hadden uitgehaald met de literaire kritiek ook nieuwe abonnees. Het was nog steeds niet de helft van het aantal lezers waarmee ze hadden gerekend, maar in elk geval had het schandaal dat zij hadden veroorzaakt een lachsalvo door het land laten gaan.

Hun *Julia*, het lange nepgedicht dat zij met wat hulp van Van Eeden en Jan Veth in elkaar hadden gedraaid, bleek als provocatie haast té goed geslaagd. De tekst was volstrekt bespottelijk, een pastiche op alles wat de jongens achterhaald achtten. Desondanks had een aantal gevestigde critici, zoals gehoopt, het broddelwerkje overladen met lof.

Sommigen gaven dit *Verhaal van Sicilië*, zoals de ondertitel luidde, zelfs als voorbeeld van wat grote literatuur diende te zijn, roemden de tot dan toe onbekende schrijver, Guido – hun pseudoniem – als aanwinst voor de Nederlandse letteren en prezen de nietsvermoedende uitgever voor het ontdekken van zo'n talent.

Daarop openbaarden de schrijvers in een pamflet triomfantelijk: *De onbevoegdheid van de Hollandsche literaire kritiek*. Hierin onthulden ze hoe zijzelf, vrolijke literatoren, op een regenachtige namiddag een dwaas verhaal bij elkaar hadden gerijmd met de belachelijkste beeldspraak, de holste frasen en de meest tastbare onzin... En zie: *de heren critici wentelen zich in genot; zij savoureren de frasen en zijn voor de wartaal blind: zij stampen en kloppen en juichen hun bewondering voor de gefingeerde dichter en zeggen van een troep idiote verzen dat het een bijzonder fraai gedicht is.*

Anna was zo trots op hun bravoure. Ook zij had erg moeten lachen om hun grap en voelde zich er nog weer verder door gesterkt. Alsof Willems vrienden niet alleen de leegte hadden blootgelegd van opgelegde waarden in de literáíre wereld, maar ook de leegte achter alle waarden die zij zelf al jaren opgedrongen kreeg.

De publieke onthulling van deze charlatanerie bevestigde haar in het gevoel dat de normen waaraan zij werd gedwongen te voldoen precies even hol waren. Zoals schrijvers onderworpen werden aan het oordeel van academici die zelf geen boeken publiceren, waren alle regels waaraan vrouwen zich dienden te houden door mannen opgesteld, uitgerekend door degenen die er zelf niet aan hoeven te voldoen.

Goed beschouwd waren deze jongemannen haar medestanders. Hun streek, die door iedereen, behalve door de in het stuk gewraakte critici, als een geslaagd vermaak werd gezien, verschafte haar een gevoel van veiligheid, het idee er niet meer alleen voor te staan. Schreven zij: *Wij hebben afgedaan met u, Hollandse recensenten. Wij beklagen ons over de tijd die we aan u hebben besteed!* Dan hoorde zij zich dit als het ware zelf roepen tegen iedereen die háár niet kon begrijpen, terughield en bekritiseerde: tegen Cobi en Bram Arntzenius, tegen de juffrouw en Papa.

En in haar dromen dúrfde zij ook al. Daar luchtte zij alvast haar hart en werd dan vrolijk wakker.

Zij had bepaalde krachttermen en kernzinnen uit de aanklacht uit het hoofd geleerd en soms, voor het slapen gaan, herhaalde zij die wel zoals een ander schaapjes telt: *Gij, wisselaars in de tempel van onze kunst,* begon zij dan vanbinnen, *die de plaats ontheiligde met de tafeltjes van uw ambacht, wij hebben u naar buiten gegeseld omdat u schande wierp op de kunst. U vertelde voor gewichtig wat niet meer was dan gesnap van kinderen of gelal van idioten. Gij, toneelsoldaten der middelmatigheid, hansworsten, laffe vervelende kwajongens, die er uw werk van maakte de stoep te vervuilen van ons huis der letteren.*

En waar de Nieuwe Gidsers 'letteren' schreven, las zij: muziek en zang, ontwikkeling, of ronduit: vrijheid. Op die manier werd hun verzet het hare.

Eén passage had zij zelfs overgeschreven en droeg zij sindsdien in haar kleding nooit ver van haar hart. Het was deze vergelijking: *Wat zou u zeggen van een man die een kind in ijzer smeedde, opdat het niet groter worden zou; alleen omdat dat kind groter begon te worden dan de kinderen die hij tot dusver had gekend? U zou zeggen dat die man onnatuurlijk deed door dat kind in ijzer te smeden en u zou hem beletten het met meer kinderen te doen. Nou, zo'n kind is de Hollandse literaire kunst en zo'n man is de Hollandsche literaire kritiek.*

Minstens eenmaal elke dag haalde zij deze woorden tevoorschijn, maar las dan als laatste zin: *zo'n kind ben ik, zo'n man bent u* en stelde zich de dag voor waarop zij haar vader hiermee zou confronteren.

Eenmaal had zij dit gevoel van herkenning met Kloos gedeeld toen zij hem voor hun moed bedankte, maar tegenover anderen, ook haar eigen broer, verzweeg zij het.

Er was namelijk al een aantal malen en van diverse kanten op gezinspeeld dat haar gemoed op anderen ongezond levendig overkwam, soms geëxalteerd, dan weer plots te somber. Geen wonder, dacht zij nu, wanneer je iets wat groeien wil in ijzer smeedt.

Zij voelde echter ook steeds meer gevaar in de manier waarop zij werd geobserveerd, maar kon dit niet benoemen. Durfde niet. Wist niet eens door wat of wie. Alsof er in de struiken wilde dieren loerden, wachtend op het moment dat zij zich een keertje zwak zou tonen.

XXI.

'Wat is die wonderlijke lucht?'

'Mortel,' zei Julius. 'Het duurt een tijd voordat de voegen zijn gedroogd.'

Anna liep nogal verloren door de hoge ruimte. Het was er zo klam-koud, zij rilde. De holle verlatenheid van het steenkarkas deed haar denken aan een prent van Piranesi die in haar vaders studeerkamer hing, voorstellende een ruïne nabij Hadrianus' villa. Met name hoe het licht van heel hoog door gewelfde ramen binnenviel en hoe klein zij leken in de duistere diepte van de kolossale zaal.

'Men laat de muren nu eerst rusten en zodra alles is gehard, kan begonnen worden met het binnenwerk. Dat gaat ook nog eens minstens een jaar duren.'

Het Concertgebouw, een week tevoren casco opgeleverd, stond voorlopig leeg. Het was er oppassen geblazen, want hier en daar lagen nog steigerplanken of er stond een ladder.

'Wat jammer dat Amanda er niet bij kan zijn,' vond Anna. Maar mevrouw Röntgen was nog steeds niet goed hersteld van de bevalling.

'Zij heeft zo'n pijn, het is verschrikkelijk.' Julius schudde zijn hoofd. 'Zelfs de minste aanraking verdraagt zij niet.'

De kleine Engelbert was gezond ter wereld gekomen, maar te ver voldragen, waardoor het moederbekken schade opgelopen had en ook omliggende delen fiks waren gehavend. Amanda had graag mee gewild om de vordering te zien, maar zelfs dat kleine eindje kon zij nog niet lopen, zeker niet zolang het bouwwerk midden in het drasland stond en je om er te komen een sloot moest oversteken.

Maar Julius, trots, wilde het Anna per se alvast laten zien en hij had de sleutel in bewaring van bouwmeester Van Gendt.

'Dit wordt de grote zaal, voor kamermuziek komt boven nog een kleinere.'

'Zo enorm als deze is,' prees Anna, 'en nog zo kaal. Moeilijk voor te stellen hoe dit straks zal voelen met publiek...'

'Het basisontwerp is dat van mijn eigen, vertrouwde concertzaal in Leipzig, dus ik heb min of meer wel een idee: de stoelen komen hier, daarboven op de omgang ook, en die verhoging daar wordt straks het podium. Oplopend zit dan het orkest en als het vol loopt ook nog toehoorders daarachter, aan weerszij van de trappen.'

Hij voerde haar mee de bühne op, zodat zij zelf voelen kon hoe het zou zijn om daar te staan. Er stond nog een krat waarop een timmerman had zitten schaften. Julius sloeg er de worstenvellen af, droeg hem naar het midden, stapte erop en deed eventjes, rug zaal, alsof hij dirigeerde.

Toen Anna om zijn capriolen lachte, tikte hij zogenaamd verstoord zijn niet-bestaande muzikanten af, speelde dat haar lach hem uit zijn concentratie had gehaald en begon opnieuw. Na twee denkbeeldige maten, gaf hij teken dat het háár beurt was om in te vallen. Hierom lachte zij nog harder, maar Julius sloeg onverstoorbaar verder met een onzichtbare baton, en signaleerde haar inzet opnieuw.

Nu speelde zij de charade mee voor zijn vermaak, viel in, en zong iets, zomaar wat, improviseerde, maar dit deed zij oprecht ernstig en zuiver, en na een maat of wat durfde zij ook voluit steun te geven, zoals zij in zijn nabijheid alles wel vertrouwde en zou durven doen, en zo werd het een uitdaging om met haar stem die bouwput tot in iedere hoek te vullen.

Anna kreeg hier zo'n plezier in dat zij eerst helemaal niet merkte dat Julius zijn spielerei vergat. Hij luisterde aandachtig naar die stem, hoe zij de ruimte vulde en vanwaar de nagalm kwam.

Tot nu toe had iedereen die binnenliep, hijzelf incluis, hier wel wat klanken geslaakt en in zijn handen geklapt om te horen of er echo kwam en waarvandaan, maar dit was binnen deze muren de eerste goedgeschoolde stem.

Röntgen stapte van zijn kist en liep van het podium de zaal in, gebarend of zij vooral zo verder wilde blijven zingen, terwijl hij over de ruwstenen vloer rondliep om overal, in elke hoek en van alle kanten haar te kunnen horen.

'Prachtig,' oordeelde hij ten slotte, rende terug naar het podium, sprong er in één zwaai op als een atleet, sloeg van puur enthousiasme een arm om haar heen en keek nog eens vol trots rond. 'Het is te vroeg om er iets zinnigs van te zeggen, natuurlijk, maar als het toch nú al zo klinkt, Anna, zo behoorlijk warm en vol, dan heb ik goeie hoop.'

Nu rilde zij opnieuw.

Julius trok zijn jas uit, drapeerde die van achteren over haar schouders en wreef als vanzelf, zoals hij deed wanneer zijn kind het fris had, even haar bovenarmen warm.

'Ja,' ging hij ondertussen verder op diezelfde gedreven toon, 'vanaf nu kan het alleen maar beter worden. Straks met het houtwerk en de inrichting wordt de klank droger, de scherpte gaat eraf, die dubbeltrilling wordt geabsorbeerd en wat je dan overhoudt...' Hij drukte haar nog een keer tegen zich aan. 'Och Anna toch, het zou wel echt eens kunnen worden wat ik had gedroomd.'

Dit moment zou zij nog honderd keren herbeleven, eerst

vrijwillig om nog even die geborgenheid te voelen, later gedwongen in haar therapie.

Julius wilde loslaten, zijn omhelzing verslapte al, geheel vanzelfsprekend, toen Anna zijn handen greep, klampend als een drenkeling, en hem dwong ze daar nog eventjes te laten.

Zo bleven zij staan. Hij vond het goed. De armen voor haar borst gekruist, hield zij haar linker- op zijn rechterhand en andersom. Zij kende deze warmte van een ander lichaam niet.

Uiteindelijk draaide zij zich naar hem toe en kuste hem.

Op de wang kuste zij hem, maar impulsief genoeg om een vervolg niet te vrezen. Het was zijn blijdschap geweest, waarin zij meeging. De omarming die haar lichaam wilde beantwoorden. Zijn voldoening die zij wilde smaken. Het samen op die plek te staan. Te denken aan muziek, een toekomst te vermoeden. De euforie die paste bij het zingen en hun daar alleen zo zijn. In die koud-natte mannenlucht van houtschaafsel en metselspecie, sámen, en ondertussen zo vooruit te blikken met z'n twee.

Hoe dan ook, hij schrok niet terug, maar streelde haar gezicht, omvatte het stevig zeker en leidde nu, zoals hij deed wanneer zij musiceerden. Nijgde voorover, kuste haar. Op de lippen. Kuste nog eens en verlangde meer. Verlangde zinnelijk hevig wat al maanden thuis niet had gekund. En daarbij, zo heel anders dan Amanda, leek Anna nu gráág te willen zelfs, precies zoals in zijn lubrieke dromen.

Zij gaf hem dit ogenblik en gunde het zichzelf. Verbaasde zich hooguit dat dit alles onbekende zo vanzelf kon gaan.

Zij bande iedere bijgedachte uit; om dit te kunnen moest zij wel.

Zij kusten dus.

En onder het kussen fantaseerde zij alvast hoe dit moest verdergaan. Hoe hij dadelijk zijn jas weer van haar schouders nam en voor haar uit zou spreiden over de brede treden van de hoge trap, en hoe zij daarop zou neerzijgen. Even later knielde hij dan naast haar, zou haar misschien even lichtjes overeind trekken voor nog meer kussen, totdat hij zich uiteindelijk over Anna heen zou buigen, óp haar liggen zou, en hoe zij dan ondertussen al die tijd alleen nog denken kon, zoals die stem in haar vanbinnen nu al zong: dit is het, hierna zal ik vrij zijn, hier is mijn verzet!

XXII.

Nu was nog het enig lastige dit moois voor zichzelf te houden. Vooral omdat iedereen, echt iederéén, het aan haar leek te kunnen zien. Diezelfde avond in de trein terug hadden medereizigers haar aangestaard; een juffrouw had gebloosd toen zij haar aanzag en een jongeman gaf haar een vette knipoog alsof zij elkaar van een geheim genootschap kenden.

Of was dit soms verbeelding?

Nee, beslist niet, want keek Anna in de spiegel, dan zag zij het zinnelijke zelf ook: over heel haar wezen lag een gloed, haar huid, de haren zelfs, alsof van binnenuit iets oplichtte. En dan, met geen mogelijkheid kreeg zij haar lippen meer tot ernst gedwongen. Hoe zij dit ook uit alle macht probeerde, óp krulden die mondhoeken, onbeheersbaar.

Maar het meeste nog werd zij verraden door haar blik. Die straalde van een ondeugd. Zoals het opaal in vaders mineralenkast leek na te gloeien in de schemering, scheen er in de somberte van Ewijckshoeve uit haar ogen een reflectie van geluk. Kortom, een levenslicht was aangegaan en liet zich niet meer zomaar doven.

'Te veel dingen aan mijn hoofd de laatste tijd,' antwoordde Anna toen de juffrouw opmerkte dat zij telkens in zichzelf liep te mompelen. 'Ik ben zo'n verward samenstel van binnen.'

Zij had hierbij gelachen, maar het mens met haar star christelijke blik beaamde slechts streng zorgelijk: 'Nou, zegt u dat wel.'

Voor het eerst verlangde Anna naar een hartsvriendin, iemand die in haar euforie kon delen. Misschien dat een gelijke ziel zou kunnen begrijpen wat zij zelf amper begreep: hoe het mogelijk was dat zij zich door iets waarvan haar altijd voorgehouden was dat het ongepast was en een zwijnerij, op geen enkele manier gesouilleerd voelde. Integendeel, zij voelde zich erdoor versterkt en verrijkt, opgeschoond, gezegend alsof het iets heiligs was geweest wat zich tussen Julius en haar voltrokken had.

Met Cobi kon zij vroeger over zulke gevoelens al niet spreken, over niets wat met lijfelijkheid of liefde had te maken. Zelfs op de dag dat Anna van meisje vrouw geworden was en van haar oudere zuster weten wilde of dit kwaad kon, had die enkel geantwoord dat hun een dergelijke verschrikking nu eenmaal was opgelegd door de natuur, maar dat haar zulke zaken degouteerden, en zij had Anna op het hart gedrukt er tegen haar of wie dan ook nooit meer over te beginnen.

De meiden wísten vast, maar aardser. Zo zagen die eruit, met hun natuur bekend en weinig schromelijk. Maar hen kon zij sowieso, omdat zij met de juffrouw heulden, onmogelijk in vertrouwen nemen. Bovendien, zij had eens op een wandeling de dienstbode met de stalknecht verliefd zien zitten op een bank in het laantje, een wellustig paar in grof omarmen, lelijk om te zien. Daarmee viel wat er zich tussen haar en Julius voltrokken had toch onmogelijk te vergelijken.

Nee, de enige die zoiets misschien begrijpen kon, wie haar ook altijd goed genegen was geweest en nooit veroordelend, was Amanda, uitgerekend de enige wie het pijn zou doen wanneer zij ervan hoorde.

'Mankeer je iets?' vroeg Jonas Jan die avond zonder zijn lectuur te onderbreken. Zij zaten nog aan tafel. Hij had zijn leesbril op en hield in zijn linkerhand een deeltje Van Lennep op leesafstand en onder de olielamp, maar nóg moest hij zijn ogen, die de laatste tijd snel slechter werden, samenknijpen.

'Het is niets.' Anna, die plots had moeten denken aan haar jonggestorven broer, haalde direct haar neus op en bette hem discreet aan haar servet. 'Een gedachte.'

Dat antwoord was haar vader afdoende. In plaats van door te vragen bladerde hij terug, alsof haar gesnotter hem uit zijn verhaal had gehaald en hij de draad weer zocht.

Dit huis is een tombe, dacht zij. Dor als de mummies van Gizeh wachten wij op iemand die onze vloek een keer doorbreekt.

'Ik mis Karel.'

'Zo ineens?'

'Sommige dagen meer dan andere.'

Haar vader las de passage waaraan hij bezig was ten einde. Keek toen op en staarde voor zich uit.

'Er is niks aan te doen,' stelde hij. 'Wij leven met die pijn. Het heeft geen zin hem telkens te benoemen.'

De Friese klok sloeg flauwtjes. Het slagwerk moest nodig worden opgewonden. Misschien ook de slinger wel. Jonas Jan viste zijn horloge uit zijn borstzak om te zien of dat dezelfde tijd aangaf.

'Dan benoem ik alleen het vrolijke,' zei Anna, 'hoe blij het altijd was in huis met hem, weet u nog, Paatje, toen wij nog kinderen waren, hoeveel er vroeger altijd afgelachen werd?'

'Ik heb bij het verleden geen hulp nodig.'

'Als er ook maar iets was, kon ik daarmee bij hem terecht.' Nu schoot zij alweer vol, maar slikte twee keer en vermande zich. 'Karel wist altijd alles te begrijpen, wat je voelde, wat je dacht en hoe je iets bedoelde.'

'Karel was een heel best mens.'
'Hem kon je alles zeggen.'
De vader knikte.
Hij draaide de lamp op, sloeg zijn boek weer open en las verder over Klaasje Zevenster.
'Is er iets bepaalds wat jij jouw broer vandaag zou willen zeggen?' vroeg hij na een halve pagina, maar zonder op te kijken.
'Iets bepaalds,' herhaalde Anna zo neutraal mogelijk.
'Iets waar je mee zit en waar je misschien raad bij nodig hebt?'
Anna was even stil alsof zij na moest denken.
'Ik zou zo een-twee-drie niets weten.'
Een kwartier later sloeg de klok opnieuw, reutelend als iemand die zijn laatste adem gaf. Anna keek en zag haar vader zoals zij hem alleen bij de begrafenis van haar moeder had gezien.
'Gaat het?' vroeg zij.
Hij knikte weer.
'Ik realiseer me alleen net...' Tranen welden, kalm natuurlijk zoals alleen bij kinderen of oude mensen. 'De vanzelfsprekendheid van zo'n vertrouwen als er tussen jou en Karel was... Ik bedenk ineens dat geen mens, wanneer ík er niet meer ben, ooit eens op die manier aan mij zal denken.'

De volgende dag kwam er een brief uit Amsterdam.
Alsof de juffrouw de afzender geraden had, kwam zij er zelf mee aanzetten, terwijl zij anders alleen rouwbrieven boven bracht of iets met een goudgedrukt familiewapen. Het mens presenteerde Anna de enveloppe op het verzilverde schaaltje uit de hal en maakte er zelfs een aarzelend knikje bij, maar hield om niets te missen haar blik gericht op de ontvanger.
Anna, die het handschrift onmiddellijk herkende,

moest haar best doen rustig door te ademen.

'Post,' constateerde zij onnodig.

Zij pakte de enveloppe en wilde het zegel al verbreken.

'Van mijnheer Röntgen zeker?' smeichelde de juffrouw.

Anna beheerste zich daarom en legde de brief op het tafeltje naast zich alsof die best kon wachten.

Maar het bloed joeg naar haar wangen.

De juffrouw zag het wel. Die bleef expres nog even staan, begreep toen dat zij toch niet winnen kon, en vertrok, nu zonder knikje. Als zij daarna achter de deur aan het sleutelgat heeft staan luisteren, zoals zij wel vaker deed, dan vond zij vast haar vermoedens bevestigd door alleen al het geluid van papier dat ongeduldig open werd gereten.

Waarde Anna hief Julius aan. Niet *juffrouw Anna* zoals vroeger wel, maar dus *liefste* evenmin. Haar blik vloog de regels over, speurend naar woorden van genegenheid, maar zo te zien gebruikte hij er geen die hij niet ook vóór hun bezoek aan het Concertgebouw had kunnen bezigen.

Nu las zij nadrukkelijker en begreep eruit dat hij overhaast op reis moest. Wás. Al vertrokken dus naar Frankfurt. Bezigheden aldaar, bezoek aan vrienden en familie. *Door Engelberts geboorte zulks al te lang uitgesteld.* Komende tijd derhalve aan huis geen musiceren mogelijk. Een week of vijf, zes minstens. Amanda nog voorlopig niet in staat hem na te reizen...

Als je het zo las, leek het wel alsof er niets was voorgevallen.

Zoude het niet aardig zijn, eindigde hij dan ook nog, *indien jij de komende tijd haar en de kleine aan huis eens wilt bezoeken? Jij zoudt mij er groot plezier mee doen en jullie samen te weten zou mijn gemoed nogal verlichten. Mijn vrouw, je weet, is zo op jou en jouw aanwezigheid gesteld. Het zou haar 't wachten zo innigjes veraangenamen.*

Nu tolde het in haar, twijfel rolde rond in bitter zelfgesprek. Geen gedachte had Julius dus gewijd aan hoe zij waren één geweest, terwijl Anna juist sindsdien nergens anders aan kon denken. Lééfde zoiets voor een man dan inderdaad niet, de gevoelens van een vrouw, en was 't ze enkel om eigen lust te doen, zoals men haar van jongs af aan al had gemaand?

Zij wanhoopte ineens en wantrouwde zichzelf. Vroeg zich in lange, slapeloze nachten nu zelfs af of het dan allemaal wel werkelijk had plaatsgehad. Immers had zij er een handje van, dit wist zij zelf, zich door haar fantasie te laten meevoeren en het leven mooier te zien dan het in feite was. Maar nee, dit keer, toch echt...

Of was er misschien heus iets mis met haar, zoals krachten om haar heen schenen te vrezen, iets waar zij zelf geen weet van had en wat zij daarom niet kon merken? Was het hierom dat men haar, die voortdurend haar armen zo verlangend naar het leven uitstrekte, in de gaten hield en altijd maar probeerde te beknotten?

Is het dan zondig om naar veiligheid te streven, liefde te verlangen, vrijheid, zelfontplooiing? Is er alleen al zonde in het streven zelf, vroeg zij zich af, en werd zij daarom zo gestraft?

Zo dacht zij vele nachten, álle nachten. Maar op een ochtend werd zij hieruit wakker en verklaarde hardop: 'Nee!'

Zij schrok er zelf van. Keek om zich heen of er niet toevallig iemand in de kamer was. Hierna sprak zij nog eens op dezelfde sterke, als ging het om een toverspreuk die pas macht krijgt als hij wordt gehoord.

'Nee. Er is met mij niets mis. Iedereen verlangt toch zeker naar een liefde?'

XXIII.

Een week later ging zij langs op de Van Baerlestraat, want ook Amanda had geschreven, tweemaal al, en erop aangedrongen dat Anna nu toch echt eens komen moest.

Tot aan de voordeur had zij nog geaarzeld, gêne gevoeld, schaamte, schuld en medelijden, alles tegelijk. Maar zodra zij binnentrad en in het vriendelijk gezicht keek, oprecht blij om haar te zien, wist zij dat zij er goed aan deed te komen.

Zij informeerde hartelijk bezorgd naar Amanda's herstel, dat maar traag verliep; tilde het kleintje uit de wieg en kuste beide wangetjes; had een veelkleurige breipop voor 't engeltje bij zich, een tol voor Julius junior, en voor de moeder een veldboeketje, dat nu spoedig in een vaasje moest. Anna liep zelf even naar de keuken om er een te pakken, zij kende daar in huis per slot de weg.

Hun omarming luchtte op en door alle plezier in Engelberts lachjes en geluidjes verliep de middag als vanzelf.

'Je móét hem een keer schrijven,' spoorde Amanda aan toen tijdens de thee het gesprek op Julius kwam. 'Dan heeft hij eens wat afleiding. Of hebben jullie al contact?'

'Ik contact met Julius?' Dit overviel haar toch. 'Welnee.'

Haar verschrikte blik maakte Amanda aan het lachen.

'Je hoeft niet te schromen,' drong zij aan. 'Overdag helpt

hij op de nieuwe muziekschool, maar de lange avonden verveelt hij zich. Grieg, die hem gezelschap zou komen houden, heeft afgezegd. Nu zit hij daar. Heus, Julius zal enkel blij zijn iets te horen, ik weet zeker dat hij jou ook mist.'

'Mij?'

'Het spelen samen.'

'Ons samenspel. O ja?'

'O ja. Jij niet?'

Anna aarzelde.

Was als de dood nu dat zij rood zou worden.

'Je houdt toch alles ondertussen wel goed bij, hè, mag ik hopen?' vroeg Amanda. 'Anders help ik maar wat graag als je eens wat repertoire wilt komen oefenen.'

Hierna ging het verder over muziek en beroemde musici die Julius voor de opening van het Concertgebouw hoopte te strikken. Alles van beide zijden warm en open als vanouds.

Toen het kleintje na verloop van tijd eens huilde, haalde Amanda haar vioolkist van boven en speelde een berceuse, waarbij Anna zong. Zodra het lief wezentje haar helderwarme stem hoorde, werd het kalm en keek haar aan en lachte de zangeres met grote open ogen toe. Zo stonden de twee vrouwen samen aan de wieg dat kwetsbaar leven te beschermen met muziek, totdat de zuigeling, gerustgesteld, zijn oogjes toedeed en weer soesde.

Bij het wegsterven van hun laatste noot legde Amanda impulsief een tel haar hoofd op Anna's schouder, gewoon maar van ontroering. En bij het weggaan schreef zij voor haar het adres in Duitsland op waar Julius logeerde.

'En niet vergeten hoor,' zei zij. 'Een briefkaartje naar Frankfurt kan allicht geen kwaad.'

Maar op weg naar de Oude Schans had Anna zich al minstens tien epistels in haar hoofd gehaald en weer verworpen, van kil afstandelijk tot woest gepassioneerd. Om te weten wat een man in een geval als dit verwacht te horen van een vrouw had zij dringend nu eerst Willem nodig.

Alleen, hij deed niet open.

Hij verwachtte haar vandaag ook niet, dus mogelijk was hij uit. Zij tikte eens tegen de atelierruit, want soms vergat haar broer, wanneer hij aan het schilderen was, iedereen en alles.

Zij wist ook helemaal nog niet of zij wel dorst te schrijven en minder nog of zij op papier zich dan aan Julius eerder teer verlangend wilde tonen of toch beter zelfverzekerd sterk; moest zij ronduit schrijven hoe zij voor hem voelde of juist nonchalant gereserveerd?.

Zij schelde nogmaals, ongedurig lang, want dorst zij het, dan beter maar meteen, desnoods de hele nacht door aan één stuk, zodat haar schrijven morgenochtend met de eerste post mee kon, want ieder uur dat zij er langer over nadacht, zou zij minder durven.

Ah, zie, er was achter de ruit nu wel beweging maar kennelijk geen haast. Zij tikte nog eens en trok weer aan de bel, maar de deur zwaaide al open.

'What the hell?'

In de opening stond een jonge vrouw met uitgelopen oogzwart en woest haar, zoals Anna het alleen wel eens had gezien in een amateurproductie van *Das Rheingold.*

'*What* is het?' kreunde het wezen daas in half Hollands, half Engels. 'Wat *in God's name* is de *time*?' Zij schermde haar ogen af alsof die onbekend waren met daglicht en hield met de andere hand een gebloemde peignoir bijeen, waaronder zij duidelijk niets droeg, schijnbaar zonder zich daarvoor te schamen.

'Half twee,' antwoordde Anna. 'In de middag.'

Met schmink en al was Blanche Ford die nacht in bed gerold en toen had Willem, die ervan hield haar opgemaakt te zien, ook eerst nog willen vrijen.

De kohl, het fel lippenrood en vetpoeder, alles wat vrouwen uit zijn kringen nooit zouden gebruiken, trok hem aan. Dit zo vuig volstrekt niet ingetogen theatrale wond hem op, dat had zij de afgelopen maanden wel gemerkt. Soms gaf zij hem hierin zijn zin, zeker wanneer zij zoals gisteravond toch te veel gedronken had om het er eerst allemaal schoon-keurig af te halen.

En nu, half twee al, had zij spijt, want over een paar uur zat zij alweer in de Nes in haar kleedkamer en dan moesten Leichner nummer drie en nummer vijf en nummer negen er allemaal weer op.

'Het is mijn huid, zie je.' Zij wenkte Anna snel naar binnen en tutoyeerde, niet uit gebrek aan respect maar naar de gewoonte van haar land: 'Als mijn poriën tussen al dat vet door niet voldoende ademen, krijg ik puistjes.'

Zij verwachtte *Billy* die middag nog wel, zei Blanche terwijl zij koffie-extract in hun kopjes goot en aanlengde met kokend water. Eind van de ochtend was hij uitgegaan. Had haar laten slapen. Maar voordat zij naar het theater moest, wilde hij meestal nog wel even aanwippen...

'Kijk aan,' zei Anna met onverstoorbaar air. Op Willems werktafel lag roze het korset, over zijn bank de jarretels. 'Dus u logeert wel vaker?'

Terwijl tot haar doordrong dat dit die zangeres uit het café-chantant moest zijn over wie Free van Eeden had verteld, was zij wat gereserveerd gebleven, maar dit hield zij niet lang vol. De Engelse had zo'n alleraardigste manier van omgaan, het leek wel gezusterlijk. Alleen al de manier waarop zij nu doodgemoedereerd de pot cold-cream op tafel zette en haar gezicht ermee begon onder te klodderen. Alsof zij elkaar van kleins af kenden.

En belangrijker, zowat het eerste waar zij naar vroeg was Anna's zingen. Willem, zei zij, had daar zo trots over verteld. Blanche wilde alles weten over Anna's stembereik, lievelingscomponisten, repertoire, en alles met een gretigheid alsof muziek het enige was wat haar echt interesseerde.

Van de liedjes die Blanche avond aan avond in de Nes zong, had Anna nooit gehoord, maar de soubrette sprak er met meer passie over dan zij Aal Redengius of To Loman ooit gehoord had over Bach. Die gaven je het idee dat het eigenlijk niet hoorde om je mee te laten slepen door een melodie; dat het in de liedkunst om iets hogers ging wat uitsluitend ernstig en gewijd mocht zijn. En na afloop moest je er ook altijd onmiddellijk iets van vinden, liefst wat er niet goed aan was. Te langzaam, vonden zij eigenlijk alles, of anders wel te snel. Zelfs wanneer ze iets 'niet onaardig' vonden, hadden zij het elders of van iemand anders wel eens intenser gehoord, beter gefraseerd, in een waardiger interpretatie. Dat soort praat, waardoor Anna altijd het idee had dat zij, wanneer zij ergens gewoon met ogen dicht van had zitten genieten, eigenlijk tekortschoot.

Eerlijk gezegd – maar dit had zij nooit uitgesproken – begreep Anna niet eens hoe je zelf nog een noot kon uitbrengen als je maar altijd over die van anderen een oordeel had. Hoe je dan zelf de durf nog op kon brengen vrij te zijn.

Kortom, het plezier dat juffrouw Ford in haar vak leek te hebben, was van zo'n heel andere orde.

'Welke oefeningen doe jij om in te zingen?' wilde zij van Anna weten. De crème had zijn reinigende werking gedaan, de restjes veegde zij nu met een doek van haar gezicht. 'Het is allesbehalve een concertzaal waar ik sta. Soms raak ik er zo schor van alle rook en het lawaai, dan heb ik de volgende dag wel een uur nodig en twee whisky om weer voorzichtig wat bij stem te komen.' Zij zoemde wat toonladders op en neer. 'Hoor je? Op dagen als vandaag, wanneer ik me niet goed gedragen heb, klink ik als een rasp.'

'Er zit wat slijm, maar daar is makkelijk wat aan te doen.'

'Niet dat ons soort clientèle het verschil zal horen...'

'Ga eens staan,' zei Anna en zij deed, van kop- naar borststem, een aantal oefeningen voor, die de ander nadeed.

'Nooit les gehad,' vertelde Blanche. 'Ik ben gewoon begonnen. Op mijn veertiende in Whitechapel bij Wilton's Music Hall, mijn vuurdoop. Al doende heb ik mezelf het zingen aangeleerd. Voor een techniek als die van jou zou ik een moord doen.'

'Maar u hebt zo'n ervaring voor publiek,' zei Anna. 'Och, wat ik daarvoor niet zou geven!'

'Voorzichtig, hoor, met wat je wenst: flessen heb ik naar m'n kop gehad, glazen, tomaten, ook wel eens een stoel... Maar waar is waar, je leert er wel van stug door alles heen te zingen.'

'Misschien moeten wij ruilen,' lachte Anna. 'U een paar van mijn lessen, mijn huid wat dikker van de rondvliegende tomaten.'

'En vergeet de sinaasappels niet,' zei Blanche Ford. 'Knollen, kroppen sla, ik had een groentestal kunnen beginnen.'

Zij hoestte slijm op dat door het oefenen was losgekomen, haastte zich ermee naar de wasbak, waar een potje stond met Willems kwasten, en fluimde trefzeker in de afvoer.

Bij ieder ander zou Anna, die zoiets nooit van iemand

had gezien, afkeer hebben gevoeld, maar van haar nieuwe vriendin vond zij het kostelijk. Verlangde bijna het haar na te doen. Ja, verdorie, wat Willem in zo'n wezen zag, kon zij waarachtig wel begrijpen.

'I am the very model of a modern Major-General,' klonk het vanuit zijn atelier tegen de tijd dat Willem thuiskwam. Niet dat hij er veel van kon verstaan, want de tekst werd op duizelingwekkend tempo afgerateld:

I've information vegetable, animal, and mineral
I know the kings of England, and I quote the
fights historical
From Marathon to Waterloo, in order categorical

De vrouwen verslikten zich in hun haast over de woorden; dentalen, labialen en gutturalen struikelden onvermijdelijk over elkaar met als doel van deze oefening de spieren in tong, lip en keel wakker te schudden en sterker te maken.

Beiden waren uitgelaten vrolijk, hadden in de tussentijd al hartsgeheimen uitgewisseld, over hun toekomst gemijmerd, gefluisterd over mannen en een fles wijn soldaat gemaakt. Anna had voor Blanche een van Julius' liederen gezongen en zij voor haar een populaire ballade uit de East End.

Toen Anna's broer de deur opende, haalden de twee tegelijk diep adem en vuurden op hem trots de volgende frase van hun *tongue-twister* af:

I'm very well acquainted too with matters
mathematical
I understand equations, both the simple and
quadratical

About binomial theorem I am teeming with
a lot o'news
With many cheerful facts about the square of the
hypotenuse

Willem applaudisseerde zonder enig idee wat die vertoning te betekenen had en nog minder hoe het mogelijk was dat daar zijn zus en zijn maîtresse plots arm in arm zaten te gieren van de pret.

Blanche, die zich intussen had gebaad, gekleed en haar haarwerk alweer had opgestoken voor de avond, schoot overeind en viel hem om de hals.

'Ik ben helemaal in vorm voor dat Concertgebouw van jullie, hoor,' lachte zij, 'als dat straks eens eindelijk opengaat.'

'En hebben ze in de Nes een invalster nodig,' opperde Anna, 'dan moet je bij mij zijn.'

'Zowaar...' Willem, die de affaire voor zijn familie graag geheim had willen houden, zocht een houding. 'Jullie hebben kennisgemaakt.'

'Nou en hoe,' zei Anna warm. 'Wij hebben een heerlijke middag.'

'Helaas moet ik er zo vandoor.' Blanche wierp een blik op de klok en begon haar spullen bij elkaar te zoeken. 'Haal jij me weer op, vanavond, Bill?'

'Nou, *Billy*,' plaagde Anna, terwijl Blanche haar jas ging halen, 'had je me dit niet eens kunnen zeggen?'

'Het is alles pril.'

'Zo pril zag het er anders niet uit toen ik haar uit bed belde.'

'Wij wonen niet samen,' verweerde Willem. 'Zij is hier af en toe.'

Anna legde haar hand op de zijne.

'Ik ben alleen maar blij voor jou,' stelde zij gerust. 'En

voor mezelf natuurlijk, met zo'n lief schoonzusje.'

'O, maar van een trouwerij gaat het niet komen,' onderbrak Blanche stellig, toen zij terugkwam met haar hoed in de hand. Voor de spiegel zette zij hem op, tikje schuins, draaide een losse krul om haar vinger en duwde hem op zijn plek. 'Ik ben bepaald geen huwelijksmateriaal, laten we onszelf niet voor de gek houden.'

'Papa hoeft hier dan ook niet van te weten, Anna, vind je wel?'

Zij dacht na, herinnerde wat hun vader had gezegd over soubrettes.

'Hij zal wat sputteren, ja, vast en zeker, maar voor zijn zoon ligt het vast allemaal zo anders dan voor Cobi of voor mij. Jou zal hij uiteindelijk niets in de weg leggen.'

'Toch wel.' Blanche stak twee- driemaal met de hoedenpin tot die een opening in het stro gevonden had en duwde hem diep in haar haren. Zij keek Anna aan via het spiegelglas. 'Jouw broer heeft mij alles over Jonas Jan verteld, het aardige maar ook het strenge.'

'Ik weet zeker...' Anna wachtte op Willems bijval, maar die bleef uit. 'Als je een keer op Ewijckshoeve bent geweest, hoe kan hij jou nou anders dan verrukkelijk vinden?'

'Vrij makkelijk,' wist Blanche.

'Er is namelijk een kind,' verklaarde Willem.

'Een meisje.' Aangedaan draaide de moeder zich naar Anna toe, opende een medaillon dat zij om de hals droeg en toonde haar een fotootje. 'Lizzie. Zij is nu nog in de kost bij een schooljuffrouw in Camden Town. Begrijp je, met een leven als het mijne...'

Anna keek naar Willem.

'Zij is niet van je broer,' verduidelijkte Blanche, 'maar wel uit liefde geboren. Lizzie is mijn beloning voor het altijd maar volgen van mijn hart. En Willem helpt mij allerhartelijkst in de kosten.'

Willem stond op.

'Ik heb Blanche beloofd...' Hij sloeg een arm rond zijn geliefde en kuste haar voorhoofd. 'Met kerst gaan wij naar Londen om haar te bezoeken.'

'Lizzie,' herhaalde Anna zodra zij met haar broer alleen was. 'En je bedoelt dat vader dáárom nooit...?'

'Een ongehuwde moeder bij 't gezin, zie je het voor je?'

Anna peinsde, bitter verzuchtend: 'Wat zijn wij afschúw-lijk volk!'

Het schemerde.

Er ging nog een zeil voorbij, maar het brede water van de Oude Schans leek al nachtzwart. Willem nam het glas van de lamp om de brander aan te steken.

'Ik had je niet verwacht,' verontschuldigde hij zich.

'Nee.' Zij hielp hem door de lont wat op te draaien. 'Ik wilde raad en het kwam plots zo in mij op.'

'Raad waarover?'

Zij dacht na of zij het benoemen moest.

'Blanche heeft me die raad al gegeven,' besloot zij. 'Vrouwenzaken. Dus het is eigenlijk beter zo.'

Hij knikte eens en kwam weer zitten.

XXIV.

Het was nog geen mens opgevallen dat de onderste scharnier van de keukendeur een beetje aanliep, maar Phoebus was op dat droge kraakje gespitst als een bloedhond op een jachthoorn. Het kon immers de meid zijn die met afsnijdsels naar buiten kwam, of de poelier die zijn bestelling binnenbracht.

Hij lag diep in slaap toen Anna stilletjes het nachtslot openschoof, maar zij had haar vluchtweg uit Ewijckshoeve nog niet op een kier of de lobbes kwam aanrennen, kwispelend van zielsgeluk om haar te zien. Zo enthousiast sprong hij tegen haar op dat hij uitgleed op het geboende marmer. Om hem te kalmeren knielde zij, wat zijn vermoeden dat zij was gekomen om te spelen alleen maar bevestigde.

'Stil maar schat,' fluisterde zij terwijl het dier haar neus en wangen likte. 'Rustig nu, iedereen slaapt.'

Zijn aanhankelijkheid greep haar aan, deed haar aan de hele onderneming bijna twijfelen; ineens vroeg zij zich af of zij wel voldoende moed bezat, maar zij kon niet anders, nee, het kón niet anders meer, dus zij vermande zich.

De koude nacht was wolkeloos, de maan haast vol, zilverschitterend baken op de zwarte vijver voor het huis. Over het gazon beende Anna naar de stal, waar zij Mascha zadelde, Willems paard, en zij gordde zich de weitas om waarin zij gistermiddag al een extra rok verborgen had, een blouse en wat necessaires.

Tot voorbij de poort, die zij moest openzwaaien, liep Phoebus mee, maar zodra zij haar paard de sporen gaf, bleef de hond midden op de straatweg staan kijken totdat zij in de schaduwbossen van de Lage Vuursche was verdwenen.

Anna sloeg het ontbijt wel vaker over, zodat Mascha's verdwijning nog eerder opgemerkt werd dan de hare. Tegen tienen pas, toen een van de meiden haar bed wilde opmaken en het onbeslapen bleek, kwam het huis in rep en roer.

'Heb ik het niet van meet af aan gezegd?' De juffrouw probeerde tevergeefs niet triomfantelijk te klinken toen zij Jonas Jan het nieuws kwam brengen. 'Wij zijn te laks geweest, mijnheer, altijd maar begripvol, u bent nu eenmaal te goed van vertrouwen.'

De oude heer was overstuur, maar op een verkeerde manier vond zij; niet ronduit woedend op het ellendig dwarse kind, maar bang vooral dat zij zichzelf misschien wel iets had aangedaan.

'Daarvoor is dat soort veel te vol van zichzelf,' snoof de juffrouw. 'Wat zulke lui hun omgeving aandoen met hun koppigheid kan ze niet schelen, geen snars, maar zichzelf hebben ze o zo hoog zitten. Zichzelf en hun eigenbelang, dat is het enige waar ze aan denken.' Dubbel fel was de juffrouw omdat zij Cobi's toorn vreesde en het verlies van haar baan. Wie weet kon zij zelfs naar haar laatste geldje wel fluiten, nu zij had gefaald Anna in toom te houden. 'Maar laat niemand zeggen dat ik niet gewaarschuwd heb! Geef toe, mijnheer, hoelang roep ik nu al dat zo iemand als uw dochter onder toezicht hoort, maar nee, ik ben de juffrouw maar, naar mij wordt niet geluisterd.'

Toen Willem even later arriveerde, trof hij zijn vader voor het eerst als een echt oude man, bleek en bevend in zijn leunstoel en met hangend hoofd. Met grote, roodomrande ogen keek Jonas Jan naar zijn zoon op en hij stak hem beide handen toe, hulpeloos als iemand die gevallen is.

'Nergens is zij te vinden,' mompelde hij. 'Zij zal toch niet...?'

'Welnee,' kapte Willem die zorg af. 'Zij is op reis gegaan.'

Anna had hem die ochtend getelegrafeerd vanaf het Weesperpoortstation om te laten weten waar zijn paard gestald stond.

'Op reis?' De vader wist niet direct of dit nu goed of slecht nieuws was. 'Met wie dan wel en waar naar toe?'

'Ik heb onmiddellijk geïnformeerd natuurlijk. Voor zover bekend heeft de stationschef er voor dag en dauw op het perron een jonge vrouw gesignaleerd, wachtend op de eerste trein naar Arnhem.'

'In hemelsnaam, wat moet zij daar?'

'Een dame alleen, schijnbaar zonder bagage.'

'Wie kent zij nou in Arnhem?'

'Geen mens, maar vandaar kan zij naar Zevenaar.'

De oude heer keek hem aan alsof hij wartaal praatte, hoe verder van huis, hoe minder het viel te bevatten.

'In Zevenaar stapt men doorgaans over op de lijn naar Kleef.' Willem wist niet hoe hij het hem anders zeggen moest. 'Dan is Keulen niet ver; mijn vermoeden is dat zij naar Frankfurt wil.' En toen dat bij de vader nog geen lichtje deed branden, voegde hij eraan toe: 'Naar Röntgen.'

Het was gekomen door iets wat Blanche had gezegd, al kon Anna er de vinger niet op leggen.

In de wachtkamer te Arnhem was zij hierover aan het mijmeren geslagen en nu, kalmpjes deinend over het Gelders spoor, nam zij in gedachten hun ontmoeting nog eens door... Het moest de onverholen trots geweest zijn waarmee de soubrette gesproken had over haar dochtertje.

In het huishouden van de Witsens, in hun hele universum was een liefdeskind het allerergste wat een vrouw kon overkomen; een doodlopende steeg, het einde van haar mogelijkheden in de maatschappij; het failliet van iedere vrouwelijkheid. Zo onomstotelijk stond dit vast dat ook Anna, die zich daar nu voor schaamde, nooit eerder in twijfel had getrokken dat je als meisje liever dood kon zijn dan een ongehuwde moeder.

Blanche had echter juist vol trots gesproken, dankbaar voor het prille leventje dat voor gegoede mensen gold als schande, zo vol liefde over iets wat ieder ander zou proberen te verzwijgen.

Hiermee had zij Anna de ogen geopend. Sterker, die ervoer sindsdien een overdreven opwinding, al te intens, als een religieuze na een openbaring. Zij wist zelf dat dit misschien te hevig was, maar kon – nee, wílde – deze euforie niet stoppen.

Als namelijk dit, wat haar van kleins af aan was voorgehouden als het allerergste, niet absoluut was, dan zou meer, ja misschien álles wat men haar met betrekking tot de liefde had ingeprent wel eens anders in elkaar kunnen steken, al die ongelijkheid waarvan zij zo ten diepste voelde dat die tegen haar natuur inging.

Zij liet zich dieper in de kussens zakken, zorgeloos genoeglijk, keek naar het veranderende landschap buiten, neuriede.

Het was ook bepaald niet zo geweest dat Willems vriendin zich het harde oordeel van de maatschappij niet bewust was, integendeel, Blanche begreep haar positie maar al te goed, wist dat zij onmogelijk nog ooit met goed fatsoen zou kunnen huwen. Des te indrukwekkender dat zij te midden van dit verdriet de gevolgen van haar liefde zo openlijk vierde. Juffrouw Ford voelde het oordeel en de blikken van de mensen, maar zong er geen noot minder om.

Zij naderden Zevenaar, de trein kon nu ieder moment vaart minderen. Vanavond nog zou Anna in Frankfurt kunnen zijn en haar fantasie vergleed naar het weerzien en hoe Julius wel niet zou reageren.

'Een treinbotsing,' brieste Cobi, die de porte-brisée naar de salon openstootte als een zeerot de klapdeur van een havenkroeg, 'dat zou nog het meest genadig zijn. Ik zie althans geen andere uitweg meer dan een of ander miserabel ongeval, een force majeure die alle vragen over Anna's stommiteit voor altijd doet verstommen. Heus, het enige dat deze familie nog kan redden, is dat God ons hierin bijstaat en nu eindelijk eens hoogstpersoonlijk ingrijpt!'

'Waar kom jij vandaan?' vroeg Willem. Zijn oudste zus had zich al meer dan tweeënhalve maand niet meer op Ewijckshoeve laten zien en dan zou ze uitgerekend vandaag... 'Terwijl wij amper... Co, hoe kom jij hier zo snel?'

'Helaas niet snel genoeg.' Zo geagiteerd trok zij haar mantel uit dat de mouwen binnenstebuiten keerden en haar onderarmen verstrikten. 'Had me toch gister maar gewaarschuwd of veel eerder. Weet je wat het is...?' Cobi's ene arm werd door Willem bevrijd, de andere bleef worstelen met het kasjmier. 'Ik kan hier dus, au fond, gewoon niet weg. Terwijl ik tegenwoordig toch mijn eigen leven heb, een gezin, maar niks hoor, ik heb mijn hielen hier nog niet gelicht of jullie laten alles in het honderd lopen.'

Zij sjorde zich uiteindelijk los en liet haar broer de lege jas oprapen.

'De enige die nog ietwat tegenwoordigheid van geest getoond heeft, is de juffrouw, door mij te alarmeren.'

'Waar wij vast en zeker niet mee zijn geholpen is meer opwinding.' Willem hield een schuin oog op hun vader, die nog altijd voor zich uit zat te staren zonder zelfs een teken dat hij zijn oudste dochter had herkend.

'Ik heb alles laten vallen,' ging zij verder, 'alles, en ik

heb de eerste de beste trein gepakt. Wat denkt ze te bereiken? Als zij straks in Frankfurt bij hem aanbelt, een getrouwde man, denkt zij dat die zo'n meid dan met open armen zal ontvangen? Stel je toch voor, Wim, dat zij onderweg herkend wordt.'

Zo stevig voerde haar broer haar aan de arm bij de oude man vandaan dat de beklemming van zijn greep haar enigszins bij zinnen bracht.

'Wat zou helpen,' siste hij, 'is dat jij probeert Papa niet verder overstuur te maken.'

'Nee,' sputterde Cobi, 'nu zal het nog mijn schuld zijn!'

Maar hier stokte zij beschaamd en maakte zich met een venijnig rukje los, want ongemerkt was de juffrouw met de koffie binnengekomen en zij stond met de kan in de hand naar hun schermutseling te kijken.

'Hierna zal uw vader de ernst van uw zusters toestand in elk geval niet nóg eens onderschatten,' fluisterde het mens terwijl zij Willem en Cobi bij hun mokka een kaakje presenteerde.

'Hierna?' schamperde Cobi. 'Daar kan ik me niets bij voorstellen. Ik geloof niet dat er een "hierna" zal zijn, niet voor Anna, niet tenzij wij deze indiscretie nog kunnen voorkomen.'

Op datzelfde moment kwam er beweging in de oude man. Jonas Jan probeerde overeind te komen uit zijn stoel, maar wankeltjes. Misschien was het van emotie of anders stramheid na het zo lang zo verslagen zitten, maar het lukte niet, als bij iemand die een eerste inspanning moet doen na lange ziekte. Zoekend draaide hij zich naar de anderen, die hem bezorgd aanstaarden, terwijl hij naar woorden zocht. Hij trilde, graaide – onverklaarbaar – een paar maal naar de lucht alsof daar houvast was te vinden, balde van onmacht toen een vuist en haalde daarmee zo hard naar de koffietafel uit dat die omviel met servies en al.

Phoebus was er in twee sprongen bij om de ingedikte melk op te slurpen, maar zag toen Jonas Jan. Kop schuin, oren gespitst keek hij hem vragend aan, plantte zijn voorpoten op 's mans bovenbenen en besnuffelde diens wangen.

Vlak voor de grens zette de machinist het luchtremsysteem zo hard op de wielen dat Anna in de kussens werd geduwd terwijl het treinstel over de rails doorschoof en stroef schuur-knarsend tot stilstand kwam.

Door het raam zag zij velden en een verre boerderij, maar niet veel meer, geen kerktoren, nergens een dorpskern, nog niets wat Zevenaar zou kunnen zijn.

Tijdelijk oponthoud dus; een tak over het spoor misschien, een schaap dat afgedwaald is van de kudde. Het kon nu in elk geval niet ver meer zijn en voor haar overstap had zij ruim tijd, dus haar aansluiting naar Keulen zou zij er niet door missen.

Ondertussen dacht zij over de begroeting na. Hoe die zich straks voltrekken moest. Zou het beter zijn Julius vanavond eerst te schrijven dat zij in Frankfurt aangekomen was, hem laten weten in welk pension zij logeerde en dat zij hem graag snel wilde zien, of zou het meer plezier geven zomaar op te duiken, onaangekondigd, hem bij het conservatorium op te wachten, dan van achteren twee handen voor zijn ogen te slaan en roepen: 'Raad eens wie...?'

Gek eigenlijk: zij droeg al dagen geld en papieren op het lijf verstopt, de treintijden had zij opgezocht in de almanak, de weitas gevuld en tot vanmorgen verborgen gehouden, extra kussens zo onder haar deken gepropt dat het, mocht er iemand voortijdig haar kamer binnenlopen, zou lijken alsof zij daar rustig lag te slapen... maar het moment waarop zij de man om wie het draaide zou weerzien had geen deel van haar plannen uitgemaakt.

Alle hersenwerk en energie waren op haar vlucht gericht geweest, te weinig op de veilige haven; misschien omdat zij niet eerder durfde te geloven dat zij daadwerkelijk zou kunnen ontkomen aan haar ouderlijk huis. Maar nu zij dan aan ieder toezicht was ontsnapt kwam er ruimte om vooruit te kijken en daarmee ook ruimschoots voor zorg: want wat kon Anna hem voor reden geven, straks, voor haar brutale onderneming?

Dat Julius het fijn zou vinden om haar zo ineens te zien, daaraan twijfelde zij niet, maar stel nu eens dat hij van schrik niet zomaar direct hartelijk zou zijn. Zij compromitteerde hem tenslotte met haar komst, dat wist ze wel, maar aan de andere kant, geen mens wist ervan of hoefde het ooit te weten.

Haar intentie was ook allerminst onheus. Dit zou misschien geen mens geloven, maar alle uren van de dag dat zij naar hem verlangde, verlangde zij minder de man dan de musicus. Droomde zij van met hem samenzijn, dacht zij aan musiceren en nergens anders aan. Zo dacht hij waarschijnlijk ook, natuurlijk wel, en ieder ander kon nu eenmaal onmogelijk begrijpen hoe hooggestemd tussen hun tweeën alles was. Het is waar, haar mond had kussen mogen smaken, maar eerder smoorden die haar fantasie dan dat zij hem op hol joegen, want die mond van haar wilde enkel zingen, musiceren, in een lied losbarsten op een gebaar van Julius, lippen, keel en tong verlangden zo te klinken, ondersteund door hem, geleid door hem, door hem onderwezen, geprezen, gedragen en gestimuleerd.

Zo zat Anna, mijmerend te midden van de velden, toen in de verte een coupédeur dichtgeslagen werd. Als was daar iemand in- of uitgestapt. Hierop werd een volgende geopend en weer dichtgegooid.

Zij schoof haar raam naar beneden, leunde wat naar buiten en zag dienders langs de spoorbaan. Vanaf de derde klasse achteraan werd gecontroleerd, wagon na wagon. Op smokkelwaar wellicht. Routine, ongetwijfeld, een ritueel dat moest worden uitgevoerd bij iedere grenspost.

Zij liet zich terugvallen op de bank zoals een kind op een matras springt, van plezier een paar keer extra verend. Bij haar vanbinnen zong het namelijk, een uitgelaten lied.

En zelfs al zou Julius straks even nodig hebben om te wennen aan haar onverwachte komst, stelde zij zichzelf gerust, dan was dat niet meer dan logisch. Zo kende hij haar immers niet, zoals zij tegenwoordig was, zo onverschrokken als zij zich eindelijk durfde tonen, zo moedig als zij dit avontuur gekozen had, zo helemaal zichzelf, zo vrij.

'U en ik, wij kunnen niet begrijpen wat er in zo iemand omgaat,' suste Cobi haar vader. Zij had zijn hand gepakt, omklemde die, in alles geruststellend. 'Er is nu eenmaal in dat hart, dat hoofd, iets scheef, iets misgegaan. Iets anders dan wij in ons fatsoen kunnen bevatten. Het is niet erg, Papa. U moet niet boos op Anna wezen. Wie weet wanneer dit is gebeurd, een schok op jonge leeftijd, zegt men, maar het kan ook heel wel aanleg zijn, dat heeft Willems vriend hem al eens uitgelegd. Nietwaar?'

'Free,' beaamde Wim. 'Het is waar, hij keek er niet van op.'

'Van Eeden?' Jonas Jan schrok op. 'Weet die hiervan?'

'Hij is nu op weg hierheen. Maar hij is arts, hij heeft de eed van zijn beroep, hij is integer, wees niet bang. De zwijgplicht is hem heilig.'

'Is zich aan het specialiseren,' zei Cobi droog maar met de hoge blik van een rechter bij het vonnissen. 'In psychotherapie.'

'Hij had mij zoiets al eens aangekondigd dat Anna iets rigoureus zou kunnen doen.'

'De arme,' sprak haar zus.

'Ik heb Free raad gevraagd. Hij komt eraan en zal weten wat wij kunnen doen.'

'Te laat,' sprak de vader. 'Allemaal te laat.'

'Niet per se.' Cobi wierp een blik op de Friese klok als verwachtte zij zo onderhand bericht te krijgen. 'U weet immers Pappa, mijn Bram, met zijn functie in de Tweede Kamer, hij kent zoveel mensen en van werkelijk ieder ministerie...'

'Juffrouw...' groette de diender, die op de treeplank was gaan staan. Ze waren dus al bij de Eerste Klasse. Door het open schuifraam wierp de jongeman een blik naar binnen. Hij had een vriendelijk gezicht, salueerde aan zijn pet.

Zodra hij zag dat zij alleen reisde, trok hij het deurtje open en stapte binnen. 'Juffrouw Witsen?'

'Ik ben op weg naar Duitsland,' begon zij dwaas, alsof dit spoor ook ergens anders naar kon leiden.

Hij knikte, nam haar eens nader op. Zij leek zozeer niet te zijn wat hij verwachtte, dat hij even aarzelde. Hij nam zijn pet af, streek een paar losse haren naar achteren.

Zij wilde hem haar passagebewijs tonen, maar daarin leek hij niet geïnteresseerd. Hij keek in het bagagenet en nam haar weitas, reikte om te voelen of daar niet nog iets anders achter lag.

'Mag ik?' vroeg hij, maar hij had het slotje van de tas al open voordat zij kon antwoorden en doorzocht de inhoud. Een paar dingen haalde hij eruit en stopte ze weer terug.

'Zoekt u iets in het bijzonder?' Zij stak een hand uit naar de tas om te helpen, maar hij hield hem buiten haar bereik. Week toch ook iets achteruit, alsof zij hem misschien had willen aanvallen. Je kon, was hem geleerd, aan iemands uiterlijk niet altijd zijn intentie raden.

Door zijn schrik begon zij te vermoeden, sprong overeind en vroeg: 'Hoe weet u mijn naam?'

'Helaas,' zei de jongeman in plaats van te antwoorden.

Hij zag wel dat hij een geluk verstoorde, maar vermande zich, zette de pet weer op. 'Ik moet u vragen, juffrouw, met mij mee te gaan.'

Zonder af te wachten of de jonge vrouw zou meewerken, nam hij haar bij de arm, gebaarde door het coupéraam naar zijn kameraden en blies tweemaal kort en eenmaal lang op zijn politiefluit om assistentie.

XXV.

'Maar in hemelsnaam, op welke gronden dan?' vroeg Van der Goes toen hem het nieuws van Anna's aanhouding ter ore kwam. Zijn verontwaardiging doorgalmde café Mast.

Omdat Willem door de gebeurtenissen onverwacht vandaag niet op zijn atelier kon zijn, hadden de medewerkers van *De Nieuwe Gids* hun vergadering naar het Rembrandtplein verplaatst, waar hun vriend in elk geval een rekening had lopen.

'Op grond van het feit dat zij een gevaar zou vormen...'

'Onze Anna, een gevaar, Anna Witsen?'

'...voor zichzelf. Je weet hoe er in haar steeds zo'n verlangen is.'

'Om vrij te wezen ja.' Kloos schudde zijn hoofd, overdacht de situatie, sloeg op tafel met een vuist. 'Als dat een reden is, laat ze ons dan meteen allemáál wegbergen!'

'De intentie is om het stil te houden,' maande Karel Alberdingk Thijm, want her en der keken mensen op van tafel en vanachter de vele zuiltjes. Het fijne wist hij zelf ook niet, alleen wat Van Eeden hem inderhaast telegrafeerde. 'Ik had het jullie ook misschien niet mogen zeggen, maar ik dacht: wij zijn nu zo met haar vertrouwd geraakt, Anna was ons vaak zulk aangenaam gezelschap.'

'En als dank zien wij nu dus toe hoe zij door haar familie in een rusthuis wordt weggeborgen.'

'Rust?' donderde Kloos. 'Rust is wel het laatste wat zij nodig heeft. Het is juist aan het nietsdoen, het nooit iets mogen, dat zij lijdt. Iemand zoals Anna moet aan de slag, haar talenten benutten. Werk verzet alles, zelfs de nevelbergen van de druilerigste ziel.'

'Ik geloof niet dat het per se een rusthuis is waar zij wordt heen gebracht, eerder een gesticht.'

'Die ouwe van ze is zo'n gure Jupiter, die heb ik nooit vertrouwd, en als het aan die zure zuster van d'r ligt...'

'Willem is erbij. Die laat heus zoiets niet gebeuren.'

'Je weet het niet,' zei Karel. 'Hij maakt zich al veel langer zorgen. Is eerder al een keer in Santpoort wezen praten, heeft hij me verteld, op Meerenberg, om eens te informeren hoe ze daar met melancholische patiënten omgaan.'

'Het is waar,' wist Veth. 'Anna neigt naar somberheid. Zij heeft mij zelf eens toevertrouwd hoe zij kan wanhopen over haar toekomst. Dat er, als zij niet zingt, een andere stem is, ín haar, die maar blijft fluisteren hoe zinloos alles is.'

'Ach toch, wat een misère,' kreunde Van Looy komiek, 'dat eeuwige begeren van de mooie mensen!'

'Als iedereen die wel eens stemmen hoort van straat moet...' Kloos stak zijn polsen naar voren als om zich in de boeien te laten slaan. 'De enige therapie waarmee ik mijn eigen stemmen stil krijg, is een glaasje rum.'

Paap wenkte de bediening dat het volgende rondje door kon komen en haalde de manuscripten uit zijn tas van artikelen die vandaag moesten worden besproken.

'Ik ken niemand die niet sombert bij de gedachte hoe het leven verder moet,' zei Verwey. 'Het is toch ook gekmakend, dat eeuwig doodlopen van idealen?'

'Neem mij dan ook mee om te kuren,' zei Van der Goes, die de ingezonden stukken ronddeelde, 'dan zitten wij tenminste met zijn allen.'

Ieder kreeg zijn drank tot aan de rand toe bijgevuld, Paap hamerde voor het eerste punt van orde alvast met zijn pijp op tafel.

'Toch zit zo de wereld in elkaar,' verzuchtte Kloos. Hij hief hierbij zijn glas, waardoor het leek of hij een toost uitbracht. 'Alles wat zacht is en het mooie in zich draagt, zullen zij monddood proberen te maken, ieder die nu eenmaal te groot is om in de loop van de mensheid mee te gaan.'

Free van Eeden was in Bussum aan het werk geweest met een patiënt toen Willems verzoek om hulp werd bezorgd, maar hij bereikte De Vuursche rond het middaguur, begreep onmiddellijk en deelde ieders vrees, maar had goede hoop dat Anna weldra ergens op zou duiken, ongedeerd.

'De liefde zal haar bij het leven houden,' stelde hij gerust. 'Maakt u zich daarover geen zorgen, mijnheer Witsen, een sterker levenselixer bestaat er niet dan hoop te hebben op geluk.'

Even later echter, toen bericht van Bram kwam dat het zijn connecties op het Haagse ministerie was gelukt de jonge vrouw voor de grens staande te houden, betrok Frees gezicht. Hij zei niet meteen iets, maar Willem begreep wel dat zijn vriend de ingreep kwalijk vond.

'En nu?' had de jonge arts alleen gevraagd zodra Cobi's opluchting was uitgeraasd.

'Nu? Nu zijn we uit de brand,' meende de oudste zus dankbaar. 'De vluchtelinge is immers gevonden en maakt rechtsomkeert.'

'Niet uit eigen beweging.'

'Discreet, *quand même*. Is dat niet het enige wat telt?'

'Haar welzijn lijkt mij belangrijker,' stelde Willem. 'Free heeft wel gelijk, nu keert zij dus gewoon weer terug naar dat waaraan zij hoopte te ontvluchten.'

'Mij bedoelt u,' begreep de vader. 'Dit huis. Ons.'

'Het levenstempo hier,' nuanceerde Van Eeden. 'Een temperament als dat van haar heeft nu en dan dringende behoefte aan galop. Dat wil niet zeggen dat zij in een ander levenstempo onmogelijk mee kan gaan. En haar natuur zou daarin mettertijd zelfs kunnen berusten als zij maar uit vrije wil mocht terugkeren, over een tijdje, in de periode van inkeer – noem het ontnuchtering – die bij patiënten met een dubbel-ik op elke exaltatie onherroepelijk volgt. Zoals een paard na een fikse drie-takt vrijwel vanzelf overgaat in stappen of in draf.'

'Over een tijdje,' schamperde Cobi. 'Nog even en zij had zich aan Röntgens voeten te grabbel gegooid. En ons erbij.'

'Nu zij echter tegen haar wil moet terugkeren, blijft in haar die droom, die drang, onopgelost, en alleen maar sterker het gevoel dat haar geluk haar telkens wordt ontzegd, dat er een boze wereld rond haar is, een samenzwering welhaast, waarin zij, wat zij ook probeert, geen eigen bestaansrecht lijkt te hebben, geen reden om te zijn, en dan, nu zónder nog de hoop dat zij haar geluk zal vinden, tja, dan lokt uiteindelijk...' Hij keek naar de oude Witsen. 'Juist dat waarvoor u bang was, mijnheer, kan door dergelijke dwang versterkt worden.'

'Desalnietemin...' Jonas Jan rees op uit zijn zetel, even aangedaan als onverzettelijk. 'Wij zúllen het kind bij zinnen brengen en doen inzien.'

Alle kracht waaraan het hem de laatste uren had ontbroken, woelde los, zijn woede in één keer ópkolkend als het bodemslijk in de vijver na het openen van de sluizen in de grift.

'Zij moet inzien dat het leven iedere volwassene, man

en vrouw gelijk, nu eenmaal dwingt tot een gareel. Dat zich elk mens hierdoor gehinderd voelt, maar dat het onze hoogste taak is, ons door de Here zelf opgelegd, het leven Hem gedachtig tot het eind toe te volbrengen.'

'En als zij niet goedschiks tot dit inzicht kan worden gebracht,' vond Cobi, 'dan maar kwaadschiks.'

'Wees gerust,' sprak de vader, 'jullie zuster wórdt in veiligheid gebracht; een geborgen, heilzame omgeving waar zij in alle rust en volle aandacht kan worden behandeld en tevens dag en nacht tegen zichzelf bewaakt.'

De naam van Anna's voorlopige verblijf te horen trok ieder als ijs over het gemoed, ook Jonas Jan, wie het overviel dat er zo'n verschil kan zijn tussen een term geschreven te zien staan en die zelf hardop uit te spreken.

'Het Geneeskundig Gesticht voor Krankzinnigen,' verklaarde hij. 'In Utrecht, niet te ver, zodat wij haar er zonder veel moeite kunnen bezoeken. Als het goed is, wordt zij daar nu heen gebracht.'

Het was lang stil gebleven. Willem had gehuild en Cobi kreunde.

'Het hoeft niet voor lang te zijn,' verzachtte Jonas Jan. 'Enkel tot zij levensvreugde heeft hervonden.'

'Zo moe, zo rampzalig kan een mensenziel niet zijn,' benadrukte Van Eeden, die zelf melancholici behandelde, 'of hij kan de wil behouden om goed te doen en blij te zijn. Ik begin zonder plan en laat de zieken spreken, hoor aan en laat alles diep uitklagen. Ik denk wel dat dit van nut zou kunnen zijn in een geval als dat van Anna.'

'Een geval?' viel Willem uit. 'Anna is niet "een geval".' Dit was tegen zijn vriend, maar voor de vader bedoeld. 'Houd in godsnaam op haar een patiënt te noemen. Als zij al ergens aan lijdt dan is het aan ons. Dit leven is haar kwaal, onze zogenaamd christelijke waarden, die dwangbuis van beschaving. Ik wil het niet, ik werk hier niet aan mee. En als u Anna hier niet hebben wilt, Papa, kan ze naar mij.'

'Naar jou?' De vader verkilde.

Cobi zei maar niets. Zij wist de uitkomst wel.

'Meent u werkelijk dat uw leventje zo'n fijne invloed op haar heeft gehad?'

'Zij oogt ten minste bij mij en mijn vrienden in haar element.'

'Grappig dat u ze zelf noemt, want ik moest ook juist aan uw vrienden denken...' De oude man liet zijn blik dwalen, zijn stem viel even weg.

Buiten werd de oude barouchet, die hij voor hun rit naar de stad had laten inspannen, het koetshuis uit gereden. De wielen knerpten zwaar over het grint.

'Uw literáíre vrienden...' overpeinsde Jonas Jan. Zijn stem, zacht afgemeten, talmde alsof de oude man zich eerst hun gezichten goed voor de geest wilde halen. 'Ja, zeer waarschijnlijk dat Anna zich met evenveel genoegen wentelt in dat leventje van u en met hetzelfde gemak als die jongeheren dat doen. Immers, alles beter voor een jong mens dan hier te moeten wegkwijnen, nietwaar?'

Hij trok aan het schellekoord, nam achter zijn bureau plaats en maakte snel nog een notitie.

'Allen zouden er echter goed aan doen te beseffen,' verklaarde Jonas Jan, 'en dit geldt in het bijzonder voor jou, Willem, maar niet minder voor u, mijnheer van Eeden, dat dit alles, die vrolijke vriendschap met al uw mooie plannen en alles wat daarbij hoort, niet eigener verdienste komt en, belangrijker, dat die met één pennenstreek ook weer van tafel is.'

Hij vloeide het briefje dat hij net geschreven had, sloot het in een enveloppe, schoof dat rechtop in zijn briefhouder, als iets wat hij straks bij terugkeer niet vergeten moest, en liet zich door de juffrouw in zijn overjas helpen.

'Wat een noodlottige dag,' verzuchtte hij droef. Hij nam zijn handschoenen aan en met kort krachtige vingerstreken dwong hij de vleug van zijn hoed in de juiste richting. 'Voor ieder van ons hangt er onevenredig veel van af.'

XXVI.

Het had koud geplasregend, de keien glommen er nog van toen het koetsje waarin Anna diezelfde middag nog werd weggebracht, van het Domplein de smalle Lange Nieuwstraat in reed, een akelig kale weg waaraan geen einde leek te komen, maar die na een rij armenhuisjes toch leek dood te lopen op de siergevel van de Fundatie van de Vrijvrouwe van Renswoude, waartegenover, somber streng, zich het gesticht bevond.

Bij uitzondering werd zij, vanwege haar familienaam, in de kamer der geneesheer-directeur gebracht, hoog statig, boekenkasten gevuld met in wit leder gekafte quarto's.

In afwachting van zijn komst kreeg zij een glas water.

Zij keek wat rond, hoorde een carillon en schoof een van de logge gordijnen opzij, groen trijp, gevoerd en gewatteerd. De Klaaskerk sloeg vijf uur.

Dit was dus de uitkomst van de dag waarvan zij zoveel had verwacht.

Zij keek over straat, maar deze buurt liet zich door de klokken niet tot leven wekken. Een ingeslapen draak, de stad, dacht zij, briesend in en uit, heen en weer met de wind door het geboomte langs de singel.

Tegen het geverfd behangsel tussen de ramen stond een wit marmeren buste, die zij bestudeerde, kopie van een Romeinse furie. Het was, vertelde een koperen plaatje, ten geschenke gegeven als dank voor een genezing. Anna legde haar handpalm er even tegenaan. Koel voelde de kop – woeste haren los – ogen ten hemel toegeknepen, mond wijd open midden in een schreeuw versteend.

Haar verzet had Anna inmiddels gestaakt. Na een korte worsteling in de trein had men haar weten te overtuigen dat het waar zij haar heen brachten rustiger zou worden, dat haar familie van dit alles op de hoogte was en haar dus heus niets naars kon overkomen. Dat teruggaan veiliger voor haar zou zijn dan verder reizen. Enkel een gesprek, daar ging het nu eerst om, had ook de man verzekerd die Anna van de trein was komen halen en haar in een kantoortje van de grenspolitie overnam; alles gebeurde omwille van beter wederzijds begrip en vooral ook ieders kalmering, want haar familie was door haar verdwijning erg overstuur geraakt.

De euforie van Anna's fantasieën was door de aanhouding zo bruusk en onverwacht doorbroken dat zij al op de terugweg in een roes leek te raken, een halfslaap. Terug in de wachtkamer te Arnhem had zij enkele zinnen hardop gesproken, dromerig, die tegen niemand schenen te zijn gericht, en de rest van de reis had zij mak zwijgend voor zich uit zitten kijken.

Nu sloeg het Klaasje half zes. Omdat de arts nogal op zich liet wachten, nam Anna uiteindelijk maar plaats aan zijn bureau, waarop een mahoniehouten model stond van de menselijke hersenpan op ware grootte. Deze bleek uit losse delen te bestaan, die men ieder aan een fijn koperen knopje kon lichten; een kinderspel leek het wel, het hoofd een blokkendoos, bedoeld ter lering en instructie. Niet alleen het schedelbeen kon eenvoudig worden afgenomen, ook de in kleuren beschilderde delen daaronder, de schors, de grote hersenen, het volledige cerebraal stelsel bleek uitneembaar.

Deel voor deel woog zij de stukken op de hand, ze om en om draaiende, als wilde zij het menselijk brein van alle kanten bestuderen. Toen een pleegzuster binnenkwam om haar te begeleiden naar de ontvangstkamer, probeerde Anna de losse delen terug te plaatsen, maar die leken niet te passen.

'Is goed, hoor,' suste de vrouw in het witte voorschoot vriendelijk. 'Kom maar, kind, wij brengen straks wel alles weer in orde.'

Maar Anna wílde dit zelf doen. Nam kwabben uit, begon opnieuw, duwde, wrong, steeds dringender, probeerde weer en weer, alsof er iets van afhing.

Weldra zou zij medicijnen krijgen toegediend, diezelfde avond nog, waardoor veel herinnering aan haar Utrechtse verblijf vertroebeld raken en vervagen zou. Soms wist zij later niet eens meer of zij daar nu een aantal dagen opgesloten was geweest of enkele maanden.

Maar dit onthield zij altijd wel en helder ook en tot haar allerlaatste adem: hoe erg stil het geweest was in die zaal waarin zij uiteindelijk binnen werd geleid. Zo onbegrijpelijk doods. Onbevattelijker dan de beelden die zij tijdens haar laudanumtherapie beleven zou.

En dat haar familie wachtte in die zaal, geen spat minder verslagen overstuur dan zij; Willem en Cobi zwijgend, zwartgekleed aan weerszij van haar vader; hoe de oude man de leeuwenkoppen die de leuningen van zijn zetel sierden, gespannen hield omklemd en precies als op de dag dat zij op het conservatorium was aangenomen trok het bloed uit de knoken van zijn vingers weg. Het geschilderd behangsel van pauwen in een donker hof. Dat geen van hen iets zei, niets te zeggen wist, ook niet toen zij hun om de hals vloog, vragend om begrip, om hulp, vergiffenis.

Toen zag zij de dokter pas, geneesheer-directeur. Naast

hem, en dit deed goed, het veilig lief gezicht van Free, Willems vriend, Van Eeden, die haar handen nam.

'Wij mogen het leven niet wegwerpen,' sprak hij dringend. 'Wij mogen de liefde niet doven omdat toch alles in afscheid eindigt. Wij moeten dóór en het heden niet laten verlammen van angst voor de toekomst.'

Toen Anna hierop in het geheel niet reageerde, vroeg hij of zij dan wel begreep dat dit alles voor haar redding was, dat dit de hulp wás waarom zij hem weleens gevraagd had en dat het haar zou baten in de toekomst.

Dit wist zij niet, begreep niet eens, maar knikte toch en bezegelde het daarmee.

'Het is uit liefde, nietwaar?' vroeg Jonas Jan in de ontvangstzaal van het Utrechts instituut, nadat zijn jongste kind was weggeleid, een zware deur door die eerst moest ontgrendeld worden. Hij had haar nagekeken over de lange gang, had daar het bleek regiment zien schuifelen waarin Anna nu opging. 'Zeg me dat ik dit uit liefde doe.'

'Wij dóén dit uit liefde,' verzekerde Cobi.

'Waarom zouden wij anders?' viel Willem bij, maar zonder overtuiging.

De geneesheer-directeur plaatste het document van overdracht op tafel. Cobi schoof het naar haar vader door.

'Het is alleen...' sprak zij, terwijl Jonas Jan las – las hij de overeenkomst wel of staarde hij alleen? 'Anna kan zo halsstarrig zijn, hoe wilt u haar tot medewerking dwingen?'

'Dwingen zal niet nodig zijn,' wist Free, die als psychiater immers vaker met dit bijltje hakte. 'Wij overtuigen haar.'

'Het is voor haar eigen bestwil, dat zal zij heus wel inzien.'

'Om háár is het.' Jonas Jan keek op. 'Ja. Ja, zo is het. Wij doet dit allemaal om harentwil. Ik hoop alleen... Ik hoop maar dat ik dat zelf nooit vergeten zal.'

'Het is met zachte hand en maar voor korte tijd,' herinnerde Van Eeden. 'Voornamelijk zullen het gesprekken zijn. Met haar. Een zelfontdekking. In Parijs heb ik van deze methode wonderbaarlijk resultaat gezien.'

'En daarna zal zij kunnen functioneren als voorheen?'

'Beter. Vrijer.'

'Vrijer?' schrok Cobi.

'Zonder zo verscheurd te hoeven wezen tussen de uitersten van haar emoties.'

De vader knikte. 'U bent een heuse vriend.'

'Dankzij onze vriendschap heb ik kans gehad Anna over langere tijd en in diverse situaties te observeren,' legde Van Eeden aan de geneesheer uit. 'Met en zonder sociale druk, in alle rust; de vele schakeringen van haar gemoed en hoe snel dat om kan slaan, die zwaarmoedigheid de ene dag, de volgende alweer helemaal verzwolgen door de tegenhanger, exaltatie. Het is welhaast een schoolvoorbeeld, de eerste tekenen...'

'Van wat?' vroeg Jonas Jan omdat het verder stil bleef. 'Krankzinnigheid?'

'Daar zal je het hebben.' Cobi huilde. 'Dat verklaart het dan.'

'Het is allemaal nauw verbonden met het artistieke temperament,' nuanceerde Free. 'Alle kunstenaars kennen dergelijke onstandvastigheid van geest. Dit is niet per se iets slechts. Integendeel, het is welhaast voorwaarde, de voedingsbodem van hun kunst, nooit te weten of de volgende stap op vaste grond zal zijn of in het drijfzand. Dit maakt juist dat zij onverwachte keuzes doen, nieuwe wegen kiezen, zaken ontdekken die een ander zijn leven lang niet ziet. Zij kunnen dit, scheppen, enkel door de grenzen niet te onderscheiden, of die wel te zien maar niet

te erkennen, nooit te weten waar het uitkomt, van tevoren niet te overzien waarheen hun kunst hen leiden zal. Dit is noodzakelijk maar bepaald niet zonder gevaar. Iedereen die schept, zal dit herkennen, de een wat meer, de ander allicht minder. Het is ook mijzelf niet vreemd, Willem evenmin, schat ik, geen van onze vrienden... Maar Anna, omdat zij geen kans heeft om haar kunst te uiten...'
'Mijn zusje is vaak genoeg vrolijk,' wierp Cobi zachtjes tegen. 'Lachen, zingen, in de verste verte oogt zij dan bepaald niet als een stumper die iets mist.'

'Probleem is dat zij zelf ook dan geen ogenblik gelukkig is, ook niet in die euforische momenten. Het is een zenuwtoestand, geen geluk, een gesteldheid die kan voortkomen uit dwanggedachten...'

'Zoals die obsessionele liefde van haar.'

'Of die obsessie van te moeten en te zullen zingen.'

'Mogelijk. Allerhande valse voorstellingen kunnen zich aandienen, opvattingen die het leven in zo'n mate beheersen dat zij de werkelijkheid soms uit het oog verliest.'

'Ar-tis-ti-ci-teit,' diagnosticeerde Cobi zuchtend, 'de vloek van moederskant!'

'Een behandeling door middel van gesprek, begrip en inzicht zal de patiënte helpen haar leven en omgeving weer in perspectief te zien.'

'Patiënte,' verweet Willem. 'En moet dat per se intern gebeuren, die gesprekken, kan zoiets niet aan huis, waar zij zich tenminste veilig weet?'

'Particuliere verpleging volstaat in dergelijke gevallen niet,' vond de geneesheer-directeur. 'Observatie dag en nacht is essentieel, want als de waarde der emoties schuift, verglijdt zo iemand snel in een gevaarlijke somberte.'

'Bovendien, thuis is er de juffrouw,' zei Cobi, 'de bedienden... Hier kan het volstrekt discreet gebeuren. Anoniem. Geen haan die ernaar kraait.' Nu had het haar lang genoeg geduurd. Met één vinger floepte zij het deksel van de inktpot open, koos een pen en doopte die vast in. 'Een handtekening, Pa lief, meer is het niet.'

'Macht uitoefenen over je kind,' verzuchtte Jonas Jan, 'dat is een vaders grootste zwakte.' Toch nam hij de pen aan, streek die eens af, nog aarzelend: 'Wat nou als wij niét uit liefde handelen, Willem, maar uit angst?'

Zijn zoon dacht na en sprak: 'Is er verschil?'

De akte was nog niet getekend of Cobi nam hem op en las hem nog eens door.

'Weet je dat ik de Here God soms gewoon dankbaar ben dat Hij mij niet met talenten heeft bedeeld?' Zij rolde een paar maal stevig met het bronzen inktvloei over Anna's lotsbestemming. 'Wat zou dat mij vermoeien, altijd maar origineel te moeten wezen.'

Van verlangen, van verlangen

De dingen staan om me zoo stil
Te luisteren wat de stilte wil

— HERMAN GORTER

XXVII.

Voor het eerst deze dordroge nazomer doorwoelde een stormvlaag de boomkruinen aan de Boulevard Haussmann.

Op de hoek van de Rue Washington bleef Anna nadat zij haar koetsier betaald had even staan, overrompeld door de rood-geelgouden werveling. Het razende spektakel van voortruisende blaadjes, zo stuurloos rondom op en neer, droeg bij aan de betovering van haar Franse avontuur. Alsof de natuur meetrilde met haar, die zich eindelijk aan haar wortels had ontrukt, nu vrijgekomen was en vloog!

Thea Taets was op de hoogte van haar komst, maar toen Anna in de salon werd aangediend en binnentrad, schrok de freule toch. Zij had een moment nodig om de verandering te bevatten die zich in de afgelopen driekwart jaar voltrokken had.

'Och, lieve toch,' liet zij zich ontvallen, want uit de dochter leek de moeder tevoorschijn gekomen, Thea's hartsvriendin, en niet zoals zij die in de goede jaren had gekend, maar juist die trek van zorg op het einde. Anna's lichaam was wat voller dan vroeger door een gebrek aan bewegingsvrijheid en het eten om de troost, maar juist in contrast daarmee leek het gezicht wel nog meer ingevallen scherp.

Tante vermande zich, aan tranen had een mens op zulke momenten niets, zij stond op, stapte met uitgestrekte armen op haar aangenomen dochter toe. Omhelsde haar.

'Och, kind,' sprak zij alleen zacht, 'wat is het toch soms ook een opgave, nietwaar, te leven.'

Zij dronken thee, koutten eerst eens louter luchtig, en toen de storm was gaan liggen en de zon doorbrak, liet tante haar fiaker voorrijden en maakten zij een tour langs het Palais du Louvre, over het Île de la Cité naar de tuinen van het Luxembourg, wat monumenten rond en dan terug over het Champ de Mars om de nieuwe toren te zien, al half af, die voor de grote tentoonstelling van volgend jaar in aanbouw was.

Van daaruit de Seinekades op, waar Thea wees op de *bateaux-lavoirs* en vertelde voor hoe weinig sous de strijksters en wasvrouwen daar werkten, zodat die moesten bijverdienen, niet zelden met hun eigen lichaam of dat van hun dochters. De freule onderhield er enkele projecten om de levenskansen en gezondheid van die meisjes te verbeteren, maar dat liep moeizaam. Onderweg duidde zij ook nog de *sixièmes*, de bovenste verdiepingen van statig hoge huizen, waar werklui en bedienden met te velen in kleine hokjes ongelukkig woonden, onbeschermd, onverwarmd en ongezond. En wat een solidariteit daar heerste desondanks, oreerde zij, en wat een voorbeeld de gehele Derde Republiek daaraan zou moeten nemen.

Hierna sprak zij niet weer over sociale misstanden, want Anna was tenslotte niet vanuit Holland gekomen om ook nog andermans ellende aan te horen, maar om bij te komen van die van haarzelf.

Tante liet haar koetsier dus terugkeren naar de rechteroever, richting couturiers en hoedenmakers rond de Opéra. Winkelen deed haar zelf meestal alle akeligs wel vergeten. Bovendien was een hele nieuwe garderobe in dit geval geen luxe, want door haar opsluiting was Anna het modeseizoen misgelopen en sowieso liep Nederland natuurlijk jaren achter, zodat het arme kind er in Parijse ogen uitzag als iets wat leek te zijn ontsnapt aan een van die wassen historietaferelen in het Musée Grévin.

Thea Taets, al doorgaans niet gewend een nee te accepteren, stónd erop – 'ook onderkleding, absoluut, en natuurlijk van de fijnste soort, want in deze stad weet een meisje nooit hoe haar avond eindigt' – alles op maat gemaakt én handschoenen, én rijglaarsjes met bijpassende herfstparasol.

Zij dineerden die avond in Au Chien Qui Fume, waar men de freule kende en niemand, zoals in Holland, opkeek van twee dames zonder begeleiding. Vooraf bestelde zij champagne, bij het zeebanket een frisse Château de Tiregand. En daarna nóg maar eens zo'n fles in de hoop dat die de gêne zou wegnemen om over Anna's tijd in Utrecht te beginnen.

Dit was het ogenblik waarop een moeder haar kind aan de borst zou drukken en alle zorg zou uiten die zij de afgelopen driekwart jaar om Anna's opsluiting gevoeld had. Maar Thea was slechts surrogaat, zij ervoer dit meer dan ooit, en hield zich in.

Wel nam zij Anna's handen in de hare, drukte er een kus op, één lange, innig gemeende kus op ieder, en daarmee, zo voelden zij dit beiden, was alles even helder uitgesproken alsof het was gezegd. Zuiverder zelfs, zwijgend.

'En kon hij dat?' vroeg Thea Taets die avond na het diner weer thuis op Haussmann. 'Heeft hij zich goed weten te houden, Jonas Jan, na al die jaren als een bloedhond waken?'

'Vader lijkt met mijn herwonnen vrijheid haast gelukkiger dan ik.'

Haar logee was al in nachthemd op haar kamer, maar tante had voor een slaapmutsje nog even aangeklopt en schonk twee glaasjes armagnac, waarmee zij op de vrijheid klonken.

'Maar is het hem gelukt, zonder mokken, jou vrij te laten en dan uitgerekend naar Parijs?'

'Hij doet zijn best,' antwoordde Anna tactvol. 'Je merkt dat hij zich moet verbijten, maar hij ziet zijn vergissing in en heeft beloofd mij nooit meer in de weg te zullen staan. Och, ik heb wel met hem te doen.'

'Na alles wat jou is aangedaan?'

'Hij neemt het Cobi kwalijk. En zichzelf natuurlijk, het idee dat hij zich door haar om heeft laten praten.'

'Een idee dat die ouwe vos natuurlijk wel mooi uitkomt.'

'Nu zit hij daar alleen, zo na de brouille met Cobi, en nu Willem ook nog naar Londen vertrekt...'

'Naar Londen?'

'Een dezer dagen. Samen met zijn Engelse vriendin, een zangeres, allerliefst, die daarginds een dochter heeft. En om te werken natuurlijk gaat hij. Maar het is ook om... Dit hele afgelopen ongelukkig jaar, de schuld daaraan, dat men mij opgenomen heeft... Het heeft niemand onberoerd gelaten.'

'Ik weet niet hoe jij er zo kalm over spreken kunt. Als het toch mijn familie was, mijn eigen vader, ik was hem naar de keel gevlogen.'

'Weet u, tante, wat het is?' Anna's tong ving een druppeltje likeur dat aan haar mondhoek probeerde te ontsnappen. 'Ik denk er liever zo niet over, wij moeten met ons allen nog zo'n eind. Dit is gebeurd. Ik heb het meegemaakt, het is doorstaan. Nu kijk ik verder. Voor iemand zoals ik die alles nog ontdekken moet, waarom tijd verdoen aan omzien? Hier ben ik, in Parijs, met al dat moois in het verschiet!'

'Op al dat moois,' toostte tipsy Thea Taets.

Met het glaasje al geheven dacht de tante nog eens na en vroeg, door Anna's plotse kinderondeugd-oogjes verontrust: 'Moois... zoals?'

'*Allez*, tante,' glunderde het van niet meer voor zich kunnen houden, 'mogelijk heb ik, omwille van de lieve vrede en, niet te vergeten, Paatjes eigen zielenrust... Het zou kunnen dat ik hem niet het héle reisplan uit de doeken heb gedaan, niet *en detail*.'

XXVIII.

Dof had Anna's leven zich te Utrecht maandenlang in stilte voortgesleept.

Alles wat scherp hoorde te zijn, was rond haar afgestompt geweest. Letterlijk: de hoeken van de muren waren gewatteerd, die van haar tafeltje en de nachtcommode afgeschuurd, zelfs de schroeven van de raamvergrendeling misten profiel; bestek of glazen kreeg zij in Utrecht niet, alleen een houten lepel en een tinnen mok. Uit voorzorg werd alles wat verwonden kon angstvallig buiten de kliniek gehouden met als gevolg dat nooit eens ergens franje was, accent of kleur of afleiding, niets wat de gangen, zalen, kamertjes en cellen eigen maakte, leefbaar, aangekleed en aangenamer, alsof de minste versiering de bewoners daar fataal kon zijn.

Lange uren nevelden tot weken in het neersiepelend licht van grauw-treurende dagen, terwijl schaduw van dikke druppels tegen het vast-glazend venster over de witte, lege muren van haar kamer droop.

Haar tijd was er ongelijk vergleden, afhankelijk van de goedjes die Anna ingespoten kreeg en slikken moest, nu eens ervan óplevend, dan weer traag erdoor terneergedrukt. Men had naar een balans gezocht, maar geen gevonden.

Overdag gold het gestichtsregime van koude douches,

driemaal daags onder pompend harde stralen, waarmee lichaam en geest heilzaam fris werden gewekt en naar de oppervlakte gestuwd.

Hierop volgden dan gesprekken, die nooit gedwongen waren geweest en altijd zorgzaam vriendelijk, maar labyrintisch. Anna was telkens weer verdwaald geraakt in woorden die zij gedwongen werd te zoeken voor iets wat in haar zuiver gevoelsmatig was, en zij had het redeneren over haar ongrijpbaar wezen eerder als vervreemdend ervaren dan als verhelderend.

Zingen wilde zij. Musiceren. Dat was alles. Daar had je het antwoord op bijna alle vragen naar haar ongeluk en ongemak.

Maar na verloop van tijd was zij er toch maar over opgehouden, omdat zij het idee kreeg dat dan alles sneller achter de rug en iedereen meer tevreden zou zijn zolang zij zweeg over haar stem en, desnoods geveinsd, in de cirkelgang der redenaties meeging.

Steeds vaker had zij maar helemaal gezwegen. Was stil gebleven. Ook in de gesprekken. Knikte dan alleen om te beamen, lachte vriendelijk want de doctoren bedoelden het zo goed.

Zij had het spreken niet gemist. Aan het eind van iedere dag kon zij immers weer in haar gedachten schuilen. Daar speelde zich het ware leven af. Dan was er een luisterende vriend, de lange nacht die als een stolp over haar alleenzijn stond.

't Was haar schuld niet. Dit wist zij wel. Zij had 't anders gewild, zij had 't anders gehoord.

Er was in de loop van die maanden in Utrecht wel bezoek gekomen, maar daarvan had zij in haar halfslaap, 'mijn niet-leven', zoals Anna dat noemde, niet alle gezichten onthouden.

Veel opmerkelijks was er ook niet voorgevallen. Haar vader was natuurlijk af en toe geweest, maar bracht dan de courant mee en las berichtjes daaruit voor, zogenaamd om zijn dochter bij het alledaagse betrokken te houden, maar in werkelijkheid omdat het lood hem soms een week tevoren al in de schoenen zonk bij het idee aan hoe hij kijken moest en wat hij zeggen zou, nachten had hij wakker gelegen als de dood dat zij hem haar toestand zou verwijten of dat hem per ongeluk de vraag ontglippen zou hoe zij het nu maakte en dat zij, in haar gevangenschap, hem daar nog antwoord op zou geven ook.

Cobi was een keer uit Den Haag gekomen met maar liefst vier van de kinderen, op wie de omgeving zo drukte dat er twee in huilen waren uitgebarsten en een derde van zenuwen zo had zitten pulken aan zijn nagelriemen dat die waren gaan bloeden. Hierna was haar zuster niet nog eens geweest. *Je ziét toch wat ik allemaal met ze heb uit te staan!* schreef zij achter op een ansicht van het Scheveningse strand. *Dan zul je ook vast en zeker wel begrijpen dat het mij, als moeder en getrouwde vrouw, té zwaar valt telkens dat hele eind naar Utrecht heen en weer te moeten. Zo'n plek als waar jij zit, zuslief, is voor kinderen nu eenmaal niet geschikt, dat snap jij zelf toch ook wel?*

En Willem was gekomen. Ja, dit deed haar goed, hij kwam van allen het meest. De materialen in Breitners atelier hadden hem tot meer etsen aangezet en telkens had hij zijn probeersels meegebracht, klonten kolendonkerte veelal in knoestige ruigte, maar haar eigen somberte werd erdoor verlicht omdat zijn prenten uitzicht boden, kijkjes op de wereld buiten. Op de Montelbaanstoren vooral, rechttoe, rechtaan, zoals Willem hem waarnam door zijn raam wanneer hij aan het werk was. Dan kon zij denken aan de meeuwen die zij daar gezien had, hoe hoog die boven het water cirkelden, uitzwermden, krijsend wég over het IJ. Maar er zat ook wel eens een duinwegje tussen, een groentekar tegen een boogbrug, een laantje langs de hei.

'Ik knoei nog net zo als toen ik van de academie kwam,' had hij zich verontschuldigd. 'Ik breng het niet meer op, in mezelf te geloven, dat moeten dan anderen maar doen...'

Maar haar enthousiasme had hem weer moed verschaft. Liefst had zij de vergezichtjes aan de muur geprikt als vensters op de toekomst, maar om zelfbeschadiging te voorkomen waren in het tehuis spijkers verboden, en opplakken mocht niet omdat daarvan het stucwerk kon beschadigen.

Anna bewaarde daarom een stapel prenten op het kastje naast haar bed, die zij soms, wanneer zij wakker lag, bekeek. Dan was het alsof zij even hand in hand met Willem kon lopen, en in vrijheid.

Nooit vergat zij te vragen naar zijn vrienden en hoe het met hún werk stond. Over de voortgang van hun blad had zij steeds alles willen weten en van het succes dat zij nu hadden en hoeveel abonnees erbij waren gekomen.

Als je haar toch zo hoort kwinkeleren, had Willem meer dan eens gedacht, zo gezond begaan, zo zinnig redenerend... Niets van de zwijgzaamheid en almaar groeiende apathie waarvan de medische rapporten melding maakten. Niets wat hij herkende uit Van Eedens zorgen.

Anna leefde van de gesprekken over Willems vrienden altijd op en zij had er vaak naar verlangd ze ook een keer te zien, maar geen moment de hoop gekoesterd dat die jongens werkelijk zouden komen. Beter zo, had zij zich voorgehouden, want om iemand te ontvangen, wie dan ook, maar zeker mannen die in de belangstelling en zo midden in het leven staan, daarvoor schaamde zij zich uiteindelijk te veel; hoe zij daar zat, het was voor anderen te triestig allemaal, dat had zij best begrepen.

Dat uitgerekend zij soms ondertussen inzet was van de groeiende onenigheid tussen Willems vrienden, kon Anna onmogelijk vermoeden. Dat het succes van *De Nieuwe Gids* ook wrijving en besognes bracht, verzweeg haar broer sowieso, want het was mede de herinnering aan hun vereend en onverzettelijk esprit – had zij hem toevertrouwd – die haar, wanneer zij zonder uitzicht was, nog enigszins verankerd hield in het leven, het ware, mooie leven, alles buiten de kliniek. Bovendien hoefde hij dan even zelf niet te denken aan hoe alles leek te stranden en hun ideaal verliep.

De meeste kunstenaars en schrijvers uit hun groep maakten inmiddels naam, elk op eigen wijze, luider de één, de ander meer op zichzelf of in zichzelf gekeerd, en bij ieder groeide hierdoor de behoefte zich minder als één stem te laten horen, maar individueel.

Altijd al waren hun meningen verdeeld en hoog opgelopen, maar moppigjes doorgaans, studentikoos, en natuurlijk was dat wel eens uit de hand gelopen, maar dat werd dan altijd weer snel met de mantel der laveloosheid bedekt; er was immers in het begin vooral die broederschap der noodzaak, van hecht te moeten strijden tegen de krakende geraamten van grijze verveling, van oprecht ontzag en bewondering voor elkaars werk, en dan daarna eens dringend met z'n allen ergens fors uit naaien gaan, elkaar bevestigend in die zielsverwantschap van geniaal, maar eeuwig onbegrepen zijn door een elite labberlotige beroerlingen.

Maar de elite, gaandeweg, werden zij zelf; de één sneller dan de ander arrivé, bepaalde jongens contrecoeur, anderen gretig; een enkeling slechts bleef door het publiek onopgemerkt en in de opinie gepasseerd.

Voor iemand wiens werk serieus genomen wordt, opent zich dan snel de valkuil van ook zichzelf serieus te willen nemen.

Bij deze en gene vielen hierdoor de wilde haren uit en groeide er een verlangen naar volwassenheid, misschien wel voor een kunstenaar het grootste mankement.

En al verdienden zij met hun maaksels nog steeds matig – zelfs Kloos ving als redactiesecretaris in een jaar nog geen zeshonderd gulden – hun blad liep goed genoeg om ieder de charme te doen inzien van niet maar altijd krap bij kas te hoeven zitten. Een enkeling had zich al eens uitgesproken zekerheid te zoeken boven het studentenleven. Hun hang naar de bohème raakte verdrongen door de verlokkingen der bourgeoisie; dat gruwelscheldwoord vloog in elk geval beschuldigend over en weer.

Sommigen van de jongens verlangden er bovendien naar volwaardig man te worden, wat scheen in te houden: echtgenoot te zijn of zelfs vader, iets wat door anderen weer werd gezien als conformisme van de laagste soort. Toch bleven ook bij degenen met de taaiste afkeer der gebaande paden, neem Willem zelf of Hein Boeken, de vriendinnetjes steeds vaker niet alleen maar voor een nacht, maar bleven ze rondhangen in de zolderkamers en de ateliers of trokken in, waardoor zo'n ongelukkige jongen soms tussen het gevrij door amper tijd hield voor een avond onder vrienden, laat staan de volgende redactievergadering.

Maar kwámen zij bijeen, dan bracht altijd wel iemand háár te berde, Anna. Hartelijk betrokken meestal, maar men sprak ook Free van Eeden of haar broer wel aan op haar behandeling, zeker toen die maar bleef duren, terwijl er – Free kwam hier zelf mee – amper voortgang leek te zijn.

Kloos vooral kon hierdoor geërgerd raken, zeker sinds het voorjaar, toen hijzelf steeds nerveuzer werd, nauwelijks nog sliep. Ondanks het strenge dieetregime dat hij opgelegd kreeg door Van Eeden, die hem ook spiritualiën verbood, behield hij een interne zenuwverstijving, die hem hinderde bij het schijten. Van opgehoopte spanning en innerlijk onrein waren zijn schouders en gezicht bedekt geraakt onder puisten en rode knobbels, die hij in eindeloze wakkernachten openkrabde; dit alles zijn somberte vervaarlijkend, waardoor Kloos in zijn donkerste momenten al zag gebeuren dat zij uiteindelijk ook hem, zoals die machteloze Anna, ergens zouden wegbergen.

Raakte een vergadering *bien arrosé* dan was er ook onder de andere vrienden altijd wel iemand die opriep tot Anna's bevrijding.

'En als dat langs diplomatieke weg niet lukt,' was Kloos eens vanuit zijn doorgezakte leunstoel opgestoven, 'dan verdomme met een fakkel en een riek, knappe jongen daar in Utrecht die ons tegenhoudt. Wat is me dat voor zwijnerij mensen op te sluiten enkel omdat ze van glas zijn en te breekbaar voor het leven.'

Op zulke momenten ging ieders gevoelen naar Albert Verwey, die zichtbaar leed onder de depressies van zijn hartsvriend, alles geprobeerd had – hem twee maanden naar Katwijk meenam, waar zij dagelijks, ter ontspanning en genezing, naakt in zee waren gegaan – maar die ook diens onstuitbare benauwing, angsten en tirades al een tijdlang niet meer aan kon horen. Diens machtige stemmingen niet meer verdroeg. Zich net als de anderen steeds vaker ergerde aan 'die apekop Kloos', zoals Van Looy zei: 'Het is een lamme vent, al houd ik toch van hem.'

Soms werd Verwey van de violente neergang van zijn

vriend onwel, lijfelijk, wee-ziek van die ontevredenheid maar altijd naast zich dag en nacht, en hij ondernam dan ook stappen, heimelijk, om zich uit hun vriendschap los te breken en zijn eigen man te worden. Sinds kort had hij zelfs kennis aan een juffrouw, de schoonzus van Van Eeden zowaar, maar de betrokkenen hielden dit nog wijselijk stil.

'Alsjeblieft, kerel,' suste Van Eeden, die zelf gebukt ging onder de mislukking van Anna's therapie. 'Het is al hard genoeg voor mij, die toch meerdere mensen door suggestie tot herstel heeft gebracht, machteloos te staan daar waar ik het liefst geholpen had.'

'Geholpen?' had Kloos gehoond, want de brandende oplossing die Free hem tegen de littekens voorschreef, maakte zijn huid enkel pokdaliger. 'Ja, zoals je mij met boorzuur helpt.'

Hij had uiteindelijk gedurfd, Kloos, moest ook van zichzelf, vond dat hij zijn angsten in 't gezicht hoorde te zien, en was naar Utrecht afgereisd, als eerste en enige van Willems vrienden, om haar op te zoeken aan de Lange Nieuwstraat.

Het was al september, maar het hoogzomerde. In de ontvangstzaal met het geschilderd behangsel stonden alle ramen open om een zuchtje wind; je kon het horen kwinkeleren op het bolwerk, stofdeeltjes wolkten naar binnen, zonbeschenen.

De luiken van een vogelkooi, dacht Kloos, je kunt erdoor naar buiten vliegen, maar net zo makkelijk andersom en in de val.

Hij wachtte aan de lange somberhouten tafel toen Anna binnen werd geleid; beiden waren een moment stil gebleven om de verandering in de ander tot zich door te laten dringen.

'Het is een kwestie van doorzetten geweest,' begon hij, 'maar u ziet, het ís me gelukt mijn constitutie roemrijk te bederven.' En toen haar glimlach doorbrak en zij hem omhelsde: 'Of roemlóós, hangt ervan af wie je ernaar vraagt.'

Zij kuste hem op de beschadigde wang, streelde er eens langs met de buitenzijde van haar hand, zoals men een pelsdier aait.

'Toch,' oordeelde zij, 'zou ik geen aanblik weten die mij meer welkom is.'

Over een zwart lakens vest met grijze rok droeg zij een gesteven schort, waardoor zij hem meer aan de meisjes van het Amsterdamse weeshuis deed denken dan aan een zieke.

Een pleegzuster had thee binnengebracht en een schaal boterhammetjes met galantine. Kloos pulkte het kookvlees, dat zijn maag niet meer verdragen kon, uit de aspic en schoof het terzijde.

'Gefeliciteerd,' zei Anna, 'Willem vertelt me over uw successen.'

'Och.'

'Te worden verstaan, dat moet toch goed doen?'

Hij haalde zijn schouders op.

'Vertel me dan, hoe is het momenteel in Amsterdam? Bent u al wel in het Concertgebouw geweest?'

Door haar opsluiting had zij de opening moeten missen – vond dit van alles verreweg het ergste – en ondervroeg sindsdien hierover iedereen die kwam: hoe de zaal klonk, wilde zij weten, of die fraai was ingericht, wie er kwamen, wat er gespeeld werd en of Julius er in de smaak viel.

'Ik was de laatste tijd bij Karel Alberdingk Thijm in de Ardennen, ver van alles,' verontschuldigde hij. 'Daarvoor heel lang te Katwijk met Verwey...'

'Verwey!' Bij die gedachte klaarde haar gezicht op. 'Ook

hij heeft nu succes, nietwaar? Wat prachtig moet dat zijn voor u, och herejee, zo uw vriend te zien bewonderd worden.'

Hij sprak niet, kón niet spreken, want de vriendschap was voorbij. Kloos was van het verraad inmiddels op de hoogte – bedorven alles – en hij liet Anna liever in de waan, wilde vooral zelf dit allerergste niet benoemen, het bedrogen zijn, want de pijn was te erg, het verlies te vers voor woorden.

In haar blik stond hun liefde echter nog te lezen, in haar leefden de twee mannen nog zo onveranderd vreugdevol en innig één dat Kloos ervan moest wegkijken. Wendde zich af, tuurde naar die harde muur van zonlicht-straat.

Langs de rococogevel aan de overzijde liep een scholier. Het kwastje aan zijn pet zwaai-wipte op de maat van zijn pas. 'Alfred,' riep verderop een kameraad, op wie de jongen toe holde.

Zijn voetstappen lieten zij in de kamer wegsterven.

'U moest eens weten hoe vaak ik aan u heb gedacht,' probeerde Anna. 'En aan de avonden met uw vrienden. Hoe gaat het ze?'

'Te goed. Te goed. Het gaat ons allemaal te goed. Wij strijken onze rode vlag en één voor één gaan wij de weg van alle burgers.'

'Ik geloof u niet. Zo zijn zij niet.'

'Zij zijn u niet komen opzoeken.'

'Welnee,' wuifde zij weg alsof het idee onzinnig was.

'Zoals ik zelf te lang geaarzeld heb.'

'U bent er nu.' Zij pakte de theezeef en schonk hun kopjes vol. 'Daar gaat het om.'

'Wij aarzelden, wij allemaal, denk ik, omdat u ons zo met onszelf confronteert.'

'Ik?' schoot Anna in de lach.

'Omdat u iets aan het doen bent waartoe wij zelf niet in staat blijken.'

'Wat mag dat wel wezen dan, mezelf onmogelijk maken en anderen bezorgd?'

'U weet wat u wilt en daar houdt u aan vast. Wie niet heeft durven vechten voor zijn liefde en zijn lot, schikt zich levenslang naar de gevolgen.' Hij sprak, zichzelf indachtig. 'Maar u, uw passie, uw muziek, u bent bereid ervoor te strijden.'

'U doet toch datzelfde?' Zij aarzelde, zag dat hij zijn hoofd liet hangen, volschoot, half beschaamd. 'Met uw blad strijdt u, met uw taal, uw idealen.'

'Woorden zijn zoveel vager dan het leven,' verzuchtte hij, keek op, keek haar recht aan. 'U vroeg mij ooit hoe een mens de wil behoudt te leven. Nu vraag ik het u.'

Zij dacht na, nam het kopje op en dronk twee slokken. Zei toen: 'U weet, er is nog in mij die stem.'

'De ziel van uw ziel, ik weet het al te goed.'

'Zij hebben haar niet stil gekregen.'

'Goddank.'

'Vraag niet hoe zoiets kan, zij ís er, een verdienste is het zeker niet. Eerder iets wat ingeboren is en niet dood kán, een rustig zeker weten, zoals voor anderen hun geloof.'

'Uw passie, een geloof. En u de martelares die zich door niets ervan af zal laten brengen.'

'Dit zien zij ook hier inmiddels in, weet u.' Zij stond op, ongedurig bij het idee. Liep naar het zonnige raam, baadde er stralend in het licht. 'Weldra word ik ontslagen, misschien nog deze week. Uitbehandeld. Niet genezen volgens mijn dossier, maar sterk genoeg om zelfstandig...'

XXIX.

Ook Amanda was in Utrecht verschenen.

En haar komst was Anna ook als een verschijning voorgekomen, want als door een wonder had een allegro plots geklonken... Al die maanden had zij geen muziek gehoord en nu speelden er levensblije frasen door de Lange Nieuwstraat, schijnbaar uit het niets, langs de oude gevels.

Zij was hiervan geschrokken en zij leefde ervan op, maar blij genieten dorst zij niet meteen, nog niet onmiddellijk naar het raam te rennen om te zien waar het vandaan kwam, want tegelijk schrok zij van zichzelf. Wat kon dit anders zijn, dacht zij, dan zinsbegoocheling, een hallucinatie zoals anderen die op haar afdeling wel kregen?

Temeer daar zij het stuk nu ook herkende en wist: het was van hem, van Julius! In haar hoofd en in haar hart zat dat, een partij uit zijn vioolsonate, zij kende die heel goed en neuriede mee.

Gelukkig werd aan de overkant op dat moment een raam geopend; een van de zusters uit de Beyerskameren, gelokt door het openluchtconcert. Anna begreep nu en vloog op, leunde zover zij kon naar buiten en zag haar staan, Amanda Röntgen; aan het einde van de straat stond zij te spelen op het bordesje van de Vrijvrouwe, haar viool onder de kin geklemd.

Het was eind april, het bolwerk bloesemde.

Tussen de streken door wierp de violiste blikken op en rond om te zien of zij haar beoogd publiek al had bereikt. En ja, zodra zij Anna uit het raam zag zwaaien, groette zij, licht buigend maar zonder haar spel te staken, speelde hooguit nog wat breder nu, uitbundiger tot aan het einde van een frase. Rondde gedreven stevig af en, onder het applaus van omwonenden die waren toegestroomd en medisch personeel, stak de muzikante haar beide armen als in overwinning op naar Anna, viool in de ene, strijkstok in de andere hand.

Even later, op Anna's kamer, hadden zij elkaar omhelsd, langdurig, want het valt niet altijd zomaar te bevatten hoe het lot onze levens verdobbelt.

Amanda oogde zwak. De zware bevalling van haar tweede zoontje had een sluimerende kwaal gewekt, een bacterie die zich slapende gehouden had zolang zij sterk bleef. Maar door het bloedverlies en de uitputting van het kraambed, die men lang voor oververmoeidheid hield, had zich gaandeweg amechtigheid ontwikkeld en een vaste hoest. Haar artsen, die tuberculose concludeerden, hadden haar de reis naar Utrecht afgeraden, want zelfs in goede periodes, wanneer de koorts ging liggen en de longen konden herstellen, moest een patiënt zo'n inspanning vaak bekopen met een terugval.

In plaats van uit te weiden over haar gezondheid brandde Amanda los over het Concertgebouw, verhalen die zij voor Anna had opgespaard, en hun gemoedelijkheid werd bijna als vanouds op de Van Baerle.

'Vijfhonderd stemmen in het koor en honderdtwintig man orkest,' begon zij over de opening op 11 april. 'O, de klank! Julius was zo gelukkig.'

'Dus de zaal werkt zoals hij had voorspeld?'

'Exact zoals hij hoopte: nergens weergalm. Hij klapte in

zijn handen als een kind. Kun je het je voorstellen?'

'Honderd keer al heb ik mij dat voorgesteld.'

'Een hal zo enorm, en toch, ook afgeladen zoals die avond, bleef ieder instrument tot in alle hoeken zuiver te horen, nergens mengend. Händel, Wagner, wat werd er niet gebracht? Bach en Beethoven, nou ja, je gaat het allemaal zelf nog horen. Jawel, lieve, snel, heel snel. Heus, heel binnenkort al zitten wij daar samen. Je hebt al veel te veel gemist, dat weet ik, en je bént gemist, maar ik beloof jou, weldra halen wij dat in.'

En over de veertiende van deze maand vertelde zij, over Julius' afscheid van Felix Meritis, en over afgelopen week natuurlijk, de eenentwintigste, toen hij zijn eigen koor van Toonkunst dirigeerde en in die grote nieuwe zaal voor het eerst de *Missa Solemnis* klonk.

'De musici zijn nog ad hoc, dus om er eenheid in te krijgen heeft hij extra moeten repeteren, maar aan een vaste samenstelling wordt gewerkt; volgens Julius is Kes alle dagen aan het auditeren, maar willen ze alleen het puikje selecteren. Geen wonder dat het dan zo duurt. Maar eind van de herfst, is de bedoeling, hebben wij toch eindelijk ons vast orkest.'

Het werkte heilzaam, weer eens over Amsterdam te horen en over die wereld, want in de kliniek wist niemand er iets van. Julius liet haar zijn groeten overbrengen, zei Amanda nog, waarna zij haar viool weer uit de kist haalde en opnieuw voor Anna speelde.

Ten afscheid pas had zij iets over haar ziekte losgelaten. Dat verandering van lucht was aangeraden, vertelde zij, in het bijzonder de Rivièra, dat zij daarom vaker in Frankrijk wilde zijn, wat niet slecht uitkwam omdat Julius zijn engagement kreeg in Parijs.

'Dus, Anna,' had zij nog geopperd, 'zodra deze bezoeking hier voorbij is, je weet ons te vinden...'

'Je had gelijk,' galmde Thea Taets van Amerongen door de cour zodra zij binnenstormde vanaf de Boulevard Haussmann, want zulk nieuws kon niet wachten. 'Zij zijn hier,' riep zij naar boven. 'Anna, zij zijn in Parijs.'

De freule trok haar hoedenlinten los, stootte de huismeester opzij en haastte zich naar boven.

'En dat niet alleen...' Zowel voor het effect als om op adem te komen leunde zij tegen de deurpost van haar appartement als Tosca bij haar entree in de Engelenburcht. 'Ik heb de Röntgens gelokaliseerd, jawel, én ik heb ze beide al gesproken.'

'Geweldig!' Anna juichte. 'En?'

'En ik kan niet genoeg ontzag opbrengen voor de Voorzienigheid die mij heeft ingefluisterd nieuwe kleding voor jou aan te schaffen.'

'Hoe gaat het met Amanda, voelt zij zich wat beter?'

'Ik zou zeggen: voor vanavond de groene chiffon.'

'Vanavond?'

'Dan leen ik je mijn zilvercollier met de smaragd.'

'Waarvoor?'

'Julius heeft ons uitgenodigd... een of ander concert. Daar zullen zij jou alles zelf uit de doeken doen. Maar dan nu niet verder treuzelen, want aanvang is over twee uur en Gounod woont helemaal in het zuiden van Saint-Cloud.'

'Gounod?' Anna's mond viel open.

'Al jaren slecht ter been, dus hij komt nog zelden ver van huis, zelfs niet om zijn eigen werk te horen.'

'Charles Gounod?'

'Dit is Parijs, lieve.' Thea speelde nonchalance, maar Anna's verbijstering was precies waarop zij had gehoopt.

'Hier moet een mens voortdurend zijn best doen om niet over de groten der aarde te struikelen.'

Zodra zij het kerkje aan het Parc du Montretout betraden, kwam Amanda toegesneld, mager nog maar al krachtiger dan zij in Utrecht had geleken, en omhelsde Anna, die door alles even blij werd overrompeld; alsof nieuw leven haar had opgetild en ontvoerde uit het oude. Ook Julius hield haar even vast als een kind dat is hervonden en wees op de bejaarde componist om wie de avond draaide.

Met zijn brede witte baard en een Bretonse kap van zwart fluweel leek Gounod wel uit een vorige eeuw te komen. Aan de arm van de pastoor werd hij naar een fauteuil vooraan gebracht, maar in het voorbijgaan stopte hij in het gangpad vriendelijk om Julius en zijn gezelschap te begroeten.

De omslag tussen Anna's stilgevallen bestaan en deze gedroomde wereld kwam haast te onverwacht, zelfs wat gevaarlijk, want in iemand zo licht aangevuurd als zij trillen onzekerheid en euforie op dezelfde frequentie.

Amanda, die wel zag hoe het haar duizelde, wenkte dat zij speciaal op de eerste bank een plekje vrijgehouden had en legde, toen Anna zat, ter kalmering een hand heel even op haar bovenbeen.

'Geniet nu maar,' fluisterde zij, terwijl Julius aan haar andere zijde plaatsnam, 'er is alle tijd om je leven nog in te halen.'

Vervolgens stelden de Röntgens echter alles voor Anna in het werk alsof er geen tijd viel te verliezen: direct de volgende dag al stond zij ingeschreven voor de solfègelessen aan de Rue Sainte-Cécile, om zo haar gehoor verder te scherpen en haar bij het inzetten meer zekerheid te geven. Via een bevriend musicus, Amédée van den Heuvel, kreeg zij een tijdelijke plaats in de koorlessen aan het Parijse Conservatorium en mocht zij bij diens schoonvader, Gilbert Duprez, voorzingen. Na enkele vocalises verwees de hoogbejaarde pedagoog haar door naar een van zijn leerlingen die werkte volgens zijn methode.

Zo liepen haar dagen onverwacht weer over van muziek en kreeg Anna, precies zoals de Röntgens hoopten, na al die maanden stil te hebben moeten zijn opnieuw routine in het zingen. En musiceerde zij zelf even niet, dan luisterde zij hoe anderen in de Rue du Conservatoire dat deden, dwalend van lokaal tot lokaal, waar achter iedere deur een andere les gegeven werd of op verschillende instrumenten werd gerepeteerd; in elke kamer zong zich tussen gewatteerde wanden wel een opzichzelfstaand leven los van het alledaagse.

Te midden van die vele, verre melodieën die elkaar en haar van alle kanten overvloeiden, merkte Anna ineens overeenkomst tussen deze gangen en die aan de Lange Nieuwstraat, rijen dichte deuren, nagenoeg identiek aan die in Utrecht; alsof de gebouwen ergens in elkaar overliepen en zij alleen maar een verkeerde afslag had genomen.

Ook haar avonden kon Anna in de Franse hoofdstad vullen met muziek, dankzij de vele opvoeringen die overal werden gegeven. Zij bezocht die met haar tante, maar zodra zij de stad een beetje kende ook steeds vaker alleen.

Zo toog zij tegen het einde van oktober naar het Quartier Latin, waar Julius concerteerde met Joseph Hollman, de cellist. Opnieuw had Amanda er een plaats voor haar vrijgehouden, maar helemaal achteraan dit keer en terzijde, als voorzag zij een voortijdige aftocht.

Anna zat nog niet of zij merkte al hoezeer haar vriendins gezondheid toch ineens weer was verslechterd. Amanda bagatelliseerde, maar het ademkrampen kon zij niet verbergen, en zodra de muzikanten opkwamen en de zaal stilviel, bleef Anna naast zich het balgen horen van de longen, waaruit ook om de zoveel tijd een diepzacht kermen opklonk, dat de zieke niet kon onderdrukken.

Na een minuut of twintig ging het mis. Tot dan had Amanda het vrijkomende sputum vrijwel ongemerkt in een zakdoekje weten weg te werken, maar nu had het zich vastgezet, liet zich niet meer wegschrapen en bezorgde Amanda de hoestbui die zij had gevreesd.

Anna vond haar vriendin, die schielijk door het gangpad was ontkomen, terug in het aangrenzende parkje tussen de Romeinse ruïnes van Cluny, ineengedoken op een gevallen kapiteel.

Zij perste beide vuisten in haar flanken, die van de inspanning vlamden; gebaarde enkel kortaf dat de ander niet kon helpen, verwijderde zich, zoals een hondje dat alleen wil sterven, en verderop, leunend tegen een boog van het oude badhuis kwam zij in het maanlicht langzaam, langzaam tot zichzelf, totdat zij Anna wenkte dat het beter ging.

Nu de hoest onder controle leek, bezwaarde haar het besef Julius' concert te hebben verstoord.

'Ik zweer je,' bemoedigde Anna, 'vooraan heeft geen mens er iets van gemerkt.'

Dit kon je ook wel horen; flarden Brahms vanuit de verte; daarginds werd ongehinderd doorgespeeld.

'Al die regen. Afgelopen week.' Amanda nam het schone zakdoekje dat zij kreeg aangereikt. Bette haar mondhoeken en stak het weg in haar mouw. 'De herfst. Beter naar Nice. Het moet nu wel.' Zij liep opnieuw een eindje, steeds beter lucht happend. 'Julius moet sowieso terug. Zijn verplichtingen. Voor hem de trein naar Amsterdam, dan neem ik die naar het zuiden.'

'Als je het fijn vindt, kan ik je daarheen begeleiden,' opperde Anna. 'Ziek zijn, zo alleen, zo ver, dat lijkt me niks.'

'Lief aangeboden, alleen...' Amanda schatte in hoe zij dit nu moest brengen zonder de verrassing te verklappen. 'Dat zal helaas niet gaan.'

'Ik zou niet weten waarom niet, ik ben nu vrij. Ik doe het graag.'

'Dus...Julius heeft nog niet met je gesproken?'

'Met mij, waarover?'

'Over Amsterdam, het Odeon, maar ik denk dat hij dat liever zelf... Het is zijn idee.'

Zij aan zij namen de vrouwen plaats op een gebroken zuil. De aanval was voorbij, maar om Julius niet te ongerust te maken wilde Amanda vlak voor het einde pas de zaal weer binnensluipen.

'Hoe we genoten hebben, zullen we hem zeggen,' lachte zij. 'Dat is het enige wat een man wil weten. Zij horen er niks geks aan en verder denken ze niet na. Trouwens, al is het van een afstandje, we hóren hier hun fraaie spel toch ook, dus er is niets aan gelogen.'

In de concertzaal werd geapplaudisseerd. Zij probeerden in het programmablad te zien welk werk nu nog volgde.

Het marmer trok koud op. Toch bleven zij daar nog en luisterden. Anna deed haar eigen omslagdoek af en sloeg die rond Amanda's schouders,

'Ik ben niet altijd eerlijk tegen je geweest,' biechtte zij plotseling, schaamzacht. Zij schrok er zelf van, want dit zat haar al lang dwars, die dwaze voorbije verliefdheid, onvolwassen, waarbij zij de man en zijn muziek verward had. En omdat er geen reactie kwam, probeerde zij iets luider: 'Jouw vriendschap heb ik niet altijd verdiend.'

Amanda luisterde, schijnbaar onverstoord, hoe in de verte haar man met Liszt excelleerde, maar een omnibus kwam langs en overstemde het pianospel.

'We moeten reëel zijn,' sprak Amanda ferm. 'Ik ben er nog een jaar of wat en daarna zal hij met de kinderen alleen zijn. Dit is alles wat mij bezighoudt, begrijp je? Voor andere gedachten is geen ruimte, het verleden is maar tijdverspilling.'

Even later nam zij als vanzelf Anna's handen en kneep er, geruststellend, even in. De vingers bleken koud. Zij wreef ze warm. Onder de gewelven van die opgegraven baden hing altijd zo'n herfstgekruide damp van kil geworden aarde.

'Genóten hebben we,' begon Amanda zodra zij na afloop in een cafeetje aan de Boul'Mich' met de musici aan tafel zaten en zij knipoogde naar Anna. 'Absoluut genoten.'

Julius zag het binnenpretje van de vrouwen wel, maar werd afgeleid door anderen die hem kwamen complimenteren, een geldschieter met wie hij wel eventjes móést spreken.

De cellist vroeg Anna ondertussen naar het zingen, of zij nu verschil ondervond tussen de aanpak thuis en zoals men in Parijs doceerde.

'Zelf houd ik ervan hoe men hier de muziek meer vakmatig benadert,' opperde Hollman zelf. 'Minder een gevoelskwestie, meedogenlozer op techniek gericht.'

'Ik ben hier kort,' schroomde Anna. 'Technisch leer ik erg veel bij, zeker, maar of het genoeg zal zijn om mijn temperament in toom te houden, moet nog blijken.'

'Ik kan in elk geval niet wachten,' zei de musicus gul.

'Waarop?'

'Op onze avond samen...'

Anna, die dacht dat dit een brutale flirt was, kleurde.

'Onze avond?'

'Binnenkort,' vervolgde Hoffmann geheel vanzelfsprekend.

'Ik weet niet...' Zij zocht steun bij Amanda, maar die moest om de verwarring vrolijk lachen, en toen bij Julius, die uitgesproken was en zich weer bij hen voegde.

'Dit lijkt me het juiste moment,' zei zijn vrouw, 'Anna eindelijk van jullie plan eens deelgenoot te maken...'

XXX.

'U hebt het vast gehoord...' Cobi begon voorzichtigjes. 'Het nieuws?'

Zij zat met haar vader in de bibliotheek. Over de velden rond Ewijckshoeve, de vijver en de grift grauwde al novembermist, maar binnen warmflakkerde de lambrisering van haardvuurgloed.

De Haagse hield zichzelf voor dat zij de hele reis om hém had ondernomen, om die arme ouwe, te eenzaam zo met nooit eens iemand om zich heen. Nu zeker, met Willem helemaal in Camden, zou het onchristelijk zijn zich niet de grootste te tonen en haar onenigheid met pa bij te leggen... In werkelijkheid echter kon Cobi haar nieuwsgierigheid geen dag meer onderdrukken: zij wílde, móést en zóú horen wat hij over de huidige stand van zaken te zeggen had.

Maar Jonas Jan in zijn lederen fauteuil, schuil achter zijn krant, gaf niet onmiddellijk sjoege.

'Pa?' vroeg zij daarom. 'Hebt u de nieuwe ontwikkeling meegekregen?'

'Nou en of.' De oude man veerde op, ál te patent, kennelijk vastbesloten het gesprek niet zomaar aan te gaan. '*Het Handelsblad*, las ik, schijnt Willems nieuwe werk hoog te achten.'

'Willem?'

'Zeker en vast is dat geweldig nieuws!'

In een artikel, 'Photographie, ambacht of kunst?', weersprak men Witsens eigen mening dat het nieuwe medium enkel techniek zou zijn, door het te vergelijken met zijn etswerk, waarover men vol lof schreef. De vader had het uitgeknipt en bewaard in zijn bureau.

'Ach ja,' verzuchtte Cobi, 'Willem en zijn maaksels.'

Zij staarden samen naar het vuur en het schaduwspel over de beelden aan weerszijden van de schouw. Prins Hendrik de Zeevaarder had die laten plaatsen, een man en vrouw in steen, hun naaktheid dankzij enkele bloemen en wat oogst ternauwernood zedelijk. De houten leeuwenkop daarboven keek, ook in dit vrolijk licht, als altijd sip.

'Anna,' kwam Cobi uiteindelijk ter zake. 'Ik heb een brief van haar gehad.'

'Zo.'

'Vanuit Parijs. Zij schreef dat zij er ook een hierheen heeft gestuurd.' En toen daarop geen reactie kwam: 'Zij lijkt er nogal in haar element. Daarginds.'

'Een onnozele geniet van zijn geluk,' nukte Jonas Jan, 'omdat hij de prijs ervan niet kent.'

'Maar zij komt terug, schreef zij dat ook aan u? Heel binnenkort al.'

'Kan zijn.' Hij sloeg zijn krant dicht. Vouwde die dubbel, streek het papier eens over de naad, zeer precies, en vouwde hem toen weer. 'Zo nauwkeurig heb ik niet gelezen.'

'Het schijnt...' Cobi aarzelde, maar zij was niet dat hele end voor niets gekomen. 'Het schijnt dat zij zal zingen.'

'Dat schijnt,' beaamde de vader.

'Een concert in Amsterdam. Publiekelijk.'

'In het Odeon. De zesentwintigste van deze maand, ik zag het. Haar debuut.'

'Werk van hém.' Cobi keek als iemand aan wie een klap was uitgedeeld. 'Liederen van Röntgen. Ook een dat speciaal voor haar is geschreven. Bovendien: hij zal haar zelf begeleiden.'

'Loman vertelde het. Er was een advertentie. Schijnbaar loopt het storm.'

'Geen wonder,' schamperde Cobi, 'niets wat zo verkoopt als een schandaal.'

'Het is haar leven nu,' suste de vader. 'Dit is waarvoor zij kiest. Ik heb het haar beloofd, na alles, dat zij voortaan zelf...'

'Geen mens in Amsterdam die dát zal willen missen: een gevallen vrouw die haar debuut wil maken op het podium.'

'Anna is dwaas,' doorbrak Jonas Jan ferm. 'En zij is onvoorzichtig, maar toch gevállen niet?'

'Nochtans zal dat straks de suggestie zijn, zeg ik je, voorop het *Handelsblad*. Iedereen weet al dat zij als een zottin achter die kerel aan loopt, dat ze hem helemaal is nagereisd, een man met echtgenote en twee kinderen!'

'Dus je wilt mij niet begeleiden?'

'Begeleiden?'

'Die avond.'

'Waarheen?'

'Naar het Odeon. Ik heb twee plaatsen, eerste rij midden, recht voor het podium. Maar ik kan net zo makkelijk Loman vragen. Of anders Diepenbrock als jij geen zin hebt en je enkel maar zou ergeren.'

'Nee, dat zou me wat wezen,' snoof Cobi, 'dat iedereen ervan getuige is, behalve ik. Dat mocht ze willen, maar zo makkelijk komt zij er niet van af.'

'Het zal haar goed doen om te zien dat wij haar steunen.'

'Steunen? Pa, ik weet soms werkelijk niet...'

'Dus, maandag over twee weken, ben je van plan mee te gaan of niet?'

'Reken maar. En dan eens zien, als ik daar zit, recht

voor d'r, of zij mij durft aan te kijken.'

'Het is ook de tijd, Co. Langzaamaan veranderen de dingen. Zo moeilijk is het misschien niet er wat aan toe te geven.'

'Maar dat wil je dan toch meemaken?' vroeg Kloos.

Hij was in Londen, Willem achternagereisd. Hij hing op de sofa in het atelier aan Camden Square, waar de schilder juist met zijn arbeid gestopt was, eind van de middag. Buiten waren de lantarens aangegaan, niet meer dan vlekken bruingeel gloeiden in de vette smog, die ook door de kieren binnendrong en het ademhalen soms bezwaarde.

'Zij triomfeert, dat zul je zien. Die redt zich wel.'

Ook daar was Anna's brief gekomen met de aankondiging van haar concert.

'Ik vind niet dat je verstek kunt laten gaan.'

'Mijn leven is voorlopig hier,' vervolgde Willem stellig. 'Ik moet nu eerstens aan mijzelf denken. En aan Blanche, ik heb haar dat beloofd.'

'Maar na het afgelopen jaar, zoals je zus hiervoor gevochten heeft!'

'Juist daarom, die strijd.' Willem draaide zich af, wel wetend dat het laf was niet te gaan, greep een penseel en begon dat naarstig schoon te wrijven aan een lor.

Op zijn ezel stond het doek, nog nat; zwart de bogen van Waterloo Bridge, met onder die altijd ziekgeelgrauwe herfstmist, helder lokkende de Thames.

Kloos zei maar niets.

Begreep. Wist al te goed dat soms een man ineens niet verder kon.

Schonk nog een brandy in en sloeg hem achterover.

'Je bent een groot schip,' had Free van Eeden gezegd, toen Kloos in Bussum medisch advies was komen vragen. 'Een indrukwekkend fregat met grote, machtige zeilen, maar het roer is erg defect.'

Zijn averij was van verdriet, opgelopen door Verweys verraad. Zijn vriend moeten missen was één ding – missen kón hij, hij wist wel hoe dat moest, missen deed hij immers ook een ander al, zijn vorige – maar te weten dat Albert, die met hem had gebroken, achter zijn rug en God mag weten al hoelang had liggen rotzooien – op een vrouwspersoon voor de verandering, één van die Van Vlotens nota bene, dus ook nog eens een schoonzus van Van Eeden! – dat was toch verdomd nog wel iets anders. Daarmee had hij de liefde zelf verloochend, meer nog dan zijn natuur, zichzelf en hun één-zijn.

Direct nadat Verwey hem van zijn Kitty had verteld, met lood in de schoenen, half september op het Weesperpoortstation, waar hij hem op kwam halen van de trein uit Houffalize, had Kloos het op een drinken gezet.

Waarom zou hij het nog laten omwille van zijn huid of zijn gestel, hij had nu verder toch geen plan om door te leven.

Sindsdien had hij weken in een roes verkeerd, niet zelden in gezelschap van Willem Witsen en Hein Boeken, de enige in Amsterdam nog die hem onder tafel dronk.

Op Willems vaarweldiner bij Couturier was het haast misgegaan. Alle vrienden waren daar om Witsen een goede oversteek te wensen, dus ook Verwey, die er samen met Van der Goes zelfs ceremoniemeester speelde. Kloos had zijn aanwezigheid verdragen, eerst, maar omdat Albertje het verdomd had de hele avond op één plek te blijven zitten en voortdurend vrolijk in en uit liep, telkens langs hem moest en nóg een keer en wéér, was hij hem haast aangevlogen. De partij was tegen die tijd sowieso een zwijnerij geworden, waarbij de jongeheren van pure feestvreugde de inventaris door het deftig restaurant heen en weer hadden geworpen. En later, toen ze naar buiten waren gewerkt en hij de verrader een eindje voor hem uit over de Keizersgracht zag zwalken, was hij erachteraan gerend, had hij hem geduwd en uitgedaagd tot een gevecht.

Het enige goede aan de hele episode was dat zijn rouw van droef begeren hem voor het eerst in lange tijd tot dichten had gebracht, uit woede weliswaar, maar toch: in de voorafgaande drie jaar één vers, en nu – *O, dat ik haten moet en niet vergeten, O, dat ik minnen moet en niet vergaan!* – uit wraak in een paar dagen twintig sonnetten.

Free van Eeden, ongerust, had erop aangedrongen dat Kloos het land een tijdje uit zou gaan, weg van de stroom aan herinneringen waarop hij stuurloos was geraakt.

De eerste twee dagen bij Willem in Londen had Kloos behalve drinken niets gedaan dan huilen, de ochtenden in bed het allerergst, hartverscheurend en ontroostbaar. Spreken was er dan niet bij, alleen dat grote uithaal-janken als een wolf, zo stuitend onstuitbaar dat Blanche een paar nachten met Lizzie uit huis en in een hotel gegaan was, want het was eenvoudigweg te schokkend voor een kind een volwassen man met opgetrokken knieën ineengedoken te zien liggen krijsen als een pasgeborene.

Hierna ging het beter en kwamen er gesprekken, maar het drinken bleef.

'Toch had hij in zoverre gelijk,' verzuchtte Kloos, 'de *heer Verwey*.' Hij had zich voorgenomen dat het tussen hen voortaan enkel nog *mijnheer* kon zijn en *u*, nooit bij de voornaam meer, hooguit *amice*, en dit had hij Albert ook geschreven.

'Gelijk?' vroeg Willem, die met een bord kaas net uit de keuken kwam. Blanche was er aan het koken, je rook *beef stew* door het hele huis en aardappelen voor de puree. 'Waarin heeft hij gelijk?'

'Weet je nog, na ons bezoek aan Hijman indertijd? Dat er een kans bestond, opperde hij toen, dat wij ooit zouden eindigen zoals die lui, even gezapig...' Hij slap-sliste dit laatste woord, zoals wel vaker van de drank, en kreeg dan iets komieks. 'We hebben er nog om gelachen, toen, maar kijk ons nou...' Hoofdschuddend: 'Te moeten toegeven hoe krachteloos wij zijn.'

'Spreek voor jezelf,' zei Willem. 'Ik werk als nooit tevoren, ben gelukkig, krijg succes, maak hier net een nieuwe start. En bovendien, voor ons allen geldt: *De Nieuwe Gids*, in volle bloei, groeit traagjes maar maar gestaag in abonnees.'

'Misschien wel juist daardóór, omdát het loopt, is iedereen zo ongemerkt afgegleden. Omdat er voor niets meer eens gestreden hoeft te worden. Wat is dat nog voor revolutie, als iedereen erachteraan huppelt?'

'Hier.' Willem zeilde hem een enveloppe toe, die messcherp door de kamer zoefde. Hij bevatte de eerste pagina's van een lang gedicht, dat voor het februarinummer stond gepland. Kloos werd er gevaarlijk door tegen zijn slaap geraakt. 'Lees dat eerst maar eens als je bent uitgeraasd.'

'En ik, van de weeromstuit, wat doe ik, in de hoop op nog wat vuur?' Kloos draaide de enveloppe rond en rond, zonder interesse. 'Met elk stuk, elke recensie word ik vuiler, onverdraagzamer; geen haar beter dan die ouwe lui van vroeger.'

'Lees nou dat maar eens en zeg me wat je vindt.'

'Van wie is het?'

'Nieuwe kerel, vriend van Diepenbrock, student klassieke talen, verder weet ik niks. Schijnt dat Van Looy hem 's avonds wel eens de grachten langs ziet rennen.'

'Waarnaartoe?'

'Nergens naar toe, omwille van de sport, denk ik.'

'O jasses, nee toch, een sportieveling, dat kan dan onmogelijk iets wezen.'

'Lees maar eerst, oordeel daarna.'

'Onlangs heeft Veth me nog gewaarschuwd dat het wel wat minder kan, dat oordelen van mij, de toon waarop ik tegenwoordig over anderen schrijf, dat het niet telkens een hele executie hoeft te zijn. Maar verdomd, ik kan niet anders meer, ik wíl ze ook dood hebben, doen zwijgen, al die strebertjes. En waarom wil ik dat? Omdat er al zo lang niks fatsoenlijks uit mijn eigen pen gekomen is natuurlijk, nooit eens iets wat ik zelf goed vind. Wat er komt is niets wat ik waardeer, nooit eens wat ik zou willen. Nooit wat ik voor ogen had. Nooit wat ik had gehoopt toen wij begonnen.'

De enveloppe bevatte een paar volgeschreven velletjes. Hij trok die tevoorschijn en vouwde ze open, maar was om te lezen nog te vol in zijn betoog; rustte ze op zijn bovenbeen, redenerend: 'Misschien is dat het geheim van letterkunde, Wim, dat het daarom zo benauwend is, die wereld, denk je niet? Dat het onmogelijk bloeien kan en vrijuit groeien, omdat maar iedereen voortdurend in zichzelf is teleurgesteld. En in elkaar. Kijk onze groep: huisvadertjes geworden, stuk voor stuk, strijders ooit, nu sappelaars voor hun gezin. Neem Karel Thijm, honderden kilometers van Amsterdam bij dat mens op de lip en dan ook nog aan de bedelstaf met zijn fijne manieren, Free alle uren van de dag in zijn kliniek en anders wel bij zijn gezin, jij het land ontvlucht en weer op kamers hier met vrouw en dochter van een ander. En die nog geen vrouwtje hebben zijn ernaar op zoek, zoals dikhuiden in het dierenpark, om te paren. Zelfs Jan Veth is er tegenwoordig aan en keurigjes, toch de laatste wel bij wie je 'm rechtop verwacht voor iemand anders toegerust dan hij. En nu dus, nota bene van ons allemaal de jongste, met vlag en wimpel voorop in gezapigheid: mijnheer Verwey. Verdomd, ik zeg het je: die Anna van jou is de enige, de enige nog, jouw zus, *chapeau!*, tegen alle stormen in de énige die zichzelf door de jaren heen is trouw gebleven.'

Hiermee leek zijn punt gemaakt. Hij zuchtte hartgrondig, liet het hoofd erbij hangen en zo, als in zak en as, viel zijn oog op het gedicht dat Willem hem had toegeworpen. Zuchtte nog eens en begon met de moed der wanhoop te lezen. Las kantje na kantje en waar het stopte, stopte hij, geërgerd dat het niet verderging. Dacht na, keek voor zich uit. Zag Willem in afwachting met glunderend gezicht.

Las opnieuw. Begon opnieuw, het hele ding, en toen hij klaar was huilde hij. Niet wanhoopsluid voluit zoals de eerste dagen, maar ingetogen stil, zoals een oud mens huilen kan om een herinnering.

''t Is me iets, nietwaar?'

''t Is alles,' beaamde Kloos. 'Wij hebben school gemaakt.'

XXXI.

Het zou een beslissende dag worden, die zekerheid lag bij het ontwaken over Anna als een zware deken die zij niet kon afgooien. Maar, ging zij bijna zakelijk bij zichzelf na, ik voel geen zenuwen.

Dit was gisteren wel anders geweest. Toen was het zondag en zonder de afleiding van het alledaagse was er een spanning in haar geslopen, een trilling die onder haar middenrif begon en met het uur groeide, een vrees alsof zij haar zangdebuut vanuit de verte kon zien naderen, somberend als een noorderstorm vanaf het IJ.

Zondagen kwamen haar van oudsher troostelozer voor dan de rest van de week. Vroeger al, op het Westeinde, kon zij er verdrietig van worden, zeker wanneer het zonnig was en je koppels en gezinnetjes op weg naar Ouderkerk zag langsbanjeren.

Zonder de bescherming van hun werkzaamheden viel hun ongeluk zo aan de mensen af te lezen. Zij had dit als kind al gevoeld en nam het over, zodat er na de ook al tergend trage kerkgang soms aan die altijd kale dag geen einde leek te komen.

En zo te zien vanuit het atelier op de Oude Schans, waar zij verbleef nu Willem in Londen was, waren de wandelaars er in Amsterdam niet vrolijker op geworden.

Daarom viel deze maandagmorgen haar zo mee. Er zoemde wel diep van binnen iets, maar dit was eerder vastberadenheid dan twijfel; het was de zekerheid dat zij dat hele grote, langverwachte vandaag eindelijk zou volbrengen. Zij moest hier in zichzelf om grinniken alsof zoveel zekerheid een ondeugd was. Zij kneep, rechtop zittend in bed, eens in haar kuiten, wreef haar armen en dijen als een verlamde na een wonderbaarlijke genezing en durfde nauwelijks te geloven dat haar lijf onverwacht zo prettig voelde en ontspannen.

Om alvast haar stem te smeren nam zij een van de keelpastilles die altijd naast haar bed lagen, stond op en tikte tweemaal tegen de barometer naast de deur; het kwik gaf een luchtdruk aan van vijfenzeventig en een luchtvochtigheid van vierennegentig procent, dus geen gevaar voor droge stembanden.

Details als deze zou zij zich tot haar laatste dag herinneren, terwijl het echt ingrijpende... Er zou al snel een waas over deze spannende dag trekken. Zij wilde wel afgaan op mensen die van haar debuut getuige waren geweest, maar het enige wat zij er uiteindelijk zelf nog van zou onthouden, waren feitjes als deze: dat er geen wind stond en de aangegeven temperatuur die novemberochtend 8,1 graad Celsius was; geen weer om een koutje op te lopen, had zij nog gedacht, dus dat stelde gerust.

Onder het zetten van een pot thee met honing neuriede zij al met haar kopstem zacht glissando, en na twee koppen, zodra de bronchiën open waren, zong zij ook de borststem in.

Het enig akelige die ochtend was de schrik om een musje dat tegen het raam aan klapte. Het had een spiegelend ruitje aangezien voor wolkenlucht en lag, nekje gebroken, op de vensterbank. Anna schepte het voorzichtig in de kom van haar handen, streek wat veertjes recht en begroef het in een bloempot op het achterplatje.

Als ten afscheid sloegen de Hemony-klokjes op de Zuiderkerk half tien.

Gerepeteerd werd er om twaalf uur in het Odeon, niet in de zaal want die bracht men op dat moment in gereedheid voor vanavond, maar in het souterrain.

Daar trof zij Joseph Hollman, die zij kende uit Parijs, druk doende alvast een lastige passage door te nemen op zijn cello. Hij onderbrak om haar aan Joseph Cramer voor te stellen, de violist, waarna de mannen zich zonder omhaal weer over hun instrument bogen om een gezamenlijke inzet gelijk te krijgen.

Hier werd Anna voor het eerst wat ongemakkelijk.

Niet uit angst dat zulke doorgewinterde musici, die met succes avond aan avond en door heel Europa speelden, haar niet serieus zouden nemen, maar misschien juist omdat zij dit zo klakkeloos wél deden. Zonder verdere plichtpleging waren de twee mannen aan hun arbeid gegaan, in het volle vertrouwen aan haar een gelijke te hebben.

Werd er nu van haar verwacht dat zij ook alvast wat loopjes ging studeren? Waar bleef Julius?

Anna wilde zich verontschuldigen, maar wist niet goed waarvoor.

Er stond een koffiekan en de anderen hadden een mok naast hun stoel gezet waaruit zij af en toe dronken. Was het de bedoeling dat zij zichzelf nu ook inschonk of moest zij wachten tot het haar werd aangeboden?

Het zou natuurlijk kunnen dat de anderen niet begrepen dat zij maar een beginnelinge was. Moest zij ze hierop wijzen of juist niet?

Anna werd overweldigd door een behoefte om zich in te dekken. Als zij dan straks iets verkeerd zou doen, konden zij dat weglachen als een beginnersfoutje en goedgemutst opnieuw inzetten.

Maar hun mededogen wilde zij ook niet. Dat professionele musici als de twee Josephs, nu het menens werd, omzichtig met haar zouden omgaan, leek haar erger; stel je toch voor dat zij straks een foutje zouden laten passeren om haar maar niet in verlegenheid te brengen...

Nee, besloot Anna, dit was nu eenmaal wat het betekende professioneel te zijn, gewoon doen wat je moet doen, ook als je dat stiekem niet goed durft.

Ondanks deze gedachten ervoer zij nog altijd geen angst. Waarom zou ze? De muziek zat in haar hoofd, zij was er één mee, het enige wat zij nog moest leren, was haar twijfel te overbluffen. Had Julius zelf niet een keer gezegd dat iedereen voor aanvang enigszins nerveus werd, de een meer, de ander minder, maar altijd, hij ook, verlammend soms zelfs, nog steeds na zoveel jaar ervaring, en dat dit onderdeel was van het beroep, en zelfs onmisbaar?

Zij kende haar partij uit het hoofd, maar de twee anderen hadden hun bladmuziek op de standaard voor zich staan, dus hield zij ook voor de zekerheid haar map maar binnen handbereik; drie liederen van Schumann, twee van Brahms, een van Gounod en twee van Röntgen zelf.

De afgelopen week had zij die overdreven vaak geoefend, elke dag misschien wel twintig keer. Er was geen noot die zij niet in de nacht, wanneer zij wakker lag, haarzuiver kon treffen, laat staan dat zij ooit de tekst vergat. Maar wie weet, misschien bood het wat houvast, de muziek in elk geval op schoot te hebben.

Er was een kring op de map gekomen, zag zij, waarschijnlijk van het theekopje die ochtend. Zij had dat even neergezet toen zij het vogeltje begroef. Anna wreef nu, maar helaas, het vocht was in het leer getrokken. Zij probeerde het nog met haar nagel en daarna met wat spuug, maar de vlek kreeg zij niet weg.

'De oppas,' excuseerde Julius, zodra hij binnenliep. Nu Amanda in Nice verbleef, had hij de zorg voor de kinderen. 'Zij was te laat.'

Hij sprak in het algemeen een paar bemoedigende zinnen, dat hij blij was met de samenwerking en alle vertrouwen in vanavond had et cetera, maar ook hij wijdde geen bijzonder woord aan Anna of haar onervarenheid. Au fond verschafte haar dit moed en energie: hij nam haar serieus, zij móght hem niet teleurstellen. Als er nu iemand binnenloopt, dacht zij tevreden, zou die niet beter weten dan dat vier doorgewinterde musici hier aan hun alledaagse werk zijn.

'Hoe eerder wij beginnen,' stelde Julius, 'hoe eerder we naar huis kunnen om tussendoor nog eventjes te rusten.'

Hij deelde het blaadje rond met de volgorde der muziekstukken, nam achter de vleugel plaats en gaf twee maten vooraf.

Van rusten was het 's middags nauwelijks gekomen. Weliswaar was Anna tegen drieën thuis, maar Breitner zat in het atelier met enkelen van Willems vrienden, onder wie Frans Coenen junior, die haar op huisconcerten meermaals had gehoord. Als een jonge hond zo enthousiast vertelde hij dat zijn vader als conservatoriumdirecteur twee vrijkaartjes voor vanavond kreeg, dat hij met senior mee zou komen en dat zij beiden zo'n verwachting hadden.

Anna had haar handen eventjes aan het kolomkacheltje gewarmd, waarna zij zich aan het praterij-vermaak onttrok om in Willems kamer op bed te gaan liggen, maar voor slapen bleef haar hoofd te druk. Daar speelde zich de hele repetitie nog eens af, vanaf haar binnenkomst tot het toch algeheel goedgemutste: 'Nou dan, tot vanavond.'

En ja, er was wel een en ander misgegaan, maar dan namen de anderen zonder mokken een paar maten terug en begonnen gewoon opnieuw zonder dat er iemand klaagde.

'Dit is nu precies waarom wij repeteren,' had Julius gerustgesteld.

Zo ging dit nu eenmaal, ook bij mensen die hun leven

lang niets anders deden. Hij, die haar goed kende, begreep wel hoe zij zich moest voelen en vanachter zijn klavier wierp hij haar af en toe bemoedigend een knipoog of een glimlach toe. Op het moment zelf had haar dit gerustgesteld, maar nu zij het de revue eens liet passeren... zij vond het ook beschamend dat zij, als een kleuter, die bevestiging zo nodig had.

En nu pas schoot haar ook te binnen wat Joseph Hollman en passant ten afscheid had geroepen, opgewekt en tegen niemand in het bijzonder: 'Ach, je moet maar denken, een slechte generale betekent steevast een uitstekende première!'

Het was uitverkocht.

Bij de Algemeene Muziekhandel op het Spui, waar men de verkoop deed, waren entreebiljetten (balkon een gulden, benedenzaal één gulden en negenennegentig cent) al dagenlang niet meer te krijgen, maar het bleef zoemen in de stad dat er iets stond te gebeuren waar je bij móést zijn, zodat het op de avond zelf nog storm liep bij de kassa, waar voortdurend mensen moesten worden teleurgesteld.

Anna kon hun gemor buiten voor de deur in haar kleedkamer horen.

Acht uur aanvang, maar zij was er tegen zessen al. Het leek haar rustiger zich de sfeer alvast eigen te maken en het theater langzaam tot leven te horen komen dan langer thuis te zitten en ertegen op te zien.

Op haar dressoir stond een boeket, dat Julius moest hebben neergezet, met een kaartje van Amanda en haar gelukwensen vanaf de Côte d'Azur, tegen de spiegel een enveloppe uit Engeland met een briefje van Willem, die zich nog eens verontschuldigde dat hij niet kon overkomen, en een tekening die Blanches dochter Lizzie had gemaakt: een zangeres op de planken in een lange gele jurk voor een voetlicht. Haar moeder had daarnaast *Good luck!* geschreven en er met lippenrood een kus op gedrukt.

Anna had twee appels in haar tas, maar eten kon ze niet. Sinds vanochtend al had zij geen trek. Vanmiddag had zij een glas wijn genomen, maar van het brood en de kaas die zij had afgesneden, kwam het niet. Zij wist dat het verstandig zou zijn geweest iets in haar maag te hebben, maar daar was al te veel prikkeling.

Zij hing de jurk die Thea Taets voor haar gekocht had in Parijs, met de knoopjes open klaar, opdat zij er straks makkelijk in kon stappen. De oorbellen die zij van haar moeder had gekregen, legde zij vast neer, evenals de ebbenhouten haarkam die Karel ooit voor haar in de kraton van Djokja had gekocht. Het stelde haar gerust dadelijk van die lieve doden iets dichtbij te weten.

Zij verruilde haar overkleding voor de oranjerode kimono die zij had meegenomen uit het atelier, waar de modellen zich erin warmden tussen het poseren door, trok de haarspelden uit, boog voorover en waaierde de lange strengen alvorens ze te borstelen eventjes flink los.

Voor de kapspiegel begon zij zacht haar toonladders, op en neer in het ritme van de lange slagen die zij met de schildpadborstel door haar haren haalde.

Al doende viel via het glas haar oog nu op een prikbord dat zij nog niet eerder had gezien omdat het achter het kamerscherm verscholen hing, boven de lampetkan.

Zij vond er, naast enkele huisregels, een lijst met genodigden voor vanavond, vooraanstaande Amsterdammers, en de namen van alle donateurs die tevoren voor twee plaatsen hadden ingetekend.

Tussen allerlei bekenden zag zij daarop dat ook haar

vader en haar zuster zouden komen. Zie, dacht zij, om dit soort verrassing is het goed om hier bijtijds te zijn.

Zij correspondeerde wel met haar familie, maar sinds haar terugkeer uit Frankrijk hadden zij elkaar nog niet gezien. En vóór haar vertrek daarheen zag zij alleen haar vader een keer, kort, enkel even op de ochtend dat zij de kliniek verliet en Jonas Jan daar voor haar vrijlating moest tekenen. Geen van beiden had met dat moment raad geweten. Zij hadden alle twee minder gezegd dan zij zich hadden voorgenomen en elkaar ondanks een dringende behoefte niet durven omhelzen.

Hij had die ochtend kleding voor haar meegebracht van thuis en laadde die over in de koets die haar naar Amsterdam zou brengen. In een reistas die zij onderweg had geopend, vond zij een zak appels uit hun eigen bogaard en een bak bramen, die hij zelf rond de vijver had geplukt. Er zat een briefje bij: *Ewijckshoeve denkt aan u, vergeet haar niet!*

Inmiddels was Anna haar leven begonnen, stond zij er volop in, en die hele episode leek haar vreemd ver weg.

Het is alleen maar goed dat mijn familie er vanavond is, hield zij zichzelf voor toen zij de namen op het prikbord zag.

Een gebaar.

Het is lief bedoeld.

Maar voor het eerst die dag welden er zenuwen in haar.

XXXII.

Een half uur voordat de zaaldeuren opengingen, nodigde Julius Röntgen zijn muzikanten op het toneel, zoals hij altijd deed.

De mannen droegen al hun rokkostuum, maar Anna kwam nog in kimono. Daaronder had zij haar mooie jurk wel aan, maar zij hield die voor aanvang liever verborgen, uit bijgeloof misschien, zoals een bruidsjurk voor de bruidegom geheim moet blijven tot het altaar.

Julius vroeg hun een kringetje te vormen, een minuut lang hand in hand te staan, ieder in gedachte bij de taak die voor hen lag, een gewijde stilte als in gebed, waarna hij losliet en allen 'Hals- und Beinbruch' wenste.

De strijkers keerden naar hun kleedkamer terug, misschien om nog een en ander door te nemen, zoals Julius deed achter de vleugel. Alles vibreerde nu van toewijding. Anna, ondertussen, haalde een glas water en plaatste dat onder haar stoel, want zij kreeg van zenuwen wel eens een droge mond.

Terzijde bleef zij naar het pianospel staan luisteren en blikte de zaal in met het prachtig rond balkon en stelde zich voor hoe het Odeon nu ieder moment vol zou lopen, en één tel liep zij zelf over van geluk omdat dit nu was waarvoor zij zo lang had gevochten.

Zij merkte door dit mijmeren niet dat er iemand vanuit het duister der coulissen naderde...

'Zo'n man!' klonk het ineens achter haar. 'Bepaald niet moeilijk om daarvan te houden, dat begrijp ik wel.' Het was To Loman, schijnbaar opgedoken uit het niets. 'Zeker niet zolang hij speelt. Die Julius, zoals die ons gevoel weet te verklanken.'

Te zeer uit haar mijmering opgeschrokken wist Anna niet een-twee-drie te reageren.

'Vind je niet?' insisteerde To, alsof zij zwijmelde. 'Kijk die vingers nou, zo sterk en toch teder, de passie in zijn aanslag, het lijkt wel klankgeworden liefde.'

'Is de zaal al open?' vroeg Anna, licht ongerust.

'Nee, maar ik móést! Nu wij collega's zijn...'

'Na afloop, graag, maar ik geloof niet dat het de bedoeling is...'

'Ben jij nou gek?' denderde To, maar alles fluisterend om vooral de maestro niet te storen. 'Zo'n allerallereerste keer, ik dacht ik móét jou even zien. Later is dat minder dringend, zulke collegialiteit, over een jaar of wat als je eenmaal techniek hebt ontwikkeld, als je uit ervaring weet wat je kunt en je hebt tenminste een beetje routine, maar geloof me, zoals vandaag, de eerste keer voor het *echie*, nou, dan kun je heus alle geluk gebruiken en is elke lieve wens er één.'

'Dank je,' zei Anna voordat zij bedacht dat To haar strikt genomen niets had toegewenst.

Zij wilde eigenlijk naar haar kamer terug, nog even rustig poederen en gorgelen, kijken of alles recht zat, de knoopjessluiting nalopen, maar zij was bang dat dan mejuffrouw Loman mee zou komen.

'Het heeft even geduurd,' zei die, nog altijd schijnbaar in aanbidding luisterend, 'ook bij mij, voordat ik begreep dat al die liefde die zo uit Röntgens werk spreekt, niemand toebehoort. Geen levend wezen in elk geval. Het is louter de muziek die alles glans verleent. Ook hem. Altijd enkel de muziek. Zonder dat... wat zal er van hem overblijven?'

'Overblijven?'

'Na vanavond,' fluisterde To omineus, waarna zij, lippen opeengeperst alsof zij al te veel gezegd had, opzij keek om te zien hoe de debutante reageerde, en onderstreepte nog: 'Na jou.'

'Na mij?' Anna's hart sloeg over. 'Wat heeft zijn geluk met mij te maken?'

'De geruchten gaan.'

'Allemaal vals, alles onterecht.'

'Quand même, er zullen geen ogen zijn die niet jullie gezichten aftasten, geen oor dat niet iets hoopt op te vangen in de trilling van je stem.'

Anna keerde zich af, wilde niet weten.

'Of dacht je dat al die luitjes te hoop lopen om een keer die gouden keel van jou te horen?'

'Het is zijn muziek waarvoor de mensen komen.'

'Vertolkt door jou.'

'Onzin, zijn zalen zitten altijd vol. De mensen willen zich herkennen in de passie van zijn werk, zoals jij en ik.'

'Dacht je dat de kunstwereld onnozel is?' vroeg To. 'Het geringste schandaal zal Julius afsnijden van zijn opdrachtgevers. Van zijn muziek en daarmee van het leven zelf.'

Zonder iets te zeggen liep Anna nu weg, haastte zich terug naar de kleedkamer, kon zulke gedachten er niet bij... Maar van zenuwen koos zij in het halfduister van het onbekend gebouw een verkeerde deur en moest weer rechtsomkeert, lángs de ander en aan haar voorbij, maar die stond daar nog alsof zij niets van het vertrek gemerkt had en ging niet zonder slag of stoot opzij.

'Ik geloof werkelijk,' lachte To liefjes, 'dat jij geen benul hebt hoe jaloers de mensen kunnen zijn op andermans geluk.'

Licht in het hoofd vond Anna haar kleedkamer, zo hoogboos had zij geademd dat het haar duizelde, maar zij dacht aan haar techniek, bedwong daarmee haar middenrif, en bracht uit pure wil haar ademhaling vanuit de borst terug naar het bekken. Hernam zich, hervond een kalmer hartenklop.

Maar wat zij ook deed, niets kon haar voorbereiden op het tafereel dat zij aantrof zodra zij binnentrad:

Daar hing haar vader in rokkostuum achterover op de paardenharen canapé, één been over de leuning, broekspijp opgetrokken, van knie tot enkel bloedende.

'Het is te veel,' raasde Cobi over haar toeren. Zij zat op haar knieën naast het wasbassin met een doordrenkte lap. Boos op iedereen en alles tegelijk depte zij de lelijke schaafwond. 'Voor zo'n oude man is het ook gewoon te veel gevraagd om dit allemaal nog op te brengen.'

'Het is niks,' suste Jonas Jan, terwijl hij Anna in de ogen keek. 'Een stommiteit heb ik begaan, meer niet.'

Dit was hun weerzien dus.

Hij stak zijn arm naar haar uit.

Er was van alles in zijn blik, maar Anna las er al het goede uit. Zij liep op hem toe, greep zijn hand en kuste die, kuste zijn gezicht en nog eens, alsof zij weer twaalf was.

'En als hij na afloop straks niet lopen kan,' vroeg Cobi, 'vertel me dat nou eens, hoe krijg ik hem dan thuis?'

Bij het uitstappen te Amsterdam, waar het perron lager lag dan in Bilthoven, was Jonas Jan gevallen. Of dit van de opwinding kwam, zoals zijn oudste dochter beweerde, wist niemand, hijzelf nog het allerminst. Vertraging had het nauwelijks opgeleverd, want iedereen was behulpzaam: de stationschef had hem overeind geholpen en tot aan het rijtuig ondersteund. En bij het Odeon was de portier direct op zoek gegaan naar gaasverband, dat nu werd aangelegd.

Er zaten rafels aan de broekspijpen en kreukels in de panden van zijn rok, maar de vader kon op eigen kracht naar beneden en vond zijn plaatsje op de eerste rij nog voor de laatste gongslag.

In de muziektempel, die zich inmiddels had gevuld, zwermde nog gezellig stemgezwatel en overal was er dat rusteloos gemier van wuiven naar elkaar en bladeren door het programmablad, stola's om of beter af en dan toch snel nog even wisselen van stoel, totdat het geroezemoes slap neigde, alsof men hier en daar voorvoelde dat aan de zijkant de musici nu klaarstonden voor opkomst, en de laatste stemmen stierven weg onder een zwaar dempende, luisterende stilte.

Over het verdere verloop doen evenveel verhalen de ronde als er mensen waren in die zaal, maar het enige wat er nog toe doet, is de indruk die Anna zelf aan het concert zou overhouden.

En dit is hoe zij het onthield.

Het is acht uur.

Julius biedt haar zijn arm. Samen, gevolgd door de twee Josephs, stappen zij in de schellichte witheid van de kalklampen, waarin haar parelzijden jurk glimmert. De Parijse schouders en de pofmouwtjes oogsten ergens gemompel, maar dit verdrinkt direct in het applaus dat hen begroet.

Julius geeft, zoals afgesproken, aan dat allen buigen.

Anna maakt een reverence

Het enig goede aan het incident met vader, denkt zij ondertussen, is dat ik enkel zorgen over zijn gezondheid had en geen tijd voor zorg om deze opkomst. Uit het donker loopt zij in het licht. Het zijn slechts een paar passen, maar zij stapt ermee uit haar verleden. Zij kijkt om zich heen, voldaan; deze planken zijn voortaan dus haar thuis.

Terwijl Julius achter de vleugel schuift en de anderen hun instrument nemen, wennen haar ogen en – recht voor haar – doemen de gezichten van haar zuster en haar vader op.

Zijn witte haar, zij half in de schaduw van haar hoed. Hiermee had Anna geen rekening gehouden: de gloed van het voetlicht lekt over de eerste rijen en toont bleekschimmig het publiek.

Dat staart haar aan in ademende stilte.

Nu wordt al gespeeld, de eerste maten van het eerste lied. Julius, vol vertrouwen, geeft Anna haar inzet aan, en dan, dan zingt er die stem uit haar...

Het gemak verbaast haar nog het meest, de vanzelfsprekendheid waarmee zij die gehele ruimte vult; hoe alles lukt en zij met de anderen één geheel vormt zodat zij elkaars spel optillen; zoals zij met de klanken samenvalt, er één mee wordt en durft. Het vertrouwen waarmee zij loskomt en zich op de melodieuze stroom laat meevoeren.

Tussen volledige controle en het ongewisse blijkt een equilibrium, een kracht die zindert als het magnetisch veld tussen twee gelijke polen. Dit is de reine kiem der schepping. Hierop zweeft zij.

Tegelijk blijft Anna uiterlijk bedaard, waardoor het heftig innerlijk alleen maar sterker overkomt. Ook de zaal ervaart dit.

Zo kalm staat zij daar dat die andere ik, zoals men dit in Utrecht noemde, de tweede ik, die al haar doen beschouwt, in angstige verbazing toeziet hoelang dit goed kan gaan.

Achter haar zingt de viool in kristallijnen, suizende golving, hoog-teer, dan diep-donker, als geloei, de violoncel, waarop in trotse blijdschap ook de laatste frasen uit haar stromen, foutloos, vlekkeloos op het hoogste niveau.

Uit dit innige wordt zij door handgeklap hard-ratelend gewekt. Als er in de zaal al iemand schuilt die het haar misschien niet volop gunt, dan wordt die in elk geval overstemd door honderden die nu begrijpen waarom Julius Röntgen zijn nek zo uitsteekt voor een dilettante.

In de gloed van dit moment blikt Anna als vanzelf naar de eerste rij. Ziet haar vader zitten, snikkend. Hij heeft zijn zakdoek in de hand, bet, maar de tranen blijven komen.

Eerst kan zij alleen maar denken: och, het is van pijn! Hij is lelijker gevallen dan wij dachten, maar dan ziet zij Cobi's blik daarnaast, verwijtend, alsof die wil zeggen: 'Zie je nu wat jij met je bevliegingen teweegbrengt?'

Het is om háár, om de muziek; die heeft de oude man van slag gebracht, en iets op gang, misschien wel een herinnering aan haar moeder, iets wat hij niet meer stuiten kan.

Het applaus sterft weg en door moet de zangeres, dóór, het tweede lied.

Dit dient a capella te beginnen, maar zij heeft de begintoon niet.

Welwillend wacht het publiek, nog vol verwachting.

Uiteindelijk moet zij wel en heeft al bijna te hoog ingezet wanneer, goddank, Julius de aarzeling opmerkt en haar bijtijds de juiste noot geeft; één aanslag maar, een hindernisje dat, buiten professionele musici, geen mens zal hebben opgemerkt, maar dat zich desalniettemin vooraan in Anna's bewustzijn nestelt.

Zij volbrengt zonder hapering het tweede en ook het derde lied, alleen misschien dat laatste minder raak, zodat ook het applaus wat kleiner is. Hierna volgen twee instrumentale werken, zodat de zangeres even naar haar plaats kan. Met het voetlicht nog in haar ogen vindt Anna haar stoel, maar ziet het glas daaronder niet en denkt er ook niet aan, zodat, juist als de muziek begonnen is en zij wil gaan verzitten, zij het met haar voet omverstoot.

Negeren kan niet, want er liggen scherven en de waterplas doordrenkt de bladmuziek die de cellist heeft klaargelegd.

Opnieuw komt Julius te hulp, soepeltjes charmant en alles vrolijk stopt hij. De noten worden drooggedept, goedgeluimd het glas geruimd, en niemand lijkt het iets te kunnen schelen. Hooguit is hierna alles losser, de sfeer ineens minder beladen. Er is wel wat hilariteit in het publiek, maar meevoelend, enkel ten faveure.

'Zoiets doet ze alleen maar méér van ons houden,' fluistert Julius, 'te zien dat wij maar mensen zijn.'

En inderdaad, al voordat het instrumentale deel opnieuw begint, klinkt des te gretiger de warmte uit de zaal, en Anna, vanaf haar stoel, beantwoordt alle begrip dankbaar lachend en met een hand op haar hart.

Hierna zit er voor haar niets anders op dan beide stukken lang, samen bijna een kwartier, met rechte rug te blijven zitten voor het oog van allen. Uit alle macht probeert zij haar familie niet te zien, maar dit is ondoenlijk, want zij zitten hooguit een paar meter bij elkaar vandaan. Zij kijkt erlangs, over hen heen, maar merkt iedere beweging, terwijl van de muziek die ondertussen wordt gespeeld nauwelijks iets tot haar doordringt, alsof die gespeeld wordt in een andere ruimte.

Of nee, zijzelf bevindt zich enige tijd elders, niet meer op die bühne, maar ergens ver, waar men haar onmogelijk kan zien.

Voor Anna het weet, is zij alweer aan de beurt.

Een werk van Julius nu, solo met piano.

Hier nemen dus de strijkers even rust en terwijl de zangeres haar plaats op het voortoneel inneemt, leidt de componist het werk zelf in, een lied dat hij voor zijn Amanda heeft geschreven, vertelt hij, ruim tien jaar eerder toen zij in Zweden verbleef en de geliefden elkaar een tijd niet hadden kunnen zien.

Uit de zaal klinkt een vertederd zuchten.

'En omdat mijn echtgenote zich helaas ook nu gedwongen ziet ver bij ons vandaan te zijn,' introduceert hij met breed gebaar en alle schwung van een stalmeester, 'zingt mejuffrouw Anna Witsen vanavond voor u, maar met onze gedachten bij haar: 'Die ihr mit dem Odem Linde!'

Haarzuiver en overrompelend vivace begint zij, goed gekozen volgorde van repertoire, haar stem extra verrassend stralend en melancholisch, nu men die eventjes niet heeft gehoord.

Sagt mir laue Abendwinde
Wo ihr jetzt mein Mädchen küßt.

En ook haarzelf verrast de klank, want er is dat samenvloeien weer, het evenwicht dat er vanmiddag bij de repetitie nog niet was, en het is alsof die avondbries waarvan zij zingt, haar meeneemt. Zo waait zij als het ware bij haar zenuwen vandaan, soms even weg in halfbewustheid. In 't smeltend met pianoklanken samengaan denkt zij enkele frasen lang aan niets en alles gaat vanzelf.

Het volgende moment echter lijkt de wind gekeerd en denkt zij aan alles wat in haar stormt tegelijk, aan Amanda bijvoorbeeld en aan wat To ervan moet denken, Free van Eeden en haar artsen, en wat iedereen wel denken zal, en daarop kijkt zij Cobi aan, nog altijd onverzettelijk zonder zin, en pa, die wel opnieuw lijkt te zijn volgeschoten, en dan, met innerlijke schok weet zij ineens de volheid van haar daar-zijn, dáár is zij, nee híér!, en klopt in angst het hart haar in de keel.

Langzaam herstelt zich gelukkig toch het evenwicht der polen en tussen die twee krachten: zij. Louter haar techniek houdt Anna nu nog bij het leven: laag houdt zij de tong, vrij de keel, hoog het verhemelte, en al doende kalmeert het middenrif en steunt weer even wat vertrouwen in het zichzelf horen zingen.

Precies zo had zij zichzelf ook gehoord in het toen nog kale Concertgebouw. Daarheen dwaalt Anna's aandacht een moment, naar de verrukking op Julius' gezicht toen hij voor het eerst de weerklank hoorde van haar stem tegen de kilstenen muren, en ook aan daarna denkt zij...

Zij is echter niet daar, maar hier, in het Odeon, en ziet er de eerste rijen verschieten, schrik in de ogen, links en rechts komen de schimmen uit hun luisterhouding overeind.

En ja, zij hoort de broddelklanken zelf ook, de ingehouden adem van de strijkers achter haar, en begrijpt ineens dat zij zelf de oorzaak is van die algehele schuwheid. In ongeloof kijkt zij naar Julius, om steun, maar het medelijden in zijn blik – of was het afgrijzen? – bevestigt alleen maar dat alles nu ontspoord is en hoe erg zij teleurstelt.

Bezinnen kan zij zich niet meer, grijpt naar haar muziekmap, maar de zwarte notenstippen hebben hun betekenis verloren; grijpt naar haar keel en klauwt haar kraagje los dat plots leek te knellen als spoelgaren. En nog altijd zingt zij verder vals in wanklanking verloren.

Het is zover, denkt zij, waar zij bang voor was, waar iedereen al het hele jaar zo voor gewaarschuwd heeft, is nu gekomen. Precies dit waarvoor men haar hoopte te behoeden, voltrekt zich nu voor het oog van allen.

Er breekt iets in het innerlijke mechaniek van zenuwen, een verschuiving in de verbrokkelde persoonlijkheid.

Al die blikken weet zij oordelend op zich gericht, afkeurend, en stom-verbijsterd staart zij terug, zwijgend, stilgevallen, kan niet anders, blijft zo staan, haar mond nog open.

XXXIII.

Allereerst, om Anna's schrik en afkeer van het concert in een hoognodig perspectief te plaatsen:

Zij heeft een goede school doorlopen, schreef het *Handelsblad* de volgende dag, *maar optreden in het openbaar is zij duidelijk niet gewend. De zangeres leek zich niet vrij te voelen, eerder bezwaard, waardoor zij niet over al haar stemmiddelen beschikte. Op de momenten dat zij haar angst overwon, klonk de stem helder, maar al te vaak zwalkte die, nu eens onzeker schril en dan weer te gedekt, vooral in het mezza voce.*

Bepaald niet lovend dus, maar ook bij lange na niet zo vernietigend als Anna oordeelde over zichzelf.

'Dus wat ging mis?' vroeg de juffrouw aan het ontbijt.

'Haar stem,' antwoordde de vader, die het bericht nu voor de derde keer las, zonder op te durven kijken.

'Och,' benadrukte Cobi. 'Zo vreselijk, zo verwoestend mis.'

'Die ene kans.' De vader schudde zijn gebogen hoofd. Hij torste Anna's schaamte, dat ten diepste niet willen bestaan, de reden waarom zij vanochtend niet beneden kwam. 'Die ene hoop. Haar alles.'

Na het incident had Anna het concert nog afgemaakt, maar zonder het weer glans te kunnen verlenen. Daarvoor leed iedereen, zodra zij zingen moest, te pijnlijk met haar mee, vrezend dat het elk moment opnieuw kon misgaan.

Na afloop was zij van het podium gevlucht voordat Julius op haar toe kon stappen. Zij had haar kleedkamerdeur op slot gedaan en geen mens willen zien, zeker hém niet.

Toen hij de hoop opgaf en naar huis ging, besloot haar familie dan ook de thuisreis maar te aanvaarden. Op de hoek van het Singel werd er echter tegen hun rijtuigraam getikt. Anna was via de achterzijde van het Odeon door het steegje van de doopsgezinde kerk gevlucht, waarlangs zij als kind wel eens ontsnapt was aan een dienst, had hen opgewacht op het Koningsplein en stapte nu in, zo diep mogelijk verscholen in haar wintercape.

'Ik kom mee,' verklaarde zij ten overvloede. 'Morgenvroeg, Paatje, laten wij de dokter komen voor uw been.'

Anna staarde gedurende de hele rit naar buiten om de stad in zich op te nemen, aandachtig, zij prentte zich de grachten en de lichtjes in, venters die zich vrolijk rond een houtvuur warmden, een jongen die zijn doeshond uitliet, cafémuzikanten met hun vioolkist onder de arm, stelletjes omstrengeld onder de bomen van het plein. Zij mocht niet vergeten dat zulk leven ook bestond en dat zij het gekend had.

Tegen half elf 's ochtends kwam Anna naar de hal om de dokter te spreken, die haar vaders beenwond had gereinigd en opnieuw verbonden. Hij schreef carbolcompressen voor, en met ijs gevulde blazen.

'Tot de zwelling afneemt,' zei hij, 'blijft onduidelijk of er schade is aan het kniegewricht, maar eerlijk gezegd maak ik me over de heup meer zorgen.'

'Hij is te trots om het toe te geven,' zei Cobi, die erbij kwam staan, 'maar vanochtend kon hij nauwelijks de trap af.'

'Absolute rust is op dit moment het enige en mijnheer zal voorlopig hulp behoeven in de nacht en bij het baden.'

'Ik kan dat doen,' sprak Anna voordat haar zus kon tegensputteren. 'Ik ben hier en ik blijf, ik kan de zorg op me nemen.'

Vrijwel onmiddellijk had zij dit besloten, misschien zelfs al voordat zij gisteravond het toneel af kwam. In elk geval wist zij daarna in de kleedkamer dit ene alvast zeker: zij moest terugkeren naar Ewijckshoeve.

Heeft een droom zijn onhaalbaarheid eenmaal bewezen, dan wordt hij als het rotsblok dat parelduikers om hun middel binden, gevaarlijke ballast die je bijtijds moet lossnijden om nog boven te komen.

Haar gedachten wáren al vooruit, haar hoofd was boven water. Zij moest wel, want wat daaronder lag en achter haar was te ondenkbaar. Zij dacht er niet meer aan. Zij zou er gewoonweg geen gedachte meer aan wijden. Waar is een tweede ik anders goed voor dan om het eerste uit de brand te helpen? Het meest ondragelijk was nu geweest, de teleurstelling, hierna kon de rest van het bestaan alleen nog meevallen.

Dit onderdrukken hield zij voor vergeten, maar hetzelfde is dat natuurlijk niet.

Uit haar kleedkamer had zij de lijst met aanwezigen van het prikbord meegegrist ter herinnering aan alle kennissen die zij nu nooit meer onder ogen kon komen. En tegen de tijd dat zij bij Pa en Cobi insteeg, was haar besluit genomen: zij reisde naar de Lage Vuursche om daar te blijven en zou er haar oude kamer weer betrekken. Aan dat bleke leven had zij geprobeerd te ontsnappen, maar dit was verblinding gebleken, een zinsbegoocheling dat zij talent zou hebben, een wreed spel van haar eigen altijd hoopvol, vrolijk wezen, dat haar nu in de steek gelaten had en publiekelijk voor gek gezet. Die stem, waarvan zij dacht dat het haar alles was, een sleutel tot haar vrijheid, had haar ten overstaan van iedereen ontmaskerd.

Begin van de middag werd een rolstoel afgeleverd.

'Red je het?' vroeg Cobi, klaar om terug naar Den Haag te gaan.

'Ik zou werkelijk niet weten waarom niet,' reageerde Anna lichtjes verongelijkt.

'Het komt allemaal zo plotseling.'

'Vind je?' Zij probeerde het mechaniek. De wielen liepen soepel. De hele constructie bleek licht wendbaar dankzij het gebruik van balsahout en een fijn gevlochten rotan zetel. 'Je zou ook kunnen zeggen dat het nu eenmaal bij geboorte zo voor ons was voorbestemd, binnen ons milieu te moeten blijven, en dat het altijd al en onherroepelijk zo heeft moeten zijn.'

Anna rende met het wagentje roekeloos twee rondjes door de hal zoals een kind doet met een bolderkar, nam toen, om eens te proberen, zelf plaats en zette zich met beide benen af.

Cobi, die ook vroeger vaak van Anna's uitgelaten buien erger schrok dan van de boos-sombere, woei het plots koud om het hart toen zij haar zusje als een razende de gang in zag verdwijnen. Met één arm ten afscheid opgestoken, rol-step-stoof zij in volle vaart uit zicht.

Het meest verdrietige van deze winter was de teleurstelling dat Willem niet voor de feestdagen uit Londen kwam. Meer dan ooit verlangde Anna naar haar broer en zij begreep niet goed waarom hij wegbleef. Het enige wat zij bedenken kon, was dat hij tot in detail over haar afgang had gehoord en niet goed durfde. Terwijl hij juist de enige was met wie zij er wel over had willen spreken.

Maar wie weet was dat juist waar hij tegen opzag: te moeten zien hoe zijn zusje eraan toe was zonder toekomst.

Willem schreef haar af en toe over zijn leven daar, maar dit was bij lange na hetzelfde niet als dat hij deel uitmaakte van het hare.

Dat voltrok zich dag na dag voorspelbaar.

Jonas Jan genas voor een oude man voorspoedig en allengs nam zijn verzorging minder tijd.

Zodra duidelijk was dat de heup niet was gebroken, durfde hij binnenshuis al meer en na twee weken kon hij zonder hulp de trap af op zijn stokken.

Maar hoe minder tijd Anna aan praktische zorgen kwijt was, hoe meer zij overhield om te piekeren. Dan zag zij alles weer gebeuren en hoorde zij zichzelf. Vooral in de nacht welde dan die schande-pijn en overstroomde haar.

Overdag had zij tenminste altijd iets omhanden, daar zorgde zij wel voor. Nu zij geen muziek meer maakte – zij wilde niet, zij kón daar niet aan denken – las zij alles wat zij vinden kon en verder nam zij steeds meer klussen van de meiden over. Vroeg erom. Als toch het huishouden haar voorland was, kon zij immers beter maar de ramenspuit leren hanteren, kousen stoppen, lakens bleken, koper poetsen, kachels zwarten en borduren. Het huishouden had haar nooit een zier geïnteresseerd, omdat zij zich zo'n heel andere voorstelling van haar leven had gemaakt, en nu lag zij op de werkelijkheid zo enorm achter.

Ondertussen bleef Anna, waar dit nodig was, haar vader helpen. Wanneer zij hem in bad moest zetten, wendde zij haar blik af en droeg hij tegen de ergste gêne een lang hemd. Zij hadden elkaars lichaam nooit gezien, elkaar al toen zij klein was weinig aangeraakt en later alleen bij uitzondering, maar nu het niet anders kon, ging het lichamelijke hun beiden onverwacht vanzelfsprekend af. De oude man leek het zelfs goed te doen, nu en dan arm in arm, even hand in hand met haar te zijn.

Alle dagen duwde zij hem in zijn rolstoel langs de vijver voort en zwijgend over de paden verder door het park, mantels wapperend, dik ingepakt tegen het gure van december. Dan trokken zij, in silhouet gezien vanaf de boerenhoeven in de verte, als hortend, hobbelend fabelbeest de kale landerijen over.

'Ieder van hen denkt aan je, dat lijdt geen twijfel,' verzekerde haar Free van Eeden, die tussen kerst en Nieuwjaar Ewijckshoeve een bezoekje bracht.

Haar broer had hem hierom gevraagd, maar ook zelf voelde hij het als een plicht die hij al te lang had uitgesteld.

'Het is alleen, Anna, ook onderling zien de meesten van ons elkaar vandaag de dag veel minder. We schrijven elkaar, volgen alles, maar buiten de redactievergaderingen om kom ik de jongens zelden tegen. Sommigen bivakkeren inmiddels zo ver van Amsterdam, en anderen... Toen het alles zo studentikoos bleef, ja, toen leken wij alle tijd van de wereld voor elkaar te hebben, maar zo langzaamaan komt ieder op zijn plek, krijgt succes, denkt aan carrière, aan gezin. Zelfs zo'n eigenzinnige, kranige schrijver als Verwey blijkt eerzuchtig, een burgerjongen die een goede partij doet, en hij heeft zich dan ook uit de redactie teruggetrokken. En daarbij: wij missen node onze spil natuurlijk zolang Willem in Londen blijft, maar ook het vuur, het ideaal, het is lang niet meer zoals het was, heus droeviger is het geworden, bij lange na zo hecht niet meer, niet meer onvoorwaardelijk samen voorwaarts, nooit zo vol van daad en leven meer als jij het nog hebt meegemaakt.'

Hij haalde uit zijn tas het decembernummer van *De Nieuwe Gids* en schonk het haar.

'Zo heb je ons, in zekere zin, toch binnen handbereik.'

Zij zag voorop de namen, sommige te dierbaar om ronduit te willen weten wat er aan hun vriendschap dan mankeerde, zij bladerde wat mijmerend, stuitte op de gedichten van Willem Koos.

'Och, da's mooi, hij werkt dus,' begon zij omzichtig.

'En wordt geadoreerd, succes alom, voorwaar de held van onze generatie.'

'En dat akkefietje van Verwey en hem, is dat inmiddels bijgelegd?'

Free bladerde naar het laatste van Kloos' gedichten en gaf het haar te lezen:

Met daad op daad van haat, zoo kwaad 'k maar konde:
Ik zal u stúk-slaan...
Mijn klánken wilden háten, en zoo dóen ze.

Verder lezen wilde Anna niet, zij wendde haar gezicht af, keek naar buiten.

'Zijn schrijven kon niet beter,' verzuchtte Van Eeden, 'zijn leven nauwelijks beroerder. We gaan het zien, ik verwacht hem elk moment, want hij is terug uit Londen.'

'Ik had gehoopt dat Willems goeie zorg hem van zijn verdriet kon genezen.'

'Kloos is nu op de Kerkstraat ingetrokken bij Hein Boeken met zijn warme hart, dat zich over al die wanhoop mag ontfermen; die zorgt wel dat hij eet en dat bijtijds de dokter komt.'

'Goed nieuws nu,' beval Anna. 'Er is toch over onze vrienden vast ook moois te melden, laat me dat nu eerst maar horen. Stijgt nog steeds het aantal lezers?'

'Lezers meer dan abonnees, want mensen geven het liever elkaar door, maar het goede is: ik spreek nog zelden iemand die ons laatste nummer niet gelezen heeft.'

'Victorie dus, het oude is verslagen, jullie nieuwe tekst en taal is omarmd en bloeit.'

'Dat niet alleen, er is hele nieuwe oogst. In het komend nummer, je zult het zien, een jonge vent nog, studeert klassieke talen, een vriend van Diepenbrock, is me toch met een manuscript gekomen...'

'Ah, da's vast waarover Willem mij geschreven heeft, ja, een lang gedicht, nietwaar, dat hij had opgestuurd, iets waar Kloos helemaal epris van raakte.'

'De schrijver komt het zelf voordragen, binnenkort al en vlakbij, woensdagavond bij mij thuis in Bussum, dus wanneer u zin hebt om te komen...'

'Dank, da's erg lief, maar het is te vroeg. Ik kom nog even liever niet onder de mensen.'

Free knikte.

Drong niet aan.

'Maar mocht ik het vast kunnen lezen, die jongen zijn gedicht, dan graag,' klonk Anna enthousiast. 'En verder? Wat is er nog meer verschenen waarvan ik weten moet, ik las dat Karel Thijm weer met iets nieuws gekomen is?'

'En opnieuw iets wat ik niemand zomaar aan zou raden.'

'Ik heb het in Baarn al besteld, is het weer scabreus?'

'Erger dan dat, veel erger. Over zijn kostschooltijd dit keer. Er is een grove, walgelijke blote billenvisie in, van allerlei tegennatuurlijks. Zo'n van God verlaten jongenseiland als Rolduc, vanzelfsprekend krijg je daar je maîtres, je bijzondere vriendschappen, maar om al dat voze dan zo uit te meten. En dan komt hij voor de volgende *Gids* met iets nog smerigers, over het menselijk lichaam, iets onuitspreekbaars wat doet braken. Maar daar steken we een stokje voor, hoor, het zou ons verdorie lezers kosten en financieel zíjn wij al zo'n puinhoop.'

'Maar was dat niet ooit het hele uitgangspunt, te epateren, de oude garde schokken met de volle waarheid, ze van schrik uit hun morele hoge toren te doen tuimelen?'

'Dat was het ja,' gaf Free van Eeden toe, zuur lachend, 'voordat ik zelf tot die garde opklom. Nou ja, je moet maar zien, maar kom me d'r straks niet mee aan dat niemand heeft gewaarschuwd.'

Het was droog, dus toen Free voorstelde om voordat hij op huis aan ging een wandeling te maken, staken zij de schapenweide over, waar de kudde hen omringde en van de kooi tot aan de weg meedarde.

'Dat schamen,' waarschuwde onderweg de arts in hem, 'laat het je niet overnemen.'

Zij zei maar niets.

Voerde wat. Kroelde door de lange, vette vachten.

'Het is niet dat ik schaamte voel,' verklaarde zij een eind verderop, toen zij al op de terugweg waren langs de grift. En nog weer later: 'Voelde ik maar iets.'

'Daarom raad ik aan toch uit te gaan. Juist een prikkel, even iets anders heb je nodig, een impuls. Niet vergeten, Anna, dat je bij ons altijd welkom blijft, is het niet van de week om Gorter te horen, dan binnenkort een keertje rustig met alleen mijn vrouw en mij. Net wat het prettigst voelt.'

Zij slenterden de vijver langs.

Schopten als kinderen door het gevallen loof.

'Denk niet dat ik niet onder de mensen wíl.' Zij schepte de blaadjes met twee handen op en wierp ze in de lucht. 'Och, wat ik zou geven voor gewoon weer eens een avondje met Willem en jou en jullie vrienden in Die Port van Cleve.'

'Kon dat maar,' verzuchtte Free.

'Gewoon weer naar het leven terug!'

'Als je nu Die Port van Cleve binnenkomt, dan zit daar niemand meer. Ja, Verwey hooguit, in zijn eentje.'

Het omgewoelde blad dwarrelde neer in zware schimmeldamp.

'Waar is het heen, ineens, die hele tijd?' Anna plukte wat twijgjes van haar rok en een stokje dat was blijven haken aan de zoom. 'En allemaal zo snel, zo snel. Als iemand dat toch uit kon leggen...'

Free wierp kiezels in het water.

Zij bleven staan kijken totdat alle kringen waren uitgewaaierd naar de kant.

XXXIV.

Begin maart zat Pa, zoals alle dagen na het middageten, achterover in zijn grote stoel te roken. Het hele huis stonk er dan akelig naar, want hij blies altijd meer op zijn sigaar dan dat hij eraan trok, waardoor de tabak inbrandde en het dekblad verkoolde. Anna zei er al een tijdje niets meer van, de laatste weken ging zij rond dit uur dan liever eventjes naar buiten.

Ook vandaag.

Zij had hem eerst nog thee gebracht, het kopje voor hem neergezet naast *Germinal,* waar hij in had gelezen. De vader bleef in gedachten en had niet bedankt. Dit was alweer een tijdje de gewoonte. Het huishouden was na de eerste weken ingesleten. Bij allebei. Zij merkte meestal niet eens meer dat de oude man haar werk helemaal niet zo waardeerde.

Zij merkte het vandaag.

Schoof de asbak dichterbij, nadrukkelijk, maar er kwam geen reactie.

Sprak: 'Dan ga ik nu.'

Hij keek op, enigszins verstoord, want alles was inmiddels wel een keer gezegd en zoals vanouds in huis was vaker weer het zwijgen tussen hen de norm. Doorgaans kwam dit Anna ook best uit, want zij vond het steeds meer een opgave voor een of andere vormbeleefdheid helemaal vanuit het malen van haar ziel te moeten opduiken. Zij wist zelf niet waarom zij nu vandaag juist wél iets terug had willen horen.

Maar het kwam niet. Met een handgebaar leek Jonas Jan haar verlof voor de wandeling te geven, hij nam zijn boek weer op en blies nog maar eens op zijn zware sumatraan, die hem omhulde met giftige smook.

Anderhalve week geleden had het er eventjes naar uitgezien alsof de lente er al aan kwam, maar sinds een paar dagen lag er weer ijs en gisteren had het gesneeuwd, een dun laagje. Onmiddellijk lag alles zo sereen, zeker met die zon nu in een hoog ruimende zuiverheid van hemelblauw.

Anna had erg naar het ontluiken van de aarde uitgezien, maar nu het er niet van komen zou, had zij hier ook rust mee. Vastberaden zette zij haar eerste stappen in dat rijk waar alles blank-wit is en stil; het kraakte tussen zijn en niet-zijn zacht en voelde donzig aan. Ach, er was in haar leven ook veel warms geweest en ook dit jaar zou er heus wel weer een voorjaar komen.

Uitgaan, zoals Free suggereerde, had zij twee keer geprobeerd, of eigenlijk drie.

Begin januari was zij inderdaad bij hem en Martha een keertje langs geweest. Die waren als altijd zacht en allervriendelijkst, hooguit iets te nadrukkelijk, met name zij, waardoor Anna een indruk overhield van ongelijkheid, alsof Van Eeden zijn echtgenote had geïnstrueerd dat hun gast extra zorgzaamheid behoefde. Als een van zijn patiënten. Dit beeld ik me vast en zeker in, wist zij zelf, en zij verfoeide haar verdenking maar raakte die niet kwijt.

De tweede keer was zij veel ondernemender geweest en afgereisd naar Amsterdam. Na al die tijd was zij toch naar een weerzien gaan verlangen en had goede hoop. Eerst liep zij naar de Oude Schans, langs Breitners atelier. Sinds de middag van het optreden was zij niet terug geweest en had er nog spullen liggen, dus dit was een goede reden geweest om aan te bellen, maar zij liep liever door. Bij Mast had zij door de ruit gekeken maar geen bekend gezicht gezien, op de Heiligeweg bij Willemsen idem dito, niemand die haar wenkte.

Aan de boekenstalletjes op de Botermarkt had zij een paar romans gekocht, was in het Panopticum aan de Amstelstraat de Javaanse kampong gaan zien, waarbij zij altijd denken moest aan Karel, was daarna rond het Rokin wat winkels langsgegaan en liep uiteindelijk met een tas fris linnengoed, chocolaatjes en delicatessen terug naar het station, behoorlijk voldaan, en met het voornemen goed te onthouden dat, wat er ook gebeurt, het leven elders altijd doorging.

Begin februari las zij in *De Gooi- en Eemlander* dat Aaltje Redengius zou concerteren in de Amersfoortse buitensociëteit. In die stad kende zij niemand, dus kon zij er anoniem naartoe. Het zou de eerste keer in maanden zijn dat zij weer eens muziek kon horen. Och, zij had dat zo gemist en dacht wel dat het heilzaam zijn kon. Bij de zaal gekomen zag zij echter het programma aangeplakt, twee, drie liederen die zij zelf veel had gezongen, een daarvan van Julius, en die zij nu niet meer... Zij was gaan aarzelen, werd nerveus en trilde toen zij binnentrad, liet tot tweemaal toe haar plaatsbiljet onhandig vallen, struikelde bij het binnengaan van de rij zo over een paar voeten dat iemand haar overeind moest houden. Ik ben nu eenmaal voor de menselijke omgang ongeschikt, sprak iets in haar streng. Zij had een minuut of wat gezeten, zich geëxcuseerd en rechtsomkeert gemaakt, de rij weer uit en terug naar buiten wilde zij, naar buiten, naar buiten, en eenmaal buiten was zij weggehold.

Tot dan had zij gedacht dat zij gewoon telkens geen zin

had om eens ergens heen te gaan, nu wist zij dat ze het ook niet kón.

Ondanks de vrieskou had het maartzonnetje al kracht. Die sjaal kon zij gerust afdoen. Zij zwaaide ermee naar Phoebus, die al kwispelstaartte toen hij haar zag aankomen. Zij knielde bij zijn hok, zodat hij haar gezicht kon likken, aaide nog, maar moest het dier in treurige verwarring achterlaten. Vandaag kon zij hem niet uit wandelen nemen.

Een van de meiden opende het raam van de salon om er te luchten. Binnen sloeg ratelend de Friese klok drie uur, gevolgd door gekraak van het amechtig mechaniek. Zij glimlachte. Nu zal je zien dat het dansgezelschap ineens op gang komt, uitgerekend vandaag, en alsnog een keertje eindelijk weer vrolijk met hun lampions over de groene heuvels trekt.

Drie uur. Nu zal Pa dus voor zijn dutje wel naar boven zijn, dacht zij, dan heb ik voor wat mij te doen staat wel een uurtje.

Droefheid kwam. Dit was haar leven geworden. Zij had het in dienst gesteld van hem. Zag hij dit nou niet in of schatte hij het domweg niet op waarde? Straks misschien zou hij begrijpen, jawel, al binnenkort.

'Júf-frouw,' riep ineens kokkie schel door Anna's mijmeringen heen. Het mens hing zowaar uit het raam van het souterrain, half klem, en schreeuwde als een marktmeid: 'De groenteman staat voor met twee mud aardappelen, maar er legt nog anderhalf. Moet het nou wel of moet het niet?'

'Ik heb geen idee.'

'Die bestelling loopt al jaren zo, stamt uit de tijd dat hier nog wel eens wat te doen was en er iemand kwam, maar tegenwoordig...'

'Het is goed, hoor.'

'Straks verschimmelt het, juffrouw, het spruit al hier en daar, ik krijg ze er gewoon zo snel niet meer doorheen.'

'Dan niet, beslist u zelf maar.' Anna liep, om ervan af te wezen, alvast weg van het huis.

'Maar een tekort aan bloemig moet er ook niet komen, want daar houdt mijnheer zo van, en het meest van wat er nou legt kookt zo vastig. Zal ik dan een half mud kruimig doen?'

'Wat dan ook!' riep Anna kortaf zonder om te kijken.

'Nou, ik vraag het maar om bestwil, hoor,' klonk het verongelijkt, waarop de vrouw zich terug naar binnen wurmde en het raam dichtsmeet.

Ongetwijfeld zal er tussen huishoudelijke taken door ook ergens voldoening zijn, dacht Anna, anders hadden zovelen, zo eindeloos veel vrouwen, het nooit volgehouden al die eeuwen, zulk eentonig lastdierleven, maar zelf kon zij het met geen mogelijkheid in zich vinden. Het was er niet. Zij had het geprobeerd, maar in niets dan plichtsvervulling kon iemand als zij nu eenmaal niet berusten. Haar ziel was te veel zoals ook die van Karel was geweest, precies die van hun moeder, ongedurig, zoekend, voor het reguliere ongeschikt. En haar enige kans op een ander leven had Anna verspeeld.

Er was die winter op Ewijckshoeve wel bezoek gekomen, ook voor haar, maar in gezelschap ervoer Anna haar onbereikbaarheid alleen maar pijnlijker. Ook van mensen die zij had gemist, verdroeg zij het medeleven niet. Hoe kunstig ook vermomd, zij zag er dwars doorheen. Stuk voor stuk bedoelden zij het goed en wilden alleen de boel opvrolijken, maar al dat goedbedoelde deed meer kwaad.

Sinds half januari hield zij het daarom af, verzon allerlei redenen waarom het steeds opnieuw niet uitkwam, en elke keer weer was zij verbaasd geweest dat allen haar geloofden.

Het gemak waarmee je mensen om de tuin kunt leiden vond zij geruststellend en ontluisterend tegelijk. Eenzaamheid is onbespreekbaar, een taboe, en mensen grijpen iedere uitvlucht gretig aan, dacht zij, omdat zij degêne zelf ook ervaren en allang blij zijn dat het niet hoeft.

Aan de rand van het gazon hield Anna stil, keek om en zag de maagdelijke sluier door haar voetafdruk bedorven. Zo graag zou zij nooit meer iets verstoren, och, zij zou zo heel erg graag niemand meer tot last zijn! Maar dadelijk, zij zag het al, zou iedereen, tenzij de dooi ze vóór was, ongerust haar modderige stappen volgen door de sneeuw.

Dit spoor deed haar denken aan een ander, dat Willem en zij op diezelfde plek hadden getrokken, jaren tevoren, hollend, uitgelaten struikelend van het huis naar de vijver omdat zij haar broer de klank van sneeuw zo graag eens wilde laten horen en hoe droog-sereen gezang kan klinken juist voordat de dooi inzet.

Zij had, toen nog alles mogelijk leek, zo vrijelijk gedurfd, onvoorstelbaar nu, was zich van haar eigen beperking heerlijk onbewust geweest. Nu is de vraag: had die tekortkoming dan toen eigenlijk al wel bestaan of kwam die later? Had zij indertijd uit onkunde het gebrek gewoonweg niet gemerkt of raakte haar stem pas beknot toen het oordelen begon, het van alle kanten controleren, en men haar voortdurend wees op haar techniek?

In elk geval herinnerde Anna zich van die vroege jaren helemaal geen onzuiverheid, geen enkele aarzeling, geen gêne. Toen vond men het fijn wanneer zij zong, en was die stem haar zaligheid geweest, onwankelbaar, haar enig pad.

Maar, had zij bedacht, was het dan niet eigenlijk andersom?

Als zij vroeger onbelemmerd zong en pas gaandeweg

die onbevangen vreugdeklank met haar zenuwen had ingesnoerd, dan schoot au fond dus niet die stem tekort, maar zij, zijzelf. Zij immers had het leven overvraagd. Zij was het die er een te hoge verwachting van gekoesterd had, zowel van haar geluid als van haar geluk, en die alles in haar ambitie benard had en gevangenhield. Niet haar stem weerhield haar, maar zij hem.

Vandaag zou echter alles goedkomen.

Vandaag liet zij hem vrij.

Zij had de dood wel ooit eens overwogen, maar dat was toen steeds akelig geweest, zo negatief, een hele afweging. Zo voor en tegen, heen en weer de hele tijd alsof je op een kruispunt staat en niet weet waar je heen moet, vage angst en aarzelen. Dat was veel meer een dreiging geweest, iets van de rede, een idee dat zij ook in Utrecht met de artsen wel besproken had, een overweging die zij had kunnen verwerpen met als argument dat zij anderen geen pijn mocht doen. Het was bespreekbaar geweest, onderhandelbaar, omdat er toen nog keuze was en andere paden openlagen. Zij herinnerde zich van die periode vooral de stemming, een onbevattelijk verdriet, lusteloos, een doelloos in de war zijn.

Dat was dit allemaal niet.

Eerder het tegenovergestelde.

Dit was een lucide toestand, helder, koele strijdbaarheid, een vast en zeker weten. Alsof je eindelijk iets onthuld is waarvan je altijd een vermoeden had. Niks geen verwarring, alles was juist op zijn plaats gevallen.

Anna stónd niet op een tweesprong, maar ging een weg af die nergens anders dan naar dat ene punt kon leiden. Daar zou troosten zijn, zoals een moeder troost. Zij keek ernaar uit als een pelgrim naar de laatste basiliek, een blij vooruitzicht, waarvan een oververmoeid mens, totdat de heilige plek voor hem opdoemt, de opluchting niet ten volle kan vermoeden. Nu dat laatste stukje van het pad niet tot het einde gaan was ondenkbaar geworden, en dit gaf, meer dan wat ook, tevreden rust. Richting. Standvastigheid. Zij ging dan ook vol goede moed.

De laatste keer dat zij op de bevroren vijver stapte, was Willem ongerust geworden omdat je door de paksneeuw niet kon zien waar het ijs wel of niet zou houden.

Nu lag het maar dun.

Verhulde niets.

In het midden was een wak. Daar was de ijskorst door de vorst vannacht slechts flinterdun gesloten en in de loop van de dag was de sneeuw er viezig weggesmolten, moddergruis gelijkend grijs.

Ook langs de beschoeiing bleek het ijs dunner dan elders, bewoog al onder haar gewicht, een laagje ijswater drong door haar schoen.

Zij greep een tak van de oude wilg, want er hier meteen doorheen zakken, zou bespottelijk zijn, clownesk; zij zag zich al tot aan haar knieën in de modder met aan iedere hand een meid om haar eruit te sjorren. Wéér iets wat zij niet gekund had.

Schoen-schaatsend schuifelde zij verder van de kant totdat het hield en zij haar houvast los kon laten. Hier ongeveer had zij ook gestaan toen zij voor Willem zong en nu zong zij opnieuw:

Sein Bart war so weiß wie Schnee
Sein Haupt die Flachse gleich...

Die zalige afwezigheid van twijfel was terug! Zij luisterde er dankbaar naar terwijl zij nog enkele passen zette, zelf verbaasd: haar stem steeg ondertussen boven alles uit en had in lange tijd niet zo vrij en met zo'n overtuiging meer geklonken.

Zuiver als glas was alles, iedere noot, maar ook de azuren hemel, de velden daaronder en overal het licht.

Ja, dacht zij gesterkt, zó heeft het geklonken, en zij luisterde nog even voordat zij zich liet gaan.

XXXV.

De begrafenis vond plaats in kleine kring, een korte ceremonie, kaal.

Om de schande te beperken hield Cobi vol dat het een ongeval moest zijn geweest, maar ook zelf klampte zij zich hieraan vast om overeind te blijven. Voor de zekerheid had zij haar man opgedragen die dag bij de kinderen in Den Haag te blijven; aan het graf stond zij haar vader liever in haar eentje bij.

Jonas Jan, die het lichaam onder het dooiend ijs ontdekt had en moest zien hoe Anna in een net werd opgedregd en naar de kant gesleept, kon onmogelijk voorbij de waarheid kijken. Aan de rand van de vijver was hij bij de uitdruipende, doorweekte resten van zijn dochter neergeknield, biddend om vergiffenis. Hij streelde de bemodderde haren weg van haar bleke voorhoofd, bleef haar ijzige vingers kneden alsof hij die nog warm kon krijgen, totdat de juffrouw hem bij de dode wegtrok, overeind uit de smeltende sneeuw.

Ook had hij gebeden dat de ware aard van Anna's daad, die tal van zijn kennissen als zonde zouden zien, geen ruchtbaarheid zou krijgen, maar al in de eerstvolgende *Weekbode voor Zeist* werd die benoemd, ronduit, waarna het vuurtje oversloeg naar de hoofdstad, waar de wind altijd gunstig staat om zoiets aan te wakkeren.

Toen Willem eindelijk uit Londen terug was en nog diezelfde avond aanschoof bij een aantal van zijn Amsterdamse vrienden, was het alsof hij zijn gemis pas voor het eerst ten volle kon lezen in hun verslagen blikken.

Zonder een woord was hij in huilen uitgebarsten, staande aan de leestafel bij Mast, overjas nog aan, alsof ter plekke alle pijn waartegen hij sinds de komst van het telegram gevochten had, in één keer doorbrak.

Kloos en Boeken schoten overeind, omarmden, waarna de een hem uit zijn reistenue hielp en de ander hem een stoel aanbood, maar hier stopte de stortvloed niet. Door zijn tranen zag hij Van Looy zitten en Diepenbrock, Free van Eeden met de nieuwe jongen, Gorter, ook Aletrino was er, Chap van Deventer met Eddy Karsen.

Zij deden hem de eer van niet te willen troosten.

Zij lieten hem, en anderen huilden ook.

Er werd besteld en toen het rondje was gebracht, hief ieder als vanzelf het glas, maar de enige die sprak was Kloos. Hij zei alleen: 'Op haar!'

Het kwam Willem voor dat hij tot dan toe niet voldoende had begrepen hoezeer de anderen zijn jongste zus als een van hen hadden beschouwd. Dít had zij moeten weten, dacht hij, och, als zij nu hun lof zou kunnen horen... Waarom spreekt een mens zich toch bij leven niet veel duidelijker uit?

Ooit bij het van wal steken van hun beweging had, schertsend, Albert Verwey geroepen dat zij Anna wel als boegbeeld konden nemen, in de vaart voorwaarts prompt en halfnaakt voorop. Zij wist heel goed dat dit maar een grapje was geweest, en toch: zij was er meer dan eens op teruggekomen, niet enkel lachend trots op dat idee, maar er heus door gesterkt dat zij, al was het maar uit vrolijkheid, er misschien bij zou mogen horen en dan met hen mee op zou kunnen gaan.

Zoals de plons van Anna's lichaam 't omliggend ijs had overspoeld met zwartbruin vijverwater, leek nu de vriendengroep door de schokgolf van haar daad gedompeld in melancholie. Die had een somberte gewekt en aan de teloorgang herinnerd van zoveel begin-moois.

'Al dat grootse waar wij ooit van droomden,' verzuchtte Kloos ergens later op de avond, 'ik kan me daar soms zo voor schamen.' En toen allen verbaasd opkeken, betrapt kribbig: 'Niet voor hoe wij waren, maar dat wij het niet gebleven zijn.'

Nu had men Anna's foto neergezet op de grote notenhouten muziekstandaard waarop ooit ter nagedachtenis die van haar broertje stond. Onder de luchter stond het ding vandaag, voor de hoge tuinramen naast de vleugel, precies waar zij die keer zelf gestaan had en Karels beeltenis had toegezongen. Aan de voet was een rouwkrans neergezet, omwonden met linten van paars fluweel, de takken met jasmijnbloesem doorvlochten.

Het idee voor een herdenking was in Mast ontstaan, de avond van Willems terugkeer, geboren uit de behoefte van zijn vrienden aan een eigen afscheid, de mogelijkheid ieders herinnering aan de verlorene waardig af te kunnen ronden.

Zij waren er dan ook allemaal voor naar Ewijckshoeve gekomen, zelfs Karel Thijm met zijn Catrina helemaal uit Houffalize, iedereen vanaf het eerste uur Flanor voltallig, zelfs Albert Verwey, al hield die zich afzijdig, maar ook Gorter, die pas net gedebuteerd was in *De Nieuwe Gids* maar direct als geestverwant in de oude club was opgenomen. Hoe het ook met hun beweging verder ging, dacht Free toen hij het tafereel eens in zich opnam, zo stemmig verenigd als in dit verdriet zouden zij niet weer samenzijn.

Dit keer, want alles lag nu toch op straat, had Cobi zelfs Bram Arntzenius meegenomen, maar ook de Röntgens waren er en Thea Taets vanuit Parijs.

Die laatste stond met de familie rond Anna's portret.

'Het is me nooit gelukt haar goed te vangen,' oordeelde Willem over de foto die hij zelf had gemaakt, 'niet wezenlijk.'

'Dat,' zei de freule, 'lukte ons geen van allen.'

'In al die jaren, potloodschetsen, gouaches, ik heb van alles geprobeerd, maar er bleef altijd dat verre, iets ongrijpbaars in die blik.'

'Dat wás, denk ik, haar wezen,' sprak de vader zacht.

Op Willems verzoek werd Liszt gespeeld, het lied dat Anna op de vorige herdenking zelf had gezongen, begeleid door Julius. Hij speelde het ook nu weer op de vleugel, maar de zangpartij, '*O lieb*'', de melodie, bracht nu Amanda op viool ten gehore.

Dit was voor het eerst in lange tijd dat het echtpaar weer eens samen speelde. De droeve romantiek vervoerde en de afwezigheid van woorden herinnerde ieder van de toehoorders des te inniger aan de nu voor altijd stilgevallen stem.

Hierna ging Willem de anderen voor naar buiten. Aan de rand van de vijver sprak hij een paar woorden, al wist hij niet goed tegen wie, legde toen samen met Cobi de rouwkrans op het water en duwde die af.

Rondom stond het gazon vol blauwe druifjes, krokus en narcissen, een kleurenfeest van warmgeel en paars en roze-wit nieuw leven, uitgelaten vrolijk in de voorjaarszon.

Vanaf het huis kwamen de meiden met hun dienblad aan. Her en der nam men de verfrissing al en dronk.

Een gesprek kwam op gang, nog klonk er droef soms een verzuchting, maar ook begon al die vreemde opluchting van half-schuld, die er na elk triest afscheid is maar altijd onbenoemd, het besef van tenminste zelf nog te leven en daar dadelijk weer volop mee door te mogen gaan.

Aan de overkant verscheen een jongen uit de schaduw van de rododendrons, een boerenkind. Hij was op alle reuring afgekomen, holde uitgelaten nog een paar passen naar voren, maar voelde toen het verdriet toch schijnbaar aan, want hij hield stil, nam zijn pet af, schroomvol starend naar het gezelschap voor het huis.

Daar op het gazon rustten alle blikken op de bloemenkrans, die maar langzaam naar het midden van de vijver dreef.

'Wat had zij op dat ijs te zoeken, Wim?' fluisterde Cobi en zoals heel vroeger nam zij hem bij hand. 'Waar haalt een mens zoiets vandaan, snap jij dat, waar komt zoiets nu van?'

Nog twee kinderen kwamen er tevoorschijn, nu terzijde van het water. Kennelijk ging het nieuwtje op de boerderijen dat hier eindelijk weer iets te doen zou zijn. Een jongen en een meisje waren het. Zij leken in hun spel gestoord, want eentje droeg een bal onder de arm.

Zij werden er door nog een paar gevolgd, ondeugender, die verder durfden en opliepen tot haast aan de beschoeiing, ook zij zo starend, nogal brutaal, naar de in chic zwart geklede groep volwassenen.

De krans kantelde, neergetrokken door de van water verzadigde linten. Zompig zonken die, het eerbetoon meetrekkend, dat rechtstandig zakte in dat diepe, altijd akelig zwarte water.

Aan wal viel alles stil.

Een enkele bloem, losgeraakt, dreef boven.

Steeds meer kinderen verschenen. Groepjes links en rechts, sommigen met speeltuig, eentje met een hoepel en een lappenpop, een ander galopperend op een omgekeerde zwabber.

Het werkte op Cobi's zenuwen.

'Wat moet dat?' riep zij, liet haar broer los en, ongerust, zocht steun bij haar echtgenoot. 'Wat doen ze daar, wie zijn dat?'

'Boerenkinderen,' suste Willem. 'Zij hebben geen idee.'

En zij bleven komen, alsof het kermis was holden zij van alle kanten toe, maar geen van allen joelde. Tussen de bolbloemen bleven zij staan of half verscholen in de schaduw van de bosjes, zwegen, hielden zich gedeisd.

'Wat doen zij daar, Bram, Bram, wat willen ze?'

'Zij hebben de rijtuigen gezien,' verklaarde Jonas Jan in alle rust. 'Ze komen kijken zoals vaker.'

'Maar ik wil dat niet!' Cobi schreeuwde nu verzenuwd, redeloos. 'Ik wil het niet zien, ik wil ze hier niet hebben.'

Bram klapte in zijn handen, dreigde wat naar voren, riep boos de onverlaten toe, gebaarde dat zij moesten gaan.

'Het is heus niks,' drong Willem aan. 'Ze doen geen kwaad.'

'Jawel, zij willen iets.' Cobi huilde haast en niemand wist waarom. Tante Thea snelde toe, nam haar bij het middel, wilde haar naar binnen brengen en tot rede, maar de ander raasde door: 'Ze doen het erom! Ze komen expres!'

'Stil maar, lieveling.' Haar man stroopte de mouwen op. 'Ik krijg die kinderen wel, ik jaag ze voor je weg.'

Hij raapte een stevige tak van de grond en zwaaide er mee.

'Nee,' beval vader Witsen. 'Laat ze.'

'U ziet toch wat het is?' zei Bram tegen de oude man, terwijl hij dreigend verder beende. 'Uitschot, dat heeft hier niks van doen. Als je die hun gang laat gaan...'

'Laat ze met rust, zeg ik je!' Jonas Jan greep Bram bij de arm, krachtig, en dwong hem te blijven staan. 'Dit is míjn grond.'

Zo ferm had Willem zijn vader heel lang niet meer zien optreden. Zijn oude kracht leek terug en ook zijn stem van toen, de klinkende klok die ooit de ijzersmeden achter hun aambeeld deed sidderden.

'Laat die kinderen.' De oude Witsen griste zijn schoonzoon de tak uit handen, brak hem in twee stukken en wierp die op de grond. 'Zij wonen hier, zij horen hier, láát ze er zijn!'

Anna Witsen, 3 februari 1855 – 5 maart 1889

Nawoord

Achter uw rug
Rek ik de armen
Van verlangen, van verlangen
Rek ik de armen
Vlucht niet te vlug.

'O als de zon schijnt' – HERMAN GORTER

Op 5 maart 1889, drie maanden na het concert in het Odeon en haar vaders val, stapte Anna Witsen op de bevroren vijver voor Ewijckshoeve in een wak.

Haar heengaan maakte grote indruk op de kunstenaars van haar tijd, dook op in hun dagboeken en brieven, zoals die van Van Eeden aan Kloos, van Hein Boeken aan Willem in Londen en van Verwey aan zijn Kitty, en vond zijn weerslag in de meest uiteenlopende kunstwerken, van Julius Röntgens compositie *Abschied* en Frans Coenens verhaal 'Vervreemd' tot Jan Toorops tekening *Tuin der weeën.*

Ook in talloze romans uit die jaren, zoals Frederik Van Eedens *Van de koele meren des doods*, draait het opvallend vaak om de psychische beknelling van een vrouw in het keurslijf van de dwingende burgermoraal, niet zelden eindigend in haar opsluiting, krankzinnigheid of verdrinking.

Het meest indrukwekkend werd Anna's levenseinde beschreven door Herman Gorter in een van de bekendste Nederlandse gedichten, 'In de zwarte nacht is een mensch aangetreden', waarin hij het allesoverheersende verlangen benoemt van de zangeres om haar stem te laten horen en beschrijft hoe zij die, in haar laatste ogenblikken, voluit durft te laten klinken.

Gorters gedicht is te beluisteren middels
deze QR-code. Scan de QR-code met de telefoon
of ga naar: www.arthurjapin.nl/watstiltewil

Wat stilte wil is een roman. De omstandigheden van Anna's leven en dood vormen het uitgangspunt voor de vertelling. De levens van haar familieleden en de kunstenaars om haar heen zijn daarbij vrijelijk ingezet om Anna's dilemma en de worsteling van een kunstenares met haar tijd in fictie te kunnen overbrengen. Het is dan ook nadrukkelijk geen studie van de Tachtigers. Die zijn er elders zeer gedegen. Hier worden Willems vrienden, op een enkele uitzondering na, slechts geschetst zoals Anna ze zelf ook zal hebben ervaren, als een wisselende groep vrijdenkende vrienden, wier opstandige bravoure en doorbraak haar een houvast en een voorbeeld was.

Evenmin is het een karakterstudie van de leden van de families Witsen of Röntgen. Ook hier geldt: binnen het boek zijn zij nadrukkelijk fictieve personages.

Veel dank ben ik verschuldigd aan Marita Mathijsen, die mij hartelijk raad gaf en advies, en aan Inger Wilms voor de toegang tot Ewijckshoeve.

Het is eveneens uit dank dat ik een knipoog geef aan *Alfred*, de Utrechtse scholier die even langs de kliniek wandelt. Ik kende hem als mijn 'opa Utrecht'. In zijn huis aan het Wilhelminapark, waar alles nog de statige sfeer ademde van de negentiende eeuw, heb ik als kind vele zomers doorgebracht. Het geschilderde behangsel van pauwen in een donker hof (in de zaal aan de Lange Nieuwstraat) sierde zijn salon. Daarvan bezit ik nog een rol, evenals sommige van zijn meubels. Het moet daar tussen zijn geweest dat die eeuw voor mij ging leven.

In 1888, toen Anna in de Lange Nieuwstraat zat, was Alfred veertien jaar. Later zou hij regent worden van de Fundatie van de Vrijvrouwe van Renswoude, het gebouw waar Anna op uitkeek.

Woorden, beelden, zinnen en zinsneden zijn hier en daar bewust en regelrecht ontleend aan de verhalen, pamfletten en de taal van de Tachtigers, met name aan Frans Coenens indringende beschrijvingen van het mislukte optreden en de eenzaamheid op het landgoed, maar bijvoorbeeld ook aan werk van Van Eeden, Gorter, Kloos en Aletrino.

Ook heb ik veel ontleend aan, kennis opgedaan uit en dankbaar gebruikgemaakt van tal van studies die naar de wereld van de Witsens en het leven en werk van de Tachtigers werd gedaan.

Wie meer over hen wil lezen, raad ik van de boeken die ik heb gebruikt, in elk geval de volgende vast aan:

A. Aletrino, *Martha*, Nijgh & Van Ditmar, 1982
Frans Coenen jr., 'Vervreemd' in: *Bleeke levens*, 1899
Lodewijk van Deyssel, *Een liefde*, 4de druk, R.J. Goddard
Lodewijk van Deyssel, *Verzamelde opstellen*, Scheltema en Holkema's Boekhandel 1901
Lodewijk van Deyssel, *Het leven van Frank Rozelaar*, Martinus Nijhoff, 1982
Frederik van Eeden, *Van de koele meren des doods*, Wereldbibliotheek 1952
Frederik van Eeden, *De kleine Johannes*, Mouton & Co., 13de druk, 1929
Frederik van Eeden, *IJsbrand, ene tragie-comedie*, W. Versluys 1908
Frederik van Eeden, *Dagboek* 1878-1923, uitgegeven door H.W. van Tricht, Tjeenk Willink-Noorduijn, 1971
Frederik van Eeden, *Pauls ontwaken*, Servire 1962
Frederik van Eeden, *De geestelijke verovering der wereld*, Arcanum, 1980
Frederik van Eeden, *Lioba*, W. Versluys 1916
Frederik van Eeden, *Uit het dagboek*, samenstelling H.W. van Tricht
Enno Endt, *Het festijn van Tachtig*, Nijgh & Van Ditmar 1990
Enno Endt, 'Van droom naar werkelijkheid, een passage', in: *Weerwerk*, Van Gorcum 1973
Enno Endt, *Het festijn van Tachtig*, Nijgh & Van Ditmar 1990
Frans Erens, *Vervlogen jaren*, De Arbeiderspers, 1989
Jan Fontijn, *Tweespalt, het leven van Frederik van Eeden* (twee delen), Querido 1990
Jan Fontijn, 'Een zelfmoord in de negentiende eeuw', *De Tweede Ronde* jaargang 1 (1980)

J.F. Gebhard Jr., *Het leven van Nicolaas Cornelisz. Witsen*, twee delen, J.W. Leeflang, 1881
G.J. 's Gravesande, *De geschiedenis van de Nieuwe Gids*, 1955
Willem Kloos & Albert Verwey, *Van de liefde die vriendschap heet, brieven* 1881-1925, bezorgd door Rob van der Schoor en Ilona Brinkman, Vantilt 2008
Marita Mathijsen, *Nederlandse literatuur in de romantiek* 1820-1880, Van Tilt 2004
Marita Mathijsen, *De gemaskerde eeuw*, Querido 2002
Jacques Perk, *Gedichten*, bezorgd door Willem Kloos, A.W. Sijthoff
Jacques Perk, *Verzamelde gedichten*, De Arbeiderspers 1957
Jacques Perk, *Proeven in dicht en ondicht*, De Arbeiderspers, 1957
Jacques Perk, *Brieven en documenten*, De Arbeiderspers, 1957
Harry G.M. Prick, *In de zekerheid van eigen heerlijkheid, het leven van Lodewijk van Deyssel tot 1890*, Athenaeum–Polak & Van Gennep, 1998
Harry G.M. Prick, *Een vreemdeling op de wegen, het leven van Lodewijk van Deyssel vanaf 1890*, Athenaeum-Polak & Van Gennep, 2003
Henriette Roland Holst, *Herman Gorter*, E.M. Querido's Uitgevers 1933
H.C. Rümke, *Over Frederik van Eeden's Van de koele meren des doods*, Scheltema & Holkema 1972
Bart Slijper, *In dit gevreesd gemis, het leven van Willem Kloos*, Bert Bakker 2012
Bart Slijper, *Hemelbestormers, de revolutie van de Tachtigers*, Prometheus 2017
Garmt Stuiveling, *Het korte leven van Jacques Perk*, De Arbeiderspers 1957
Cornelie van Uuden en Pieter Stokvis, *De gezusters van*

Vloten, Bert Bakker 2007
Charles Vergeer, *Toen werden schoot en boezem lekkernij*, Thomas Rap
Albert Verwey, *Frederik van Eeden*, C.A. Mees, 1939
Jessica Voeten e.a., *Willem Witsen*, Toth 2003
Rein van der Wiel, *Ewijkshoeve, tuin van tachtig*, Querido 1988

Playlist *Wat stilte wil*

Scan de QR-code met de telefoon
en luister naar de door Arthur Japin
geselecteerde muziek.

Boeken van Arthur Japin bij De Arbeiderspers:

Magonische verhalen (1996)
De zwarte met het witte hart (roman, 1997)
De vierde wand (verhalen, 1998)
Magonia (verhalen en filmscenario, 2001)
De droom van de leeuw (roman, 2002)
De vrouwen van Lemnos
(choreografisch scenario, 2002)
Een schitterend gebrek (roman, 2003)
Alle verhalen (2005)
Dooi en Zeep (twee novellen, 2006)
De grote wereld (Boekenweekgeschenk, 2006)
De overgave (roman, 2007)
Zoals dat gaat met wonderen.
Dagboeken 2000-2007 (2008)
Vaslav (roman, 2010)
Kussenboek (citaten, 2011)
Maar buiten is het feest (roman, 2012)
De man van je leven (roman, 2013)
De gevleugelde (roman, 2015)
Kolja (roman, 2017)
Geluk, een geheimtaal.
Dagboeken 2008-2018 (2019)
Mrs. Degas (roman, 2020)
Mijn verzonnen familie
(schrijversprentenboek, najaar 2022)

Bij uitgeverij Mozaïek:
Honden voor het leven

Bij uitgeverij Magonia:
Goed volk (reisverhalen, 2016)
Nachtkaravaan (liedjes en enkele
gedichten, 2018)

In november 2022 verschijnt:

Arthur Japin

Mijn verzonnen familie.
Een schrijversalbum

Van de tientallen historische figuren die Arthur Japin bij een groot publiek bekend en geliefd maakte, bestaat een schat aan foto's, brieven en persoonlijke bezittingen die vrijwel niemand, buiten de auteur, ooit heeft gezien. Ter viering van een kwarteeuw schrijverschap worden deze bijeengebracht in een exuberante uitgave, gelardeerd met veel, nooit eerder getoond, persoonlijk materiaal.

Personages zoals de danser *Vaslav*, de dove *Kolja*, de Texanen uit *De overgave*, de Afrikaanse prinsjes uit *De zwarte met het witte hart*, de blinde *Degas*, de kleine circusartiesten uit *De grote wereld*, en Casanova's geliefde Lucia uit *Een schitterend gebrek* blijken niet toevallig op het pad van de auteur te zijn gekomen. Zij hebben veel met elkaar en met Japin gemeen en trekken als een zelfgekozen familie met de schrijver door het leven.

Hun onderlinge samenhang wordt nu voor het eerst zichtbaar in honderden pagina's aan unieke documenten en ongekende beelden.

Geïllustreerd met
circa 950 fullcolour-foto's
ISBN 978 90 295 4526 6

Verschijnt november 2022

*Een 'schrijversalbum' van de bovenste plank dat voor het eerst de verbanden toont tussen Arthur Japins leven en zijn schrijverschap.
*Een prachtig vormgegeven boek met vele honderden fullcolour-illustraties en privéfoto's, citaten uit de romans en tientallen anekdoten van de auteur.
*Voor de vele trouwe liefhebbers van het werk van Arthur Japin.